Prose della volgar lingua

Pietro Bembo

Texte et illustration de couverture : © domaine public
Edition : Culturea (Hérault, 34)
Contact : infos@culturea.fr
Retrouvez notre catalogue sur http://culturea.fr
Imprimé en Allemagne par Books on Demand
Design typographique : Derek Murphy
Layout : Reedsy (https://reedsy.com/)

Dépôt légal : janvier 2023
Tous droits réservés pour tous pays

ISBN : 9791041841127

Libro I

Capitolo I

Se la natura, Monsignor messer Giulio, delle mondane cose producitrice e de' suoi doni sopra esse dispensatrice, sì come ha la voce agli uomini e la disposizione a parlar data, così ancora data loro avesse necessità di parlare d'una maniera medesima in tutti, ella senza dubbio di molta fatica scemati ci avrebbe e alleviati, che ci soprastà. Con ciò sia cosa che a quelli che ad altre regioni e ad altre genti passar cercano, che sono sempre e in ogni parte molti, non converrebbe che, per intendere essi gli altri e per essere da loro intesi, con lungo studio nuove lingue apprendessero. Anzi sì come la voce è a ciascun popolo quella stessa, così ancora le parole, che la voce forma, quelle medesime in tutti essendo, agevole sarebbe a ciascuno lo usar con le straniere nazioni; il che le più volte, più per la varietà del parlare che per altro, è faticoso e malagevole come si vede. Perciò che qual bisogno particolare e domestico, o qual civile commodità della vita può essere a colui presta, che sporre non la sa a coloro da cui esso la dee ricevere, in guisa che sia da lor conosciuto quello che esso ricerca? Senza che non solo il poter mostrare ad altrui ciò che tu addomandi, t'è di mestiero affine che tu il consegua, ma oltre acciò ancora il poterlo acconciamente e con bello e grazioso parlar mostrare, quante volte è cagione che un uomo da un altr'uomo, o ancora da molti uomini, ottien quello che non s'otterrebbe altramente? Perciò che tra tutte le cose acconce a commuovere gli umani animi, che liberi sono, è grande la forza delle umane parole. Né solamente questa fatica, che io dico, del parlare, ma un'altra ancora vie di questa maggiore sarebbe da noi lontana, se più che una lingua non fosse a tutti gli uomini, e ciò è quella delle scritture; la quale perciò che a più largo e più durevole fine si piglia per noi, è di mestiero che da noi si faccia eziandio più perfettamente, con ciò sia cosa che ciascun che scrive, d'esser letto disidera dalle genti, non pur che vivono, ma ancora che viveranno, dove il parlare da picciola loro parte e solo per ispazio brevissimo si riceve; il qual parlare assai agevolmente alle carte si manderebbe, se niuna differenza v'avesse in lui. Ora che, qualunque si sia di ciò la cagione, essere il vediamo così diverso, che non solamente in ogni general provincia propriamente e partitamente dall'altre generali provincie si favella, ma ancora in ciascuna provincia si favella diversamente, e oltre acciò esse stesse favelle così diverse alterando si vanno e mutando di giorno in giorno, maravigliosa cosa è a sentire quanta variazione è oggi nella volgar lingua pur solamente, con la qual noi e gli altri Italiani parliamo, e quanto è malagevole lo eleggere e trarne quello essempio, col quale più tosto formar si debbano e fuori mandarne le scritture. Il che aviene perciò, che quantunque di trecento anni e più per adietro infino a questo tempo, e in verso e in prosa, molte cose siano state in questa lingua scritte da molti scrittori, sì non si vede ancora chi delle leggi e regole dello scrivere abbia scritto bastevolmente. E pure è ciò cosa, a cui doverebbono i dotti uomini sopra noi stati avere inteso; con ciò sia cosa che altro non è lo scrivere che parlare pensatamente, il qual parlare, come s'è detto, questo eziandio ha di più, che egli e ad infinita moltitudine d'uomini ne va, e lungamente può bastare. E perciò che gli uomini in questa parte massimamente sono dagli altri animali differenti, che essi parlano, quale più bella cosa può alcun uomo avere, che in quella parte per la quale gli uomini agli altri animali grandemente soprastanno, esso agli altri uomini essere soprastante, e spezialmente di quella maniera che più perfetta si vede che è e più gentile? Per la qual cosa ho pensato di poter giovare agli studiosi di questa lingua, i quali sento oggimai essere senza numero, d'un ragionamento ricordandomi da Giuliano de' Medici, fratel cugin vostro, che è ora Duca di Nemorso, e da messer Federico Fregoso, il quale pochi anni appresso fu da Giulio papa secondo arcivescovo di Salerno creato, e da messer Ercole Strozza di Ferrara, e da meser Carlo mio fratello in Vinegia fatto, alquanti anni adietro, in tre giornate, e da esso mio fratello a me, che in Padova a quelli dì mi trovai essere, poco appresso raccontato, e quello alla sua verità, più somigliantemente che io posso, in iscrittura recandovi, nel quale per aventura di quanto acciò fa mestiero si disputò e si disse.

Il che a voi, Monsignore, come io stimo, non fia discaro, sì perché non solo le latine cose, ma ancora le scritte in questa lingua vi piacciono e dilettano grandemente, e tra le grandi cure che, con la vostra incomparabile prudenza e bontà le bisogne di santa Chiesa trattando, vi pigliate continuo, la lezione delle toscane prose tramettete, e gli orecchi date a' fiorentini poeti alcuna fiata (e potete ciò avere dal buon Lorenzo, che vostro zio fu, per succession preso, di cui molti vaghi e ingeniosi componimenti in molte maniere di rime e alcuni in prosa si leggono) e sì ancora per questo, che della vostra città di Firenze e de' suoi scrittori, più che d'altro, si fa memoria in questo ragionamento, dalla quale e da' quali hanno le leggi della lingua che si cerca, e principio e accrescimento e perfezione avuta.

Capitolo II

Perciò che essendo in Vinegia non guari prima venuto Giuliano, il quale, come sapete, a quel tempo Magnifico per sopranome era chiamato da tutti, nel tempo che voi et egli e Pietro e il cardinale de' Medici suoi fratelli, per la venuta in Italia e in Firenze di Carlo ottavo Re di Francia di pochi anni stata, fuori della patria vostra dimoravate (il qual cardinale, la Dio mercé, ora papa Leon decimo e Signor mio, a voi ha l'ufficio e il nome suo lasciato) e i due che io dissi, messer Federigo, che il più giovane era, e messer Ercole, ritrovandovisi per loro bisogne altresì, mio fratello a desinare gl'invitò seco; sì come quegli uomini, i quali e per cagion di me, che amico e dell'uno di lor fui e degli altri ancor sono, e perché il valevano, egli amava e onorava sopra gli altri. Era per aventura quel dì il giorno del natal suo, che a' dieci dì di dicembre veniva; né ad esso doveva ritornar più, se non in quanto infermo e con poca vita il ritrovasse, perciò che egli si morì a' trenta dì del dicembre che seguì appresso. Ora avendo questi tre con mio fratello desinato, sì come egli mi raccontava, e ardendo tuttavia nella camera nella quale essi erano, alquanto dallor discosto, un buon fuoco, disse messer Ercole, il quale per accidente d'infermità sciancato e debole era della persona: - Io, Signori, con licenza di voi, al fuoco m'accosterò, non perché io freddo abbia, ma acciò che io non l'abbia. - Come a voi piace - rispose a messer Ercole mio fratello; e agli altri due rivoltosi, seguitò: Anzi fie bene che ancor noi vi ci accostiamo. Accostiamvici - disse Giuliano - ché questo rovaio, che tutta mattina ha soffiato, acciò fare ci conforta. - Perché levatisi, e messer Federigo altresì, e avvicinativisi, e recatovi da' famigliari le sedie, essi a sedere vi si posero al dintorno; il che fatto, disse messer Ercole a Giuliano: Io non ho altra fiata cotesta voce udito ricordare, che voi, Magnifico, Rovaio avete detto, e per aventura se io udita l'avessi, intesa non l'averei, se la stagione non la mi avesse fatta intendere, come ora fa; perciò che io stimo che Rovaio sia vento di tramontana, il cui fiato si sente rimbombare tuttavia. - A che rispostogli da Giuliano che così era; e di questa voce, d'una cosa in altra passando, venuti a dire della volgar lingua, con la quale non solamente ragioniamo tuttodì, ma ancora scriviamo; e ciascuno degli altri onoratamente parlandone, e in questo tra sé convenendo, che bene era lo scrivere volgarmente a questi tempi; messer Ercole, il quale solo della latina vago, e quella così lodevolmente, come s'è veduto, in molte maniere di versi usando, quest'altra sempre sì come vile e povera e disonorata scherniva, disse: - Io non so per me quello che voi in questa lingua vi troviate, perché si debba così lodarla e usarla nello scrivere, come dite. Ben vorrei e sarebbemi caro, che o voi aveste me a quello di lei credere persuaso che voi vi credete, in maniera che voglia mi venisse di scrivere alle volte volgarmente, come voi scrivete, o io voi svolgere da cotesta credenza potessi e, nella mia openione traendovi, esser cagione che voi altro che latinamente non scriveste. E sopra tutto, messer Carlo, vorre' io ciò potere con messer Pietro vostro fratello, del quale sicuramente m'increscere, che essendo egli nella latina lingua già avezzo, egli la tralasci e trametta così spesso, come egli fa, per iscrivere volgarmente -. E così detto, si tacque.

Capitolo III

Allora mio fratello, vedendo gli altri star cheti, così rispose: - Io mi credo che a ciascuno di noi che qui siamo, sarebbe vie più agevole in favore di questo lodare e usare la volgar lingua che noi sovente facciamo, la quale voi parimente e schifate e vituperate sempre, recarvi tante ragioni che voi in tutto mutaste sentenza, che a voi possibile in alcuna parte della nostra openione levar noi. Nondimeno, messer Ercole, io non mi maraviglio molto, non avendo voi ancora dolcezza veruna gustata dello scrivere e comporre volgarmente, sì come colui che, di tutte quelle della latina lingua ripieno, a queste prendere non vi sete volto giamai, se v'incresce che messer Pietro mio fratello tempo alcuno e opera vi spenda e consumi, del latinamente scrivere tralasciandosi come dite. Anzi ho io degli altri ancora, dotti e scienziati solamente nelle latine lettere, già uditi allui medesimo dannare questo stesso e rimproverargliele, a' quali egli brievemente suole rispondere e dir loro, che a sé altrettanto incresce di loro allo 'ncontro, i quali molta cura e molto studio nelle altrui favelle ponendo e in quelle maestrevolmente essercitandosi, non curano se essi ragionar non sanno nella loro, a quegli uomini rassomigliandogli, che in alcuna lontana e solinga contrada palagi grandissimi di molta spesa, a marmi e ad oro lavorati e risplendenti, procacciano di fabricarsi, e nella loro città abitano in vilissime case. - E come, - disse messer Ercole - stima egli messer Pietro che il latino parlare ci sia lontano? - Certo sì, che egli lo stima, - rispose mio fratello - non da sé solo posto, ma bene in rispetto e in comperazione del volgare, il quale è a noi più vicino; quando si vede che nel volgare tutti noi tutta la vita dimoriamo, il che non aviene del latino. Sì come a' romani uomini era ne' buoni tempi più vicina la latina favella che la greca, con ciò sia cosa che nella latina essi tutti nascevano e quella insieme col latte dalle nutrici loro beeano e in essa dimoravano tutti gli anni loro comunemente, dove la greca essi apprendevano per lo più già grandi e usavanla rade volte e molti di loro per aventura né l'usavano né l'apprendevano giamai. Il che a noi aviene della latina, che non dalle nutrici nelle culle, ma da' maestri nelle scuole, e non tutti, anzi pochi l'apprendiamo, e presa, non a ciascuna ora la usiamo, ma di rado e alcuna volta non mai -. Quivi seguitando le parole di mio fratello: - Così è - disse il Magnifico - senza fallo alcuno, messer Ercole, come il Bembo dice; e questo ancora più oltre, che a noi la volgar lingua non solamente vicina si dee dire che ella sia, ma natìa e propria, e la latina straniera. Che sì come i Romani due lingue aveano, una propria e naturale, e questa era la latina, l'altra straniera, e quella era la greca, così noi due favelle possediamo altresì, l'una propria e naturale e domestica, che è la volgare, istrana e non naturale l'altra, che è la latina. Vedete ora, quale di voi due in ciò è più tosto da biasimare e da riprendere, o messer Pietro, il quale usando la favella sua natìa non perciò lascia di dare opera e tempo alla straniera, o voi, che quella schernendo e rifiutando che natìa vostra è, lodate e seguitate la strana -.

Capitolo IV

- Io son contento di concedervi, messer Carlo e Giuliano, - disse lo Strozza - che la volgare favella più a noi vicina sia o ancora più naturale e propria, che la latina non si vede essere, in quella guisa medesima che a' Romani era la latina più vicina e più naturale della greca; pure che mi concediate ancor voi, quello che negare per niun modo non mi si può, che sì come a quel tempo e in que' dotti secoli era ne' romani uomini di molta maggior dignità e stima la greca lingua che la latina, così tra noi oggi molto più in prezzo sia e in onore e riverenza la latina avuta che la volgare. Il che se mi si conciede, come si potrà dire che ad alcun popolo, avente due lingue, l'una più degna dell'altra e più onorata, egli non si convenga vie più lo scrivere nella più lodata che nella meno? Oltra che se è vero quello che io ho udito dire alcuna volta, che la nostra volgar favella stata sia eziandio favella medesimamente volgare a' Romani; con la quale tra essi popolarescamente si sia ragionato come ora si ragiona tra noi, tuttavolta senza passar con lei nello scrivere, al quale noi più arditi e meno consigliati passiamo, noi non solamente la meno pregiata favella e men degna da' Romani riputata, ma ancora la rifiutata e del tutto per vile scacciata dalle loro scritture, aremmo a quella preposta, a cui essi tutto il grido e tutto l'onore dato hanno, la volgar lingua alla latina ne' nostri componimenti preponendo. Laonde e di molta presonzione potremmo essere dannati, poscia che noi nelle lettere quello che i romani uomini hanno schifato, seguitiamo, e di poca considerazione, in quanto, potendo noi a bastanza col loro essempio della latina lingua contentarci, caricare ci siamo voluti di soverchio peso, disonorata fatica e biasimevole procacciando -.

Capitolo V

Alle cui parole il Magnifico senza dimora così rispose: - Egli vi sarà bene, messer Ercole, da me e da messer Carlo conceduto e da messer Federigo ancora, i quali tutti in questa contesa parimente contra voi sentiamo, che ne' primi buoni tempi da' romani uomini fosse la greca lingua in più dignità avuta che la latina, e al presente alla latina altresì più onore si dia che alla volgare; il che può avenire, sì perché naturalmente maggiore onore e riverenza pare che si debba per noi alle antiche cose portare che alle nuove, e sì ancora perciò che e allora la greca lingua più degni e riverendi scrittori avea e in maggior numero, che non avea la latina, e ora la latina medesimamente molti più avere se ne vede di gran lunga e più onorati, che non ha la volgare. Ma non per tutto ciò vi si concederà, che sempre nella più degna lingua si debba scrivere più tosto che nella meno. Perciò che se a questa regola dovessero gli antichi uomini considerazione e risguardo avere avuto, né i Romani avrebbono giamai scritto nella latina favella, ma nella greca; né i Greci altresì si sarebbono al comporre nella loro così bella e così rotonda lingua dati, ma in quella de' loro maestri Fenici; e questi in quella d'Egitto, o in alcun'altra; e a questo modo, di gente in gente a quella favella ritornando nella quale primieramente le carte e gl'inchiostri si trovarono, bisognerà dire che male ha fatto qualunque popolo e qualunque nazione scrivere ha voluto in altra maniera, e male sia per fare qualunque altramente scriverà; e saremo a credere constretti che di tante e così differenti guise e tra sé diverse e lontane di parlari, quante sono per adietro state e saranno per innanzi fra tutti gli uomini, quella una forma, quell'un modo solo di lingua, con la quale primieramente sono state tessute le scritture, sia nel mondo da lodare e da usare, e non altra; il che è troppo più fuori del convenevole detto che mestier faccia che se ne questioni. È dunque bene, messer Ercole, confessare che non le più degne e più onorate favelle siano da usare tra gli uomini nello scrivere, ma le proprie loro, quando sono di qualità che ricever possano, quando che sia, ancora esse dignità e grandezza; sì come era la latina ne' buoni tempi, alla quale Cicerone, perciò che tutta quella riputazione non l'era ancor data, che ad esso parea che le si convenisse dare, sentendola capevole a tanta riceverne, quanta ella dapoi ha per sua e per altrui opera ricevuto, s'ingegna accrescere autorità in molte delle sue composizioni lodandola, e consigliando i romani uomini e invitandogli allo scrivere romanamente e a fare abondevole e ricca la loro lingua più che l'altrui. Questo medesimo della nostra volgare messer Cino e Dante e il Petrarca e il Boccaccio e degli altri di lontano prevedendo, e con essa molte cose e nel verso e nella prosa componendo, le hanno tanta autorità acquistata e dignità, quanta ad essi è bastato per divenire famosi e illustri, non quanta per aventura si può in sommo allei dare e accrescere scrivendo. Perché non solamente senza pietà e crudeli doveremmo essere dalle genti riputati, dallei nelle nostre memorie partendoci e ad altre lingue passando, quasi come se noi dal sostentamento della nostra madre ci ritraessimo per nutrire una donna lontana, ma ancora di poco giudicio; con ciò sia cosa che, perciò che questa lingua non si vede ancora essere molto ricca e ripiena di scrittori, chiunque ora volgarmente scriverà, potrà sperare di meritar buona parte di quella grazia che a' primi ritrovatori si dà delle belle e laudevoli cose, là dove, scrivendo latinamente, allui si potrà dire quello che a' Romani si solea dire, i quali allo scriver greco si davano, che essi si faticavano di portare alberi alla selva. Che dove dite, messer Ercole, che la nostra volgar lingua era eziandio lingua a' Romani negli antichi tempi, io stimo che voi ci tentiate; ché non posso credere che voi il vi crediate, né niuno altresì credo io essere che il si creda -.

Capitolo VI

Allora messer Federico, il quale, gli altri ascoltando, buona pezza s'era taciuto, disse: - Io non so già quello che io della credenza di messer Ercole mi debba credere, il quale io sempre, Giuliano, per uomo giudiciosissimo ho conosciuto. Tanto vi posso io ben dire, che io questo che esso dice, ho già udito dire a degli altri, e sopratutto ad uno, che noi tutti amiamo grandemente e onoriamo e il quale di buonissimo giudicio suole essere in tutte le cose, come che egli in questa senza dubbio niuno prenda errore. - E perché - disse lo Strozza - prende egli così errore costui, messer Federigo, come voi dite? - Per questo, - rispose messer Federigo - che se ella stata fosse lingua a quelle stagioni, se ne vederebbe alcuna memoria negli antichi edifici e nelle sepolture, sì come se ne vedono molte della latina e della greca. Ché, come ciascuno di noi sa, infiniti sassi sono in Roma, serbati dal tempo infino a questo dì, scritti con latine voci e alquanti con greche, ma con volgari non niuno; e mostranvisi a' riguardanti in ogni parte e in ogni via titoli di vilissime persone, in pietre senza niuna dignità scritti, e con voci nelle regole della lingua e della scrittura peccanti, sì come il volgo alle volte, quando parla e quando scrive, fa: nondimeno tutti o greci o latini. Che se la volgar lingua a que' tempi stata fosse, posto che ella fosse stata più nel volgo, come que' tali dicono, che nel senato o ne' grandi uomini, impossibile tuttavia pure sarebbe, che almeno tra queste basse e vili memorie che io dico non se ne vedesse qualche segno. Oltra che ne' libri ancora si sarebbe ella come che sia trapelata e passata infino a noi; che non è lingua alcuna, in alcuna parte del mondo dove lo scrivere sia in usanza, con la quale o versi o prosa non si compongano, e molto o poco non si scriva, solo che ella acconcia sia alla scrittura, come si vede che è questa. Perché si può conchiudere, che sì come noi ora due lingue abbiamo ad usanza, una moderna che è la volgare, l'altra antica, che è la latina, così aveano i romani uomini di quelli tempi, e non più: e queste sono la latina, che era loro moderna, e la greca, che era loro antica; ma che essi una terza n'avessero che loro fosse meno in prezzo che la latina, niuno, che dirittamente giudichi, estimerà giamai. E se noi al presente la greca lingua eziandio appariamo, il che s'è fatto con più cura e studio in questa nostra età che nelle altre più sopra, mercé in buona parte, Giuliano, del vostro singolare e venerando e non mai a bastanza lodato e onorato padre, il quale a giovare in ciò ancora le genti del nostro secolo e ad agevolar loro lo asseguimento delle greche lettere, maestri e libri di tutta l'Europa e di tutta l'Asia cercando e investigando e scuole fondando e ingegni sollevando, s'è molt'anni con molta diligenza faticato; ma se noi, dico, questa lingua appariamo, ciò solamente ad utilità della latina si fa, la quale, dalla greca dirivando, non pare che compiutamente apprendere e tenere e posseder tutta si possa senza quella, e non perché pensiamo di scrivere e comporre grecamente, che niuno è che a questo fare ponga opera, se non per giuoco -.

Capitolo VII

Tacevasi, detto fin qui, messer Federigo, e gli altri affermavano che egli dicea bene, ciascun di loro a queste ragioni altre prove e altri argomenti aggiugnendo, quando messer Ercole: - Ben veggo io - disse - che troppo dura impresa ho pigliata, a solo e debole con tre contendere così pronti guerrieri e così spediti. Pure perciò che più d'onore mi può essere lo avere avuto ardire di contrapormi, che di vergogna se averrà che io vinto e abbattuto ne sia, io seguirò tuttavia, più tosto per intendere da voi delle cose che io non so, che per contendere. E, lasciando le altri parti da canto, se la nostra volgar lingua non era a que' tempi nata, ne' quali la latina fiorì, quando e in che modo nacque ella? - Il quando - rispose messer Federigo - sapere appunto, che io mi creda, non si può, se non si dice che ella cominciamento pigliasse infino da quel tempo, nel quale incominciarono i Barbari ad entrare nella Italia ad occuparla, e secondo che essi vi dimorarono e tenner piè, così ella crescesse e venisse in istato. Del come, non si può errare a dire che, essendo la romana lingua e quelle de' Barbari tra sé lontanissime, essi a poco a poco della nostra ora une ora altre voci, e queste troncamente e imperfettamente pigliando, e noi apprendendo similmente delle loro, se ne formasse in processo di tempo e nascessene una nuova, la quale alcuno odore e dell'una e dell'altra ritenesse, che questa volgare è, che ora usiamo. La quale se più somiglianza ha con la romana, che con le barbare avere non si vede, è perciò che la forza del natìo cielo sempre è molta, e in ogni terra meglio mettono le piante che naturalmente vi nascono, che quelle che vi sono di lontan paese portate. Senza che i Barbari, che a noi passati sono, non sono stati sempre di nazione quegli medesimi, anzi diversi; e ora questi Barbari la loro lingua ci hanno recata, ora quegli altri, in maniera che ad alcuna delle loro grandemente rassomigliarsi la nuova nata lingua non ha potuto. Con ciò sia cosa che e Francesi e Borgognoni e Tedeschi e Vandali e Alani e Ungheri e Mori e Turchi e altri popoli venuti ci sono, e molti di questi più volte, e Goti altresì, i quali una volta frall'altre settanta anni continui ci dimorarono. Successero a' Goti i Longobardi; e questi primieramente da Narsete sollecitati, sì come potete nelle istorie aver letto ciascuno di voi, e fatta una grande e maravigliosa oste, con le mogli e co' figliuoli e con tutte le loro più care cose vi passarono e occuparonla e furonne per più di dugento anni posseditori. Presi adunque e costumi e leggi, quando da questi Barbari e quando da quegli altri, e più da quelle nazioni che posseduta l'hanno più lungamente, la nostra bella e misera Italia cangiò, insieme con la reale maestà dell'aspetto, eziandio la gravità delle parole, e a favellare cominciò con servile voce; la quale, di stagione in stagione a' nepoti di que' primi passando, ancor dura, tanto più vaga e gentile ora che nel primiero incominciamento suo non fu, quanto ella di servaggio liberandosi ha potuto intendere a ragionare donnescamente. Deh voglia Idio, - a queste parole traponendosi disse subitamente il Magnifico - che ella, messer Federigo, a più che mai servilmente ragionare non si ritorni; al che fare, se il cielo non ci si adopera, non mostra che ella sia per indugiarsi lungo tempo, in maniera e alla Francia e alle Spagne bella e buona parte de' nostri dolci campi donando, e alla compagnia del governo invitandole, ce ne spogliamo volontariamente a poco a poco noi stessi; mercé del guasto mondo, che, l'antico valore dimenticato, mentre ciascuno di far sua la parte del compagno procaccia e quella negli agi e nelle piume disidera di godersi, chiama in aiuto di sé, contra il suo sangue medesimo, le straniere nazioni, e la eredità a sé lasciata dirittamente in quistion mette per obliqua via. - Così non fosse egli vero cotesto, Giuliano, che voi dite, come egli è - rispose messer Ercole - che noi ne staremmo vie meglio che noi non istiamo. Ma lasciando le doglianze adietro, che sono per lo più senza frutto, se la volgar lingua ebbi incominciamento ne' tempi, messer Federigo, e nella maniera che detto avete, il che a me verisimile si fa molto, il verseggiare con essa e il rimare a qual tempo incominciò, e da quale nazione si prese egli? Con ciò sia cosa che io ho udito dire più volte che gl'italiani uomini apparata hanno questa arte, più tosto che ritrovata. - Né questo ancora sapere minutamente si può rispose messer Federigo. - È il vero, che in quanto appartiene al tempo, sopra quel secolo, al quale successe quello di Dante, non si sa che si componesse, né a noi di questo fatto memoria più antica è passata; ma dello essersi preso da altri, bene tra sé sono di ciò in piato due nazioni: la Ciciliana e la Provenzale. Tuttavolta de' Ciciliani poco altro testimonio ci ha, che a noi rimaso sia, se none il grido; ché poeti antichi, che che se ne sia la cagione, essi non possono gran fatto mostrarci, se non sono cotali cose sciocche e di niun prezzo, che oggimai poco si leggono. Il qual grido nacque perciò, che trovandosi la corte de' napoletani re a quelli tempi in Cicilia, il volgare, nel quale si scriveva, quantunque italiano fosse, e italiani altresì fossero per la maggior parte quelli scrittori, esso nondimeno si chiamava ciciliano, e ciciliano scrivere era detto a quella stagione lo scrivere volgarmente, e così infino al tempo di Dante si disse. De' Provenzali non si può dire così; anzi se ne leggono, per chi vuole, molti, da' quali si vede che hanno apparate e tolte molte cose gli antichi Toscani, che fra tutti gl'italiani popoli a dare opera alle rime sono senza dubbio stati primieri, della qual cosa vi posso io buona testimonianza dare, che alquanti anni della mia fanciullezza ho fatti nella Provenza, e posso dire che io cresciuto mi sono in quella contrada. Perché errare non si può a credere che il rimare primieramente per noi da quella nazione, più che da altra, si sia preso -.

Capitolo VIII

Avea così detto messer Federigo, e tacendo mostrava d'avere la sua risposta fornita; laonde il Magnifico, incontanente seguendo, così disse: - Se a messer Carlo e a messer Ercole non è grave, a me sarebbe, messer Federigo, carissimo, che voi ci diceste quali sono quelle cose che i toscani rimatori hanno da' Provenzali pigliate -. Allora mio fratello: - A me - disse - essere grave non può, Giuliano, udir cosa che a voi sia in grado che si ragioni; oltra che il sentire messer Federigo ragionarci della provenzale favella mi sarà sopra modo caro; per me adunque segua. - E per me altresì, - disse messer Ercole - che non so come non così ora soverchi mi paiono, come già far soleano, questi ragionamenti. Ma io mi maraviglio forte come la provenzale favella, della quale, che io sappia, poco si sente oggi ragionare per conto di poesia, possa essere tale stata, che dallei molte cose siano state tolte da' poeti della Toscana, che pure hanno alcun grido. - Io dirò, - rispose a costor tutti messer Federigo - poscia che voi così volete, pure che vi sia chiaro, che dapoi che io a queste contrade passai, ho del tutto tramessa la lezione delle oltramontane cose, onde pochissima parte di molte, che già essere mi soleano famigliarissime, m'è alla memoria rimasa, da poter recare così ora sprovedutamente in pruova di ciò che io dissi. E affine che a messer Ercole non paia nuovo quello, di che egli forte si maraviglia, da questa parte brievemente incominciando, passerò alle mie promesse. Era per tutto il Ponente la favella provenzale ne' tempi, ne' quali ella fiorì, in prezzo e in istima molta, e tra tutti gli altri idiomi di quelle parti di gran lunga primiera; con ciò sia cosa che ciascuno, o Francese o Fiamingo o Guascone o Borgognone o altramente di quelle nazioni che egli si fosse, il quale bene scrivere e specialmente verseggiar volesse, quantunque egli Provenzale non fosse, lo faceva provenzalmente. Anzi ella tanto oltre passò in riputazione e fama, che non solamente Catalani, che vicinissimi sono alla Francia, o pure Spagniuoli più adentro, tra' quali fu uno il Re Alfonso d'Aragona, figliuolo di Ramondo Beringhieri, ma oltre acciò eziandio alquanti Italiani si truova che scrissero e poetarono provenzalmente; e tra questi, tre ne furono della patria mia, di ciascuno de' quali ho io già letto canzoni: Lanfranco Cicala e messer Bonifazio Calvo e, quello che dolcissimo poeta fu e forse non meno che alcuno degli altri di quella lingua piacevolissimo, Folchetto, quantunque egli di Marsiglia chiamato fosse, il che avenne non perché egli avesse origine da quella città, che fu di padre genovese figliuolo, ma perché vi dimorò gran tempo. Né solamente la mia patria diè a questa lingua poeti, come io dico, ma la vostra eziandio, messer Carlo, le ne diè uno, che messer Bartolomeo Giorgio ebbe nome, gentile uomo della vostra città; e Mantova un altro, che fu Sordello; e la Toscana un altro, e questi fu di Lunigiana, uno de' marchesi Malespini, nomato Alberto. Fu adunque la provenzale favella estimata e operata grandemente, sì come tuttavia veder si può, ché più di cento suoi poeti ancora si leggono, e hogli già letti io, che non ne ho altrettanti letti de' nostri. Né è da maravigliarsene, perciò che non patendo quelle genti molti discorrimenti d'altre nazioni, e per lo più lunga e tranquilla pace godendo e allegra vita menando, come fanno tutte naturalmente, avendovi oltre acciò molti signori più che non v'ha ora e molte corti, agevole cosa fu che tra esse in ispazio di lungo tempo lo scrivere venisse in prezzo, e che vi si trovasse primieramente il rimare, sì come io stimo; quando si vede che più antiche rime delle provenzali altra lingua non ha, da quelle poche in fuori che si leggono nella latina, già caduta del suo stato e perduta. Il che se mi si conciede, non sarà da dubitare che la fiorentina lingua da' provenzali poeti, più che da altri, le rime pigliate s'abbia, et essi avuti per maestri; quando medesimamente si vede che al presente più antiche rime delle toscane altra lingua gran fatto non ha, levatone la provenzale.

Capitolo IX

Senza che molte cose, come io dissi, hanno i suoi poeti prese da quelli, sì come sogliono far sempre i discepoli da' loro maestri, che possono essere di ciò che io dico argomento, tra le quali sono primieramente molte maniere di canzoni, che hanno i Fiorentini, dalla Provenza pigliandole, recate in Toscana: sì come si può dire delle sestine, delle quali mostra che fosse il ritrovatore Arnaldo Daniello, che una ne fe', senza più; o come sono dell'altre canzoni, che hanno le rime tutte delle medesime voci, sì come ha quella di Dante: Amor, tu vedi ben che questa donna la tua virtù non cura in alcun tempo;
il quale uso infino da Pietro Ruggiero incominciò; o come sono ancora quelle canzoni, nelle quali le rime solamente di stanza in stanza si rispondono, e tante volte ha luogo ciascuna rima, quante sono le stanze, né più né meno: nella qual maniera il medesimo Arnaldo tutte le sue canzoni compose, come che egli in alcuna canzone traponesse eziandio le rime ne' mezzi versi, il che fecero assai sovente ancora degli altri poeti di quella lingua, e sopra tutti Giraldo Brunello, e imitarono, con più diligenza che mestiero non era loro, i Toscani. Oltra che ritrovamento provenzale è stato lo usare i versi rotti; la quale usanza, perciò che molto varia in quelli poeti fu, che alcuna volta di tre sillabe gli fecero, alcuna altra di quattro e ora di cinque e d'otto e molto spesso di nove, oltra quelle di sette e d'undici, avenne che i più antichi Toscani più maniere di versi rotti usarono ne' loro poemi ancora essi, che loro più vicini erano e più nuovi nella imitazione, e meno i meno antichi; i quali da questa usanza si discostarono, secondo che eglino si vennero da loro lontanando, in tanto che il Petrarca verso rotto niuno altro che di sette sillabe non fece.

Capitolo X

Presero oltre acciò medesimamente molte voci i fiorentini uomini da questi, e la loro lingua, ancora e rozza e povera, iscaltrirono e arricchirono dell'altrui. Con ciò sia cosa che Poggiare, Obliare, Rimembrare, Assembrare, Badare, Donneare, dagli antichi Toscani detta, e Riparare, quando vuol dire stare e albergare, e Gioire sono provenzali, e Calere altresì; dintorno alla qual voce essi aveano in usanza famigliarissima, volendo dire che alcuno non curasse di che che sia, dire che egli lo poneva in non calere, o veramente a non cale, o ancora a non calente: della qual cosa sono nelle loro rime moltissimi essempi, dalle quali presero non solamente altri scrittori della Toscana, e Dante, che e nelle prose e nel verso se ne ricordò, ma il Petrarca medesimo, quando e' disse: Per una donna ho messoegualmente in non cale ogni pensiero.
Sono ancora provenzali Guiderdone e Arnese e Soggiorno e Orgoglio e Arringo e Guisa e Uopo Come Uopo? - disse messer Ercole - non è egli Uopo voce latina? - È,- rispose messer Federigo - tuttavolta molto prima da' Provenzali usata, che si sappia, che da' Toscani, perché da loro si dee credere che si pigliasse; e tanto più ancora maggiormente, quanto avendo i Toscani in uso quest'altra voce Bisogno, che quello stesso può, di questo Uopo non facea loro uopo altramente. Sì come è da credere che si pigliasse Chero, quantunque egli latina voce sia, essendo eziandio toscana voce Cerco, perciò che molto prima da' Provenzali fu questa voce ad usar presa, che da' Toscani; la qual poi torcendo, dissero Cherere e Cherire, e Caendo molto anticamente, e Chesta. Quantunque Uopo s'è alcuna volta ancora più provenzalmente detta, che si fe' Uo', in vece di Uopo, recandola in voce d'una sillaba, sì come la recò Dante, il quale nel suo Inferno disse: Più non t'è uo' ch'aprirmi 'l tu' talento. È medesimamente Quadrello voce provenzale, e Onta e Prode e Talento e Tenzona e Gaio e Isnello e Guari e Sovente e Altresì e Dottare e Dottanza, che si disse eziandio Dotta; sì come la disse il medesimo Dante in quei versi pure del suo Inferno:
Allor temetti più che mai la morte, e non v'era mestier più che la dotta, s'i' non avessi viste le ritorte.
È nondimeno più in uso Dottanza, sì come voce di quel fine che amato era molto dalla Provenza, il qual fine piacendo per imitazione altresì a' toscani, e Pietanza e Pesanza e Beninanza e Malenanza e Allegranza e Dilettanza e Piacenza e Valenza e Fallenza e molte altre voci di questa maniera in Guido

Guinicelli si leggono, in Guido Cavalcanti, in messer Cino, in messer Onesto, in Buonagiunta, in messer Piero dalle Vigne, e in altri e poeti e prosatori di quella età. Passò questo uso di fine a Dante, e al Boccaccio altresì: tuttavia e all'uno e all'altro pervenne oggimai stanco. Quantunque Dante molto vago si sia dimostrato di portare nella Toscana le provenzali voci: sì come è A randa, che vale quanto appena, e Bozzo, che è bastardo e non legittimo, e Gaggio, come che egli di questa non fosse il primo che in Toscana la si portasse, e sì come è Landa e Miraglio e Smagare che è trarre di sentimento e quasi dalla primiera immagine, e ponsi ancora semplicemente per affannare, la qual voce et esso usò molto spesso, e gli altri poeti eziandio usarono, e il Boccaccio, oltre ad essi, alcuna fiata la pose nelle sue prose. Al Petrarca parve dura, e leggesi usata da lui solamente una volta; tuttavia in quelli sonetti, che egli levò dagli altri del canzonier suo, sì come non degni della loro compagnia: Che da se stesso non sa far cotanto, che 'l sanguinoso corso del suo lago resti, perch'io dolendo tutto smago.

Né queste voci sole furò Dante da' Provenzali, ma dell'altre ancora, sì come è Drudo e Marca e Vengiare, Giuggiare, Approcciare, Inveggiare e Scoscendere, che è rompere, e Bieco e Croio e Forsennato e Tracotanza e Oltracotanza, che è trascuraggine, e Trascotato; la qual voce usarono parimente degli altri Toscani, e il Boccaccio molto spesso. Anzi ho io un libro veduto delle sue Novelle, buono e antico, nel quale sempre si legge scritta così Trascutato, voce del tutto provenzale, quella che negli altri ha trascurato. Pigliasi eziandio alle volte Trascotato per uomo trapassante il diritto e il dovere, e Tracotanza per così fatto trapassamento. Fu in queste imitazioni, come io dico, molto meno ardito il Petrarca. Pure usò Gaio e Lassato e Sevrare e Gramare e Oprire, che è aprire, voce famigliarissima della Provenza, la quale, passando a quel tempo forse in Toscana, passò eziandio a Roma, e ancora dell'un luogo e dell'altro non s'è partita; usò Ligio, che in tutti i provenzali libri si legge; usò Tanto o quanto, che posero i provenzali in vece di dire pur un poco, in quel verso, Costei non è chi tanto o quanto stringa; e usollo più d'una volta. Senza che egli alquante voci provenzali, che sono dalle toscane in alcuna loro parte differenti, usò più volentieri e più spesso secondo la provenzal forma che la toscana; perciò che e Alma disse più sovente che Anima, e Fora che Saria, e Ancidere che Uccidere, e Augello che Uccello, e più volentieri pose Primiero, quando e' poté, che Primo, sì come aveano tuttavia in parte fatto ancora degli altri prima di lui. Anzi egli Conquiso, che è voce provenzale, usò molte volte; ma Conquistato, che è toscana, non giamai. Oltra che il dire, Avìa, Solìa, Credìa, che egli usò alle volte, e usò medesimamente provenzale.

Capitolo XI

Usò eziandio il Petrarca Ha, in vece di sono, quando e' disse:
Fuor tutti i nostri lidi
ne l'isole famose di Fortuna
due fonti ha,
e ancora:
Che s'al contar non erro, oggi ha sett'anni,
che sospirando vo di riva in riva;
pure da' Provenzali, come io dico, togliendolo, i quali non solamente Ha in vece d'è e di sono ponevano, anzi ancora Avea in vece d'era e d'erano, et Ebbe in vece di fu e di furono dicevano, e così per gli altri tempi tutti e guise di quel verbo discorrendo, facevano molto spesso. Il quale uso imitarono degli altri e poeti e prosatori di questa lingua, e sopra tutti il Boccaccio, il qual disse, Non ha lungo tempo, e Quanti sensali ha in Firenze, e Quante donne v'avea, che ve n'avea molte, e Nella quale, come che oggi ve n'abbia di ricchi uomini, ve n'ebbe già uno, et Ebbevi di quelli, e altri simili termini, non una volta disse, ma molte. Et è ciò nondimeno medesimamente presente uso della Cicilia. E per dire del Petrarca, avenne alle volte che egli delle italiche voci medesime usò col provenzale sentimento; il che

si vede nella voce Onde. Perciò che era On provenzale voce, usata da quella nazione in moltissime guise oltra il sentimento suo latino e proprio. Ciò imitando, usolla alquante volte licenziosamente il Petrarca, e tra le altre questa: A la man, ond'io scrivo, è fatta amica, nel qual luogo egli pose Onde, in vece di dire con la quale; e quest'altra:
Or quei begli occhi, ond'io mai non mi pento
de le mie pene,
dove Onde può altrettanto, quanto per cagion de' quali; il che, quantunque paia arditamente e licenziosamente detto, è nondimeno con molta grazia detto, sì come si vede essere ancora in molti altri luoghi del medesimo poeta, pure dalla Provenza tolto, come io dissi. Sono, oltre a tutto questo, le provenzali scritture piene d'un cotal modo di ragionare, che dicevano: Io amo meglio, in vece di dire io voglio più tosto. Il qual modo, piacendo al Boccaccio, egli il seminò molto spesso per le composizioni sue: Io amo molto meglio di dispiacere a queste mie carni, che, facendo loro agio, io facessi cosa che potesse essere perdizione dell'anima mia; e altrove: Amando meglio il figliuolo vivo con moglie non convenevole allui, che morto senza alcuna. Senza che uso de' Provenzali per aventura ha stato lo aggiugnere la I nel principio di moltissime voci (come che essi la E vi ponessero in quella vece, lettera più acconcia alla lor lingua in tale ufficio, che alla toscana) sì come sono Istare, Ischifare, Ispesso, Istesso e dell'altre, che dalla S, a cui alcun'altra consonante stia dietro, cominciano, come fanno queste. Il che tuttavia non si fa sempre; ma fassi per lo più quando la voce, che dinanzi a queste cotali voci sta, in consonante finisce, per ischifare in quella guisa l'asprezza, che ne uscirebbe se ciò non si facesse; sì come fuggì Dante, che disse: Non isperate mai veder lo cielo; e il Petrarca, che disse: Per iscolpirlo imaginando in parte. E come che il dire in Ispagna paia dal latino esser detto, egli non è così, perciò che quando questa voce alcuna vocale dinanzi da sé ha, Spagna le più volte e non Ispagna si dice. Il qual uso tanto innanzi procedette, che ancora in molte di quelle voci, le quali comunalmente parlandosi hanno la E dinanzi la detta S, quella E pure nella I si cangiò bene spesso: Istimare, Istrano e somiglianti. Oltra che alla voce Nudo s'aggiunse non solamente la I, ma la G ancora, e fecesene Ignudo, non mutandovisi perciò il sentimento di lei in parte alcuna, il quale in quest'altra voce Ignavo si muta nel contrario di quello della primiera sua voce, che nel latino solamente è ad usanza, la qual voce nondimeno italiana è più tosto, sì come dal latino tolta, che toscana. Né solamente molte voci, come si vede, o pure alquanti modi del dire presero dalla Provenza i Toscani; anzi essi ancora molte figure del parlare, molte sentenze, molti argomenti di canzoni, molti versi medesimi le furarono, e più ne furaron quelli, che maggiori stati sono e miglior poeti riputati. Il che agevolmente vederà chiunque le provenzali rime piglierà fatica di leggere, senza che io, a cui sovenire di ciascuno essempio non può, tutti e tre voi gravi ora recitandolevi. Per le quali cose, quello estimar si può, che io, messer Ercole, rispondendo vi dissi, che il verseggiare e rimare da quella nazione più che da altra s'è preso. Ma sì come la toscana lingua, da quelle stagioni a pigliar riputazione incominciando, crebbe in onore e in prezzo quanto s'è veduto di giorno in giorno, così la provenzale è ita mancando e perdendo di secolo in secolo in tanto, che ora non che poeti si truovino che scrivano provenzalmente, ma la lingua medesima è poco meno che sparita e dileguatasi della contrada. Perciò che in gran parte altramente parlano quelle genti e scrivono a questo dì, che non facevano a quel tempo; né senza molta cura e diligenza e fatica si possono ora bene intendere le loro antiche scritture. Senza che eglino a nessuna qualità di studio meno intendono che al rimare e alla poesia, e altri popoli che scrivano in quella lingua essi non hanno; i quali, se sono oltramontani o poco o nulla scrivono o lo fanno francesemente, se sono Italiani nella loro lingua più tosto a scrivere si mettono, agevole e usata, che nella faticosa e disusata altrui. Perché non è anco da maravigliarsi, messer Ercole, se ella, che già riguardevole fu e celebrata, è ora, come diceste, di poco grido -.

Capitolo XII

Avea messer Federigo al suo ragionamento posto fine, quando il Magnifico e mio fratello, dopo alquante parole dell'uno e dell'altro fatte sopra le dette cose, s'avidero che messer Ercole, tacendo e gli occhi in una parte fermi e fissi tenendo, non gli ascoltava, ma pensava ad altro. Il quale, poco appresso riscossosi, ad essi rivolto disse: Voi avete detto non so che, che io, da nuovo pensamento soprapreso, non ho udito. Vaglia a ridire, se io di troppo non vi gravo. - Di nulla ci gravate, - rispose il Magnifico - ma noi ragionavamo in onore di messer Federigo, lodando la sua diligenza posta nel vedere i provenzali componimenti, da molti non bisognevole e soverchia riputata. Ma voi di che pensavate così fissamente? - Io pensava, - diss'egli - che se io ora, dalle cose che per messer Federigo e per voi della volgar lingua dette si sono persuaso, a scrivere volgarmente mi disponessi, sicuramente a molto strano partito mi crederei essere, né saperei come spedirmene, senza far perdita da qualche canto; il che, quando io latinamente penso di scrivere, non m'aviene. Perciò che la latina lingua altro che una lingua non è, d'una sola qualità e d'una forma, con la quale tutte le italiane genti e dell'altre che italiane non sono parimente scrivono, senza differenza avere e dissomiglianza in parte alcuna questa da quella, con ciò sia cosa che tale è in Napoli la latina lingua, quale ella è in Roma e in Firenze e in Melano e in questa città e in ciascuna altra, dove ella sia in uso o molto o poco, ché in tutte medesimamente è il parlar latino d'una regola e d'una maniera; onde io a latinamente scrivere mettendomi, non potrei errare nello appigliarmi. Ma la volgare sta altramente. Perciò che ancora che le genti tutte, le quali dentro a' termini della Italia sono comprese, favellino e ragionino volgarmente, nondimeno ad un modo volgarmente favellano i napoletani uomini, ad un altro ragionano i lombardi, ad un altro i toscani, e così per ogni popolo discorrendo, parlano tra sé diversamente tutti gli altri. E sì come le contrade, quantunque italiche sieno medesimamente tutte, hanno nondimeno tra sé diverso e differente sito ciascuna, così le favelle, come che tutte volgari si chiamino, pure tra esse molta differenza si vede essere, e molto sono dissomiglianti l'una dall'altra. Per la qual cosa, come io dissi, impacciato mi troverei, che non saperei, volendo scrivere volgarmente, tra tante forme e quasi facie di volgari ragionamenti, a quale appigliarmi -.

Capitolo XIII

Allora mio fratello, sorridendo: - Egli si par bene disse - che voi non abbiate un libro veduto, che il Calmeta composto ha della volgar poesia, nel quale egli, affine che le genti della Italia non istiano in contesa tra loro, dà sentenza sopra questo dubbio, di qualità che niuna se ne può dolere. - Voi di poco potete errare, messer Carlo, - rispose lo Strozza - a dire che io libro alcuno del Calmeta non ho veduto, il quale, come sapete, scritture che volgari siano e componimenti di questa lingua, piglio in mano rade volte o non mai. Ma pure che sentenza è quella sua così maravigliosa che voi dite? - È - rispose mio fratello - questa, che egli giudica e termina in favore della cortigiana lingua, e questa non solamente alla pugliese e alla marchigiana o pure alla melanese prepone, ma ancora con tutte l'altre della Italia a quella della Toscana medesima ne la mette sopra, affermando a' nostri uomini, che nello scrivere e comporre volgarmente niuna lingua si dee seguire, niuna apprendere, se non questa -. A cui il Magnifico: - E quale domine lingua cortigiana chiama costui? con ciò sia cosa che parlare cortigiano è quello che s'usa nelle corti, e le corti sono molte: perciò che e in Ferrara è corte, e in Mantova e in Urbino, e in Ispagna e in Francia e in Lamagna sono corti, e in molti altri luoghi. Laonde lingua cortigiana chiamare si può in ogni parte del mondo quella che nella corte s'usa della contrada, a differenza di quell'altra che rimane in bocca del popolo, e non suole essere così tersa e così gentile. - Chiama - rispose mio fratello - cortigiana lingua quella della romana corte il nostro Calmeta, e dice che, perciò che facendosi in Italia menzione di corte ogniuno dee credere che di quella di Roma si ragioni, come tra tutte primiera, lingua cortigiana esso vuole che sia quella che s'usa in Roma, non mica da' romani uomini, ma da quelli della corte che in Roma fanno dimora. - E in Roma - disse il Magnifico - fanno dimora medesimamente diversissime genti pure di corte. Perciò che sì come ciascuno di noi sa, molti cardinali vi sono, quale spagniuolo, quale francese, quale tedesco, quale lombardo, quale toscano, quale viniziano; e di molti signori vi stanno al continuo che sono ancora essa membri della corte, di strane nazioni bene spesso, e molto tra sé differenti e lontane. E il Papa medesimo, che di tutta la corte è capo, quando è valenziano, come veggiamo essere ora, quando genovese e quando d'un luogo e quando d'altro. Perché, se lingua cortigiana è quella che costoro usano, et essi sono tra sé così differenti, come si vede che sono, né quelli medesimi sempre, non so io ancor vedere quale il nostro Calmeta lingua cortigiana si chiami. Chiama, dico, quella lingua, - disse da capo mio fratello che in corte di Roma è in usanza; non la spagniuola o la francese o la melanese o la napoletana da sé sola, o alcun'altra, ma quella che del mescolamento di tutte queste è nata, e ora è tra le genti della corte quasi parimente a ciascuna comune. Alla qual parte, dicendogli non ha guari messer Trifone Gabriele nostro, a cui egli, sì come ad uomo che udito avea molte volte ricordare essere dottissimo e sopra tutto intendentissimo delle volgari cose, questa nuova openion sua là dove io era isponea, come ciò potesse essere, che tra così diverse maniere di favella ne uscisse forma alcuna propria, che si potesse e insegnare e apprendere con certa e ferma regola sì che se ne valessino gli scrittori, esso gli rispondea, che sì come i Greci quattro lingue hanno alquanto tra sé differenti e separate, delle quali tutte una ne traggono, che niuna di queste è, ma bene ha in sé molte parti e molte qualità di ciascuna, così di quelle che in Roma, per la varietà delle genti che sì come fiumi al mare vi corrono e allaganvi d'ogni parte, sono senza fallo infinite, se ne genera et escene questa che io dico, la quale altresì, come quella greca si vede avere, sue regole, sue leggi ha, suoi termini, suoi confini, ne' quali contenendosi valere se ne può chiunque scrive. - Buona somiglianza - disse il Magnifico seguendo le parole di mio fratello - e bene paragonata; ma che rispose messer Trifone a questa parte? - Rispose - disse mio fratello - che oltra che le lingue della Grecia eran quattro, come esso dicea, e quelle di Roma tante che non si numererebbono di leggiere, delle quali tutte formare e comporne una terminata e regolata non si potea come di quattro s'era potuto, le quattro greche nella loro propria maniera s'erano conservate continuo, il che avea fatto agevole agli uomini di quei tempi dare alla quinta certa qualità e certa forma. Ma le romane si mutavano secondo il mutamento de' signori che facevano la corte, onde quella una che se ne generava, non istava ferma, anzi, a guisa di marina onda, che ora per un vento a quella parte si gonfia, ora a questa si china per un altro, così ella, che pochi anni adietro era stata tutta nostra, ora s'era mutata e divenuta in buona parte straniera. Perciò che poi che le Spagne a servire il loro pontefice a Roma i loro popoli mandati aveano, e Valenza il colle Vaticano occupato avea, a' nostri uomini e alle nostre donne oggimai altre voci, altri accenti avere in bocca non piaceva, che spagniuoli. Così quinci a poco, se il cristiano pastore, che a quello d'oggi venisse appresso, fosse francese, il parlare della Francia passerebbe a Roma insieme con quelle genti, e la cortigiana lingua, che s'era oggimai cotanto inispagnuolita, incontanente s'infranceserebbe, e altrettanto di nuova forma piglierebbe, ogni volta che le chiavi di S. Pietro venissero a mano di posseditore diverso di nazione dal passato. Ora, allo 'ncontro, molte cose recò il Calmeta in difesa della sua nuova lingua, poco sustanzievoli nel vero e a quelle somiglianti che udito avete, volendo a messer Trifone persuadere, che il parlare della romana corte era grave, dolce, vago, limato, puro, il che diceva dell'altre lingue non avenire, né pure della toscana così apieno. Ma egli nulla di ciò gli credette, né gliele fece buono in parte alcuna; onde egli o per la fatica del ragionare, o pure perciò che messer Trifone non accettava le sue ragioni, tutto cruccioso e caldo si dipartì -.

Capitolo XIV

- Bene e ragionevolmente, sì come egli sempre fa, rispose messer Trifone al Calmeta, - disse il Magnifico - in ciò che raccontato ci avete. Ma egli l'arebbe per aventura potuto strignere con più forte nodo, e arebbel fatto: se non l'avesse, sì come io stimo, la sua grande e naturale modestia ritenuto. - E quale è questo nodo più forte, Giuliano, - disse lo Strozza - che voi dite? - È diss'egli - che quella lingua che esso all'altre tutte prepone, non solamente non è di qualità da preporre ad alcuna, ma io non so ancora se dire si può, che ella sia veramente lingua. - Come, che ella non sia lingua? - disse messer Ercole - non si parla e ragiona egli in corte di Roma a modo niuno? - Parlavisi - rispose il Magnifico - e ragionavisi medesimamente come negli altri luoghi; ma questo ragionare per aventura e questo favellare tuttavia non è lingua, perciò che non si può dire che sia veramente lingua alcuna favella che non ha scrittore. Già non si disse alcuna delle cinque greche lingue esser lingua per altro, se non perciò che si trovavano in quella maniera di lingua molti scrittori. Né la latina lingua chiamiamo noi lingua, solo che per cagion di Plauto, di Terenzio, di Virgilio, di Varrone, di Cicerone e degli altri che, scrivendo, hanno fatto che ella è lingua, come si vede. Il Calmeta scrittore alcuno non ha da mostrarci, della lingua che egli cotanto loda agli scrittori. Oltre acciò ogni lingua alcuna qualità ha in sé, per la quale essa è lingua o povera o abondevole o tersa o rozza o piacevole o severa, o altre parti ha a queste simili che io dico; il che dimostrare con altro testimonio non si può che di coloro che hanno in quella lingua scritto. Perciò che se io volessi dire che la fiorentina lingua più regolata si vede essere, più vaga, più pura che la provenzale, i miei due Toschi vi porrei dinanzi, il Boccaccio e il Petrarca senza più, come che molti ve n'avesse degli altri, i quali due tale fatta l'hanno, quale essendo non ha da pentirsi. Il Calmeta quale auttore ci recherà per dimostrarci che la sua lingua queste o quelle parti ha, per le quali ella sia da preporre alla mia? sicuramente non niuno, che di nessuno si sa che nella cortigiana lingua scritto abbia infino a questo giorno -. Quivi tramettendosi messer Ercole: - A questo modo - disse si potranno per aventura le parole di messer Carlo far vere, che non essendo lingua quella che il Calmeta per lingua a tutte le italiane lingue prepone, niun popolo della Italia dolere si potrà della sua sentenza. Ma io non per questo sarò, Giuliano, fuori del dubbio che io vi proposi. - Sì sarete sì, - rispose il Magnifico - se voi per aventura seguitar quegli altri non voleste, i quali perciò che non sanno essi ragionar toscanamente, si fanno a credere che ben fatto sia quelli biasimare che così ragionano; per la qual cosa essi la costoro diligenza schernendo, senza legge alcuna scrivono, senza avertimento, e comunque gli porta la folle e vana licenza, che essi da sé s'hanno presa, così ne vanno ogni voce di qualunque popolo, ogni modo sciocco, ogni stemperata maniera di dire ne' loro ragionamenti portando, e in essi affermando che così si dee fare; o pure se voi al Bembo vi farete dire, perché è, che messer Pietro suo fratello i suoi Asolani libri più tosto in lingua fiorentina dettati ha, che in quella della città sua -. Allora mio fratello, senza altro priego di messer Ercole aspettare, disse: - Hallo fatto per quella cagione, per la quale molti Greci, quantunque Ateniesi non fossero, pure più volentieri i loro componimenti in lingua attica distendeano che in altra, sì come in quella che è nel vero più vaga e più gentile -.

Capitolo XV

- È adunque la fiorentina lingua - disse lo Strozza più gentile e più vaga, messer Carlo, della vostra? - È senza dubbio alcuno, - rispose egli - né mi ritrarrò io, messer Ercole, di confessare a voi quello che mio fratello a ciascuno ha confessato, in quella lingua più tosto che in questa dettando e commentando. - Ma perché è, - rispose lo Strozza - che quella lingua più gentile sia che la vostra? Allora disse mio fratello: - Egli si potrebbe dire in questa sentenza, messer Ercole, molte cose; perciò che primieramente si veggono le toscane voci miglior suono avere, che non hanno le viniziane, più dolce, più vago, più ispedito, più vivo; né elle tronche si vede che sieno e mancanti, come si può di buona parte delle nostre vedere, le quali niuna lettera raddoppiano giamai. Oltre a questo, hanno il loro cominciamento più proprio, hanno il mezzo più ordinato, hanno più soave e più dilicato il fine, né sono così sciolte, così languide; alle regole hanno più risguardo, a' tempi, a' numeri, agli articoli, alle persone. Molte guise del dire usano i toscani uomini, piene di giudicio, piene di vaghezza, molte grate e dolci figure che non usiam noi, le quali cose quanto adornano, non bisogna che venga in quistione. Ma io non voglio dire ora, se non questo: che la nostra lingua, scrittor di prosa che si legga e tenga per mano ordinatamente, non ha ella alcuno; di verso, senza fallo, molti pochi; uno de' quali più in pregio è stato a' suoi tempi, o pure a' nostri, per le maniere del canto, col quale egli mandò fuori le sue canzoni, che per quella della scrittura, le quali canzoni dal sopranome di lui sono poi state dette e ora si dicono le Giustiniane -. E se il Cosmico è stato letto già, e ora si legge, è forse perciò che egli non ha in tutto composto vinizianamente, anzi s'è egli dal suo natìo parlare più che mezzanamente discostato. La qual povertà e mancamento di scrittori, istimo essere avenuto perciò che nello scrivere la lingua non sodisfà, posta, dico, nelle carte tale quale ella è nel popolo ragionando e favellando, e pigliarla dalle scritture non si può, ché degni e accettati scrittori noi, come io dissi, non abbiamo. Là dove la toscana e nel parlare è vaga e nelle scritture si legge ordinatissima, con ciò sia cosa che ella, da molti suoi scrittori di tempo in tempo indirizzata, è ora in guisa e regolata e gentile, che oggimai poco disiderare si può più oltra, massimamente veggendosi quello, che non è meno che altro da disiderare che vi sia, e ciò è che allei copia e ampiezza non mancano. La qual cosa scorgere si può per questo, che ella, e alle quantunque alte e gravi materie dà bastevolmente voci che le spongono, niente meno che si dia la latina, e alle basse e leggiere altresì; a' quali due stremi quando si sodisfà, non è da dubitare che al mezzano stato si manchi. Anzi alcuna volta eziandio più abondevole si potrebbe per aventura dire che ella fosse. Perciò che rivolgendo ogni cosa, con qual voce i latini dicano quello che da' toscani molto usatamente valore è detto, non troverete. E perciò che tanto sono le lingue belle e buone più e meno l'una dell'altra, quanto elle più o meno hanno illustri e onorati scrittori, sicuramente dire si può, messer Ercole, la fiorentina lingua essere non solamente della mia, che senza contesa la si mette innanzi, ma ancora di tutte l'altre volgari, che a nostro conoscimento pervengono, di gran lunga primiera. Bella e piena loda è questa, Giuliano, del vostro parlare, disse lo Strozza - e, come io stimo, ancor vera, poi che ella da istrano e da giudicioso uomo gli è data. Ma voi, messer Federigo, che ne dite? parvi egli che così sia? Parmi senza dubbio alcuno, - rispose messer Federigo - e dicone quello stesso che messer Carlo ne dice; il che si può credere ancora per questo, che non solamente i viniziani compositori di rime con la fiorentina lingua scrivono, se letti vogliono essere dalle genti, ma tutti gli altri italiani ancora. Di prosa non pare già, che ancor si veggano, oltra i toscani, molti scrittori. E di ciò anco non è maraviglia, con ciò sia cosa che la prosa molto più tardi è stata ricevuta dall'altre nazioni che il verso. Perché voi vi potete tener per contento, Giuliano, al quale ha fatto il cielo natìo e proprio quel parlare, che gli altri Italiani uomini per elezione seguono, et è loro istrano -.

Capitolo XVI

Allora mio fratello: - Egli par bene da una parte, disse - messer Federigo, che per contento tener se ne debba Giuliano, perciò che egli ha senza sua fatica quella lingua nella culla e nelle fascie apparata, che noi dagli auttori il più delle volte con l'ossa dure disagiosamente appariamo. Ma d'altra non so io bene, senza fallo alcuno, che dirmi; e viemmi talora in openione di credere, che l'essere a questi tempi nato fiorentino, a ben volere fiorentino scrivere, non sia di molto vantaggio. Perciò che, oltre che naturalmente suole avenire, che le cose delle quali abondiamo sono da noi men care avute, onde voi toschi, del vostro parlare abondevoli, meno stima ne fate che noi non facciamo, sì aviene egli ancora che, perciò che voi ci nascete e crescete, a voi pare di saperlo abastanza, per la qual cosa non ne cercate altramente gli scrittori, a quello del popolaresco uso tenendovi, senza passar più avanti, il quale nel vero non è mai così gentile, così vago, come sono le buone scritture. Ma gli altri, che toscani non sono, da' buoni libri la lingua apprendendo, l'apprendono vaga e gentile. Così ne viene per aventura quello che io ho udito dire più volte, che a questi tempi non così propriamente né così riguardevolmente scrivete nella vostra medesima lingua voi fiorentini, Giuliano, come si vede che scrivono degli altri. Il che può avenire eziandio per questo, che quando bene ancora voi, per meglio sapere scrivere, abbiate con diligenza cerchi e ricerchi i vostri auttori, pure poi, quando la penna pigliate in mano, per occulta forza della lunga usanza, che nel parlare avete fatta del popolo, molte di quelle voci e molte di quelle maniere del dire vi si parano, mal grado vostro, dinanzi, che offendono e quasi macchiano le scritture, e queste tutte fuggire e schifare non si possono il più delle volte il che non aviene di coloro, che lo scrivere nella lingua vostra dalle buone composizioni vostre solamente, e non altronde, hanno appreso. Né dico già io ciò, perché non ce ne possa alcuno essere, in cui questo non abbia luogo: sì come non ha, Giuliano, in voi, il quale, da fanciullo nelle buone lezioni avezzo, così ragionate ora, come quelli scrissero, de' quali s'è detto. Ma dicolo per la maggior parte, o forse per gli altri, che io non so se alcuno altro s'è de' vostri, che questo in ciò possa che voi potete -.

Capitolo XVII

- Io, messer Carlo, - riprese il Magnifico - lasciando da parte quello che di me avete detto, a che io rispondere non voglio, non vi niego già che egli non possa essere che messer Pietro vostro fratello, e degli altri, che fiorentini non sono, la lingua de' nostri antichi scrittori con maggiore diligenza non seguano, e più segnatamente con essa per aventura non scrivano di quello che scriviam noi; e voglio io ripormi tra gli altri, da' quali voi, per vostra cortesia, tolto m'avete. Ma io non so se egli si debba per questo dire che il vostro scrivere in quella guisa più sia da lodare che il nostro. Perciò che, come si vede chiaramente in ogni regione e in ogni popolo avenire, il parlare e le favelle non sempre durano in uno medesimo stato, anzi elle si vanno o poco o molto cangiando, sì come si cangia il vestire, il guerreggiare, e gli altri costumi e maniere del vivere, come che sia. Perché le scritture, sì come anco le veste e le arme, accostare si debbono e adagiare con l'uso de' tempi, ne' quali si scrive, con ciò sia cosa che esse dagli uomini, che vivono, hanno ad esser lette e intese, e non da quelli che son già passati. Era il nostro parlare negli antichi tempi rozzo e grosso e materiale, e molto più oliva di contado che di città. Per la qual cosa Guido Cavalcanti, Farinata degli Uberti, Guittone, e molt'altri, le parole del loro secolo usando, lasciarono le rime loro piene di materiali e grosse voci altresì; perciò che e Blasmo e Placere e Meo e Deo dissero assai sovente, e Bellore e Fallore e Lucore e Amanza e Saccente e Coralmente, senza risguardo e senza considerazione alcuna avervi sopra, sì come quelli che ancora udite non aveano di più vaghe. Né stette guari, che la lingua lasciò in gran parte la prima dura corteccia del pedal suo. Laonde Dante, e nella Vita Nuova e nel Convito e nelle Canzoni e nella Comedia sua, molto si vede mutato e differente da quelli primieri che io dico, e tra queste sue composizioni più si vede lontano da loro in quelle alle quali egli pose mano più attempato, che nelle altre; il che argomento è che secondo il mutamento della lingua si mutava egli, affine di poter piacere alle genti di quella stagione, nella quale esso scrivea. Furono pochi anni appresso il Boccaccio e il Petrarca, i quali, trovando medesimamente il parlare della patria loro altrettanto o più ancora cangiato da quello che trovò Dante, cangiarono in parte altresì i loro componimenti. Ora vi dico, che sì come al Petrarca e al Boccaccio non sarebbe stato dicevole che eglino si fossero dati allo scrivere nella lingua di quegli antichi lasciando la loro, quantunque essi l'avessero e potuto e saputo fare, così né più né meno pare che a noi si disconvenga, lasciando questa del nostro secolo, il metterci a comporre in quella del loro, ché si potrebbe dire, messer Carlo, che noi scriver volessimo a' morti più che a' vivi. Le bocche acconcie a parlare ha la natura date agli uomini, affine che ciò sia loro de' loro animi, che vedere compiutamente in altro specchio non si possono, segno e dimostramento; e questo parlare d'una maniera si sente nella Italia, e in Lamagna si vede essere d'un'altra, e così da questi diverso negli altri luoghi. Perché, sì come voi e io saremmo da riprendere, se noi a' nostri figliuoli facessimo il tedesco linguaggio imprendere, più tosto che il nostro, così medesimamente si potrebbe per aventura dire, che biasimo meritasse colui, il quale vuole innanzi con la lingua degli altri secoli scrivere, che con quella del suo -.

Capitolo XVIII

Tacevati, dette queste parole, il Magnifico, e gli altri medesimamente si tacevano, aspettando quello che mio fratello recasse allo 'ncontro, il quale incontanente in questa guisa rispose: - Debole e arenoso fondamento avete alle vostre ragioni dato, se io non m'inganno, Giuliano, dicendo, che perché le favelle si mutano, egli si dee sempre a quel parlare, che è in bocca delle genti, quando altri si mette a scrivere, appressare e avicinare i componimenti, con ciò sia cosa che d'esser letto e inteso dagli uomini che vivono si debba cercare e procacciare per ciascuno. Perciò che se questo fosse vero, ne seguirebbe che a coloro che popolarescamente scrivono, maggior loda si convenisse dare che a quegli che le scritture loro dettano e compongono più figurate e più gentili; e Virgilio meno sarebbe stato pregiato, che molti dicitori di piazza e di volgo per aventura non furono, con ciò sia cosa che egli assai sovente ne' suoi poemi usa modi del dire in tutto lontani dall'usanze del popolo, e costoro non vi si discostano giamai. La lingua delle scritture, Giuliano, non dee a quella del popolo accostarsi, se non in quanto, accostandovisi, non perde gravità non perde grandezza; che altramente ella discostare se ne dee e dilungare, quanto le basta a mantenersi in vago e in gentile stato. Il che aviene per ciò, che appunto non debbono gli scrittori por cura di piacere alle genti solamente, che sono in vita quando essi scrivono, come voi dite, ma a quelle ancora, e per aventura molto più, che sono a vivere dopo loro: con ciò sia cosa che ciascuno la eternità alle sue fatiche più ama, che un brieve tempo. E perciò che non si può per noi compiutamente sapere quale abbia ad essere l'usanza delle favelle di quegli uomini, che nel secolo nasceranno che appresso il nostro verrà, e molto meno di quegli altri, i quali appresso noi alquanti secoli nasceranno; è da vedere che alle nostre composizioni tale forma e tale stato si dia, che elle piacer possano in ciascuna età, e ad ogni secolo, ad ogni stagione esser care; sì come diedero nella latina lingua a' loro componimenti Virgilio, Cicerone e degli altri, e nella greca Omero, Demostene e di molt'altri ai loro; i quali tutti, non mica secondo il parlare, che era in uso e in bocca del volgo della loro età, scriveano, ma secondo che parea loro che bene lor mettesse a poter piacere più lungamente. Credete voi che se il Petrarca avesse le sue canzoni con la favella composte de' suoi popolani, che elle così vaghe, così belle fossero come sono, così care, così gentili? Male credete, se ciò credete. Né il Boccaccio altresì con la bocca del popolo ragionò; quantunque alle prose ella molto meno si disconvenga, che al verso. Che come che egli alcuna volta, massimamente nelle novelle, secondo le proposte materie, persone di volgo a ragionare traponendo, s'ingegnasse di farle parlare con le voci con le quali il volgo parlava, nondimeno egli si vede che in tutto 'l corpo delle composizioni sue esso è così di belle figure, di vaghi modi e dal popolo non usati, ripieno, che meraviglia non è se egli ancora vive, e lunghissimi secoli viverà. Il somigliante hanno fatto nelle altre lingue quegli scrittori, a' quali è stato bisogno, per conto delle materie delle quali essi scriveano, le voci del popolo alle volte porre nel campo delle loro scritture; sì come sono stati oratori e compositori di comedie o pure di cose che al popolo dirittamente si ragionano, se essi tuttavia buoni maestri delle loro opere sono stati. Quale altro giamai fu, che al popolo ragionasse più di quello che fe' Cicerone? Nondimeno il suo ragionare in tanto si levò dal popolo, che egli sempre solo, sempre unico, sempre senza compagnia è stato. Simigliantemente avenne di Demostene tra' Greci; e poco meno in quell'altra maniera di scrivere, d'Aristofane e di Terenzio tra loro e tra noi. Per la qual cosa dire di loro si può, che essi bene hanno ragionato col popolo in modo che sono stati dal popolo intesi, ma non in quella guisa nella quale il popolo ha ragionato con loro. Perché, se volete dire, Giuliano, che agli scrittori stia bene ragionare in maniera, che essi dal popolo siano intesi, io il vi potrò concedere non in tutti, ma in alquanti scrittori tuttavia; ma che essi ragionar debbano, come ragiona il popolo, questo in niuno vi si concederà giamai. Sono in questa città molti, e credo io che ne siano nella vostra ancora, i quali, orando come si fa dinanzi alle corone de' giudici, o altramente agli orecchi della moltitudine consigliando come che sia, truovano e usano molte voci nuove e per adietro dal popolo non udite, o ne dicono molte usate, ma tuttavia le pongono con nuovo sentimento, o ancora da altre lingue ne pigliano, per fare il loro parlare più riguardevole e più vago, le quali tuttavia sono dal popolo intese, o perché essi le dirivano da alcuna usata, o perché la catena delle voci, tra le quali elle son poste, le fa palesi. Usano eziandio molti modi e molte figure del dire similmente nuove al volgo, e nondimeno per quelle cagioni medesime da esso intese. Il che, se nel ragionare osservato accresce dignità e grazia, quanto si dee egli osservare maggiormente nelle scritture? Oltra che infiniti scrittori sono, a' quali non fa mestiero essere intesi dal volgo; anzi essi lo rifiutano e scacciano dai loro componimenti, solamente ad essi i dotti e gli scienziati uomini ammettendo. Né questo solamente fanno nelle composizioni, che essi agli scienziati scrivono, ma in quelle ancora molte volte che dettano e indirizzano a' non dotti. Scrive delle bisogne del contado il mantovano Virgilio, e scrive a contadini, invitandogli ad apparar le cose di che egli ragiona loro; tuttavolta scrive in modo che non che contadino alcuno, ma niuno uomo più che di città, se non dotto grandemente e letterato, può bene e compiutamente intendere ciò che egli scrive. Potrassi egli per questo dire che i libri dell'opere della villa di Virgilio non siano lo specchio e il lume e la gloria de' latini componimenti? Non è la moltitudine, Giuliano, quella che alle composizioni d'alcun secolo dona grido e auttorità, ma sono pochissimi uomini di ciascun secolo, al giudicio de' quali, perciò che sono essi più dotti degli altri riputati, danno poi le genti e la moltitudine fede, che per sé sola giudicare non sa dirittamente, e a quella parte si piega con le sue voci, a cui ella que' pochi uomini, che io dico, sente piegare. E i dotti non giudicano che alcuno bene scriva, perché egli alla moltitudine e al popolo possa piacere del secolo nel quale esso scrive; ma giudica a' dotti di qualunque secolo tanto ciascuno dover piacere, quanto egli scrive bene; ché del popolo non fanno caso. È adunque da scriver bene più che si può, perciò che le buone scritture, prima a' dotti e poi al popolo del loro secolo piacendo, piacciono altresì e a' dotti e al popolo degli altri secoli parimente.

Capitolo XIX

Ora mi potreste dire: cotesto tuo scriver bene onde si ritra' egli, e da cui si cerca? Hass'egli sempre ad imprendere dagli scrittori antichi e passati? Non piaccia a Dio sempre, Giuliano, ma sì bene ogni volta che migliore e più lodato è il parlare nelle scritture de' passati uomini, che quello che è o in bocca o nelle scritture de' vivi. Non dovea Cicerone o Virgilio, lasciando il parlare della loro età, ragionare con quello d'Ennio o di quegli altri, che furono più antichi ancora di lui, perciò che essi avrebbono oro purissimo, che delle preziose vene del loro fertile e fiorito secolo si traeva, col piombo della rozza età di coloro cangiato; sì come diceste che non doveano il Petrarca e il Boccaccio col parlare di Dante, e molto meno con quello di Guido Guinicelli e di Farinata e dei nati a quegli anni ragionare. Ma quante volte aviene che la maniera della lingua delle passate stagioni è migliore che quella della presente non è, tante volte si dee per noi con lo stile delle passate stagioni scrivere, Giuliano, e non con quello del nostro tempo. Perché molto meglio e più lodevolmente avrebbono e prosato e verseggiato, e Seneca e Tranquillo e Lucano e Claudiano e tutti quegli scrittori, che dopo 'l secolo di Giulio Cesare e d'Augusto e dopo quella monda e felice età stati sono infino a noi, se essi nella guisa di que' loro antichi, di Virgilio dico e di Cicerone, scritto avessero, che non hanno fatto scrivendo nella loro; e molto meglio faremo noi altresì, se con lo stile del Boccaccio e del Petrarca ragioneremo nelle nostre carte, che non faremo a ragionare col nostro, perciò che senza fallo alcuno molto meglio ragionarono essi che non ragioniamo noi. Né fie per questo che dire si possa, che noi ragioniamo e scriviamo a' morti più che a' vivi. A' morti scrivono coloro, le scritture de' quali non sono da persona lette giamai, o se pure alcuno le legge, sono que' tali uomini di volgo, che non hanno giudicio e così le malvagie cose leggono come le buone, perché essi morti si possono alle scritture dirittamente chiamare, e quelle scritture altresì, le quali in ogni modo muoiono con le prime carte. La latina lingua, sì come si disse pur dianzi, era agli antichi natìa, e in quel grado medesimo che è ora la volgare a noi, che così l'apprendevano essi tutti e così la usavano, come noi apprendiamo questa e usiamo, né più né meno. Non perciò ne viene, che quale ora latinamente scrive, a' morti si debba dire che egli scriva più che a' vivi, perciò che gli uomini, de' quali ella era lingua, ora non vivono, anzi sono già molti secoli stati per lo adietro. Ma io sono forse troppo ardito, Giuliano, che di queste cose con voi così affermatamente ragiono e quasi come legittimo giudice voglio speditamente darne sentenza. Egli si potrà poscia, quando a voi piacerà, altra volta meglio vedere, se quello che io dico è vero; e messer Federigo alcuna cosa vi ci recherà ancora egli. Io per me niuna cosa saprei recare sopra quelle che si son dette, - disse a questo messer Federigo forse perciò che aggiugnere non si può sopra 'l vero. Ma io m'aveggo che il dì è basso; se Giuliano più oltra non fa pensiero di dire egli, sarà per aventura ben fatto che noi pensiamo di dipartirci. - Né io altresì voglio dire più oltra, - rispose il Magnifico - poscia che, o la nuova fiorentina lingua o l'antica che si lodi maggiormente, l'onore in ogni modo ne va alla patria mia. Il dipartire adunque, messer Federigo, sia quando a voi piace, se messer Ercole nondimeno s'è de' suoi dubbi risoluto a bastanza -.

Capitolo XX

Allora lo Strozza, che buona pezza assai intentamente quello che s'era ragionato ascoltando, niente parlato avea, disse: - Lo avermi voi tutti oggi fatto chiaro d'alquante cose sopra la volgar lingua, delle quali io niuna contezza avea, m'ha posto in disio di dimandarvi d'alquante altre, e fare'lo volentieri se l'ora non fosse tarda, come messer Federigo dice e come io veggo che ella è, e se noi non avessimo pur troppo lungamente occupato messer Carlo, il quale fie bene che noi lasciamo. - Me non avete voi occupato di nulla, - riprese mio fratello - il quale non potea questo dì meglio spendere che io me l'abbia speso. Voi, messer Ercole, e questi altri posso io bene avere occupati e disagiati soverchio, il che se è stato, della vostra molta cortesia ringraziandovi, che avete con isconcio di voi il mio natale dì della vostra presenza onorato, vi chieggo di ciò perdono. Non per tanto io non mi pento d'avervi dato questo sinistro: e chi sa, se io ne ho a fare più alcuno altro? Ma, lasciando questo da parte, se io credessi che voi, fatto chiaro di quelle cose delle quali dite che ci addimandereste volentieri, pensaste di scrivere alcuna volta con quella lingua con la quale ragionate sempre, io direi che noi, o qui o in altro luogo dove a voi piacesse, insieme ci ritrovassimo medesimamente domani a questo fine. Ma io non lo spero, in maniera v'ho io conosciuto in ogni tempo lontano da questo consiglio. - Sicuramente - disse lo Strozza - così è stato di me come voi dite, infino a questo giorno, che non ho mai potuto volger l'animo allo scrivere in questa favella. Non perciò dovete voi di ragionarne meco rimanervi, che egli potrebbe bene avenire che io muterei sentenza, udendo le vostre ragioni. E domani che possiamo noi meglio fare, massimamente niuna cosa affare avendo, come non abbiamo? se costor due tuttavolta maggiore opera non hanno a fornir, che m'abbia io -. I quali rispondendo che essi niuna ne aveano, e quando n'avesser molte avute, essi non sapeano che cosa si potesse per loro fare, che loro più piacesse che si facesse di questa, - Dunque, - disse mio fratello - poscia che voi il fate possibile, per me non voglio già io che rimanga, che non vi sia ogni occasion data, messer Ercole, della vostra falsa openione di dipartirvi -. E così conchiuso per ciascuno che il seguente giorno appresso desinare pure a casa mio fratello si venisse, essi da sedere si levarono, e preso da tutti il passo verso le scale, che alquanto lontane erano dalla parte, nella quale dimorando ragionato aveano, disse lo Strozza: - Se di questo dubbio voi mi potete, messer Carlo, così caminando far chiaro, ditemi: quando alcun fosse, il quale nello scrivere, né a quella antica toscana lingua, né a questa nuova in tutto tenendosi, delle quali disputato avete, ma dell'una e dell'altra le migliori parti pigliando, amendue le mescolasse e facessene una sua, non lo lodereste voi più che se egli non le mescolasse? - Io - disse mio fratello - il loderei, quando egli tuttavia facesse in modo che la sua mescolata lingua fosse migliore, che non è la semplice antica. Ma ciò sarebbe più malagevole affare, che altri per aventura non istima; con ciò sia cosa che il men buono aggiunto al migliore non lo può miglior fare di quello che egli è, men buono sì il fa egli sempre; ché il pane del grano non si fa miglior pane per mescolarvi la saggina. Perché io per me non saprei lodare, messer Ercole, questo mescolamento -. Così detto, e scese le scale, e alle porte, che dal canto dell'acqua erano, pervenuti, mio fratello si rimase, e gli tre, in una delle nostre barchette saliti, si dipartirono.

Libro II

Capitolo I

Due sono, monsignor messer Giulio, per comune giudicio di ciascun savio, della vita degli uomini le vie; per le quali si può, caminando, a molta loda di sé con molta utilità d'altrui pervenire. L'una è il fare le belle e le laudevoli cose; l'altra è il considerare e il contemplare, non pur le cose che gli uomini far possono, ma quelle ancora che Dio fatte ha, e le cause e gli effetti loro e il loro ordine, e sopra tutte esso facitor di loro e disponitore e conservator Dio. Perciò che e con le buone opere, e in pace e in guerra, si fa in diversi modi e alle private persone e alle comunanze de' popoli e alle nazioni giovamento, e per la contemplazione diviene l'uom saggio e prudente e può gli altri di molta virtù abondevoli fare similmente, loro le cose da sé trovate e considerate dimostrando. E in tanto furono l'una e l'altra per sé di queste vie dagli antichi filosofi lodata, che ancora la quistion pende, quale di loro preporre all'altra si debba e sia migliore. Ora se alle buone opere e alle belle contemplazioni la penna mancasse, né si trovasse chi le scrivesse, elle così giovevoli non sarebbono di gran lunga, come sono. Con ciò sia cosa che essendo lor tolto il modo del poter essere da tutte genti, e per molti secoli, conosciute, esse né con l'essempio gioverebbono né con l'insegnamento, se non in picciola e menomissima parte a rispetto di quel tanto, che far possono con la memoria e col testimonio degl'inchiostri; a' quali, quando elle state sono raccomandate con vaga e leggiadra maniera, non solo gran frutto rendono, ma ancora maraviglioso diletto apportano alle umane menti, vaghe naturalmente sempre d'intendere e di sapere. Per la qual cosa primieramente da quelli d'Egitto infinite cose si scrissero, infinite poscia da' Fenici, dagli Assirii, da' Caldei e da altre nazioni sopra essi; infinite sopra tutto da' Greci, che di tutte le scienze e le discipline e di tutti i modi dello scrivere stati sono grandi e diligenti maestri; infinite ultimatamente da' Romani, i quali co' Greci garreggiarono della maggioranza delle scritture, istimando per aventura, sì come nelle arti della cavalleria e del signoreggiare fatto aveano, di vincernegli così in questa, nella quale tanto oltre andarono; che la latina lingua n'è divenuta tale, chente la vediamo.

Capitolo II

È ora, monsignor messer Giulio, e a questi ultimi secoli successa alla latina lingua la volgare; et è successa così felicemente, che già in essa, non pur molti, ma ancora eccellenti scrittori si leggono, e nel verso e nella prosa. Perciò che da quel secolo, che sopra Dante infino ad esso fu, cominciando, molti rimatori incontanente sursero, non solamente della vostra città e di tutta Toscana, ma eziandio altronde; sì come furono messer Piero dalle Vigne, Buonagiunta da Lucca, Guitton d'Arezzo, messer Rinaldo d'Acquino, Lapo Gianni, Francesco Ismera, Forese Donati, Gianni Alfani, Ser Brunetto, Notaio Jacomo da Lentino, Mazzeo e Guido Giudice messinesi, il re Enzo, lo 'mperador Federigo, messer Onesto e messer Semprebene da Bologna, messer Guido Guinicelli bolognese anch'egli, molto da Dante lodato, Lupo degli Uberti, che assai dolce dicitor fu per quella età senza fallo alcuno, Guido Orlandi, Guido Cavalcanti, de' quali tutti si leggono ora componimenti; e Guido Ghisilieri e Fabrizio bolognesi e Gallo pisano e Gotto mantovano, che ebbe Dante ascoltatore delle sue canzoni, e Nino sanese e degli altri, de' quali non così ora componimenti, che io sappia, si leggono. Venne appresso a questi e in parte con questi, Dante, grande e magnifico poeta, il quale di grandissimo spazio tutti adietro gli si lasciò. Vennero appresso a Dante, anzi pure con esso lui, ma allui sopravissero, messer Cino, vago e gentil poeta e sopra tutto amoroso e dolce, ma nel vero di molto minore spirito, e Dino Frescobaldi, poeta a quel tempo assai famoso ancora egli, e Iacopo Alaghieri, figliuol di Dante, molto, non solamente del padre, ma ancora di costui minore e men chiaro. Seguì a costoro il Petrarca, nel quale uno tutte le grazie della volgar poesia raccolte. Furono altresì molti prosatori tra quelli tempi, de' quali tutti Giovan Villani, che al tempo di Dante fu e la istoria fiorentina scrisse, non è da sprezzare; e molto meno Pietro Crescenzo bolognese, di costui più antico, a nome del quale dodici libri delle bisogne del contado, in volgare fiorentino scritti, per mano si tengono. E alcuni di quelli ancora che in verso scrissero, medesimamente scrissero in prosa, sì come fu Guido Giudice di Messina, e Dante istesso e degli altri. Ma ciascun di loro vinto e superato fu dal Boccaccio, e questi medesimo da sé stesso; con ciò sia cosa che tra molte composizioni sue tanto ciascuna fu migliore, quanto ella nacque dalla fanciullezza di lui più lontana. Il qual Boccaccio, come che in verso altresì molte cose componesse, nondimeno assai apertamente si conosce che egli solamente nacque alle prose. Sono dopo questi stati, nell'una facultà e nell'altra, molti scrittori. Vedesi tuttavolta che il grande crescere della lingua a questi due, al Petrarca e al Boccaccio, solamente pervenne; da indi innanzi, non che passar più oltre, ma pure a questi termini giugnere ancora niuno s'è veduto. Il che senza dubbio a vergogna del nostro secolo si trarrà; nel quale, essendosi la latina lingua in tanto purgata dalla ruggine degl'indotti secoli per adietro stati, che ella oggimai l'antico suo splendore e vaghezza ha ripresa, non pare che ragionevolmente questa lingua, la quale a comperazione di quella di poco nata dire si può, così tosto si debba essere fermata, per non ir più innanzi. Per la qual cosa io per me conforto i nostri uomini, che si diano allo scrivere volgarmente, poscia che ella nostra lingua è, sì come nelle raccontate cose, nel primo libro raccolte, si disse. Perciò che con quale lingua scrivere più convenevolmente si può e più agevolmente, che con quella con la quale ragioniamo? Al che fare, acciò che maggiore agevolezza sia lor data, io a spor loro verrò, in questo secondo libro, il ragionamento del secondo giorno, tra quelli medesimi fatto, de' quali nel primo si disse.

Capitolo III

Perciò che ritornati gli tre, desinato che essi ebbero, a casa mio fratello, sì come ordinato aveano, e facendo freddo per lo vento di tramontana, che ancor traeva, d'intorno al fuoco raccoltisi, preso prima da ciascun di loro un buon caldo, essi a seder si posero, e mio fratello con esso loro altresì. Il che fatto e così un poco dimorati, cominciò Giuliano verso gli altri così a dire: - Io non so, se la gran voglia che io ho, che messer Ercole si disponga allo scrivere e comporre volgarmente, ha fatto che io ho questa notte un sogno veduto, che io raccontar vi voglio; o se pure alcuna virtù de' cieli o forse delle nostre anime, la quale alle volte per questa via le cose che a venir sono, prima che avengano, sì come avenute usi agli uomini far vedere, se l'ha operato; il che a me giova di credere più tosto. Ma come che sia, a me parea, dormendo io questa notte come io dico, essere sopra una bellissima riva d'Arno, ombrosa per molti allori e tutta d'erbe e di fiori coperta infino all'acqua, che purissima e alta, con piacevole lentezza correndo, la bagnava. E per tutto il fiume, quanto io gli occhi potea stendere, mi parea che bianchissimi cigni s'andassero sollazzando; e quale compagnia di loro, che erano in ogni parte molti, incontro al fiume le palme de' piedi a guisa di remo sovente adoperando montava; quale col corso delle belle acque accordatasi si lasciava da loro portare, poco movendosi; e altri nel mezzo del fiume o accanto le verdi ripe, il sole, che purissimo gli ferìa, ricevendo, si diportavano; da' quali tutti uscire sì dolci canti si sentivano e sì piacevole armonia, che il fiume e le ripe e l'aere tutto e ogni cosa d'intorno, d'infinito diletto parea ripieno. E mentre che io gli occhi e gli orecchi di quella vista e di quel concento pasceva, un candidissimo cigno e grande molto, che per l'aria da mano manca veniva, chinando a poco a poco il suo volo, in mezzo il fiume soavemente si ripose, e, ripostovisi, a cantare incominciò ancora egli, strana e dolce melodia rendendo. A questo uccello molto onore parea che rendessero tutti gli altri, allegrezza della sua venuta dimostrando e larga corona delle loro schiere facendogli. Della qual cosa maravigliandomi io, e la cagione cercandone, m'era non so da cui detto, che quel cigno, che io vedea, era già stato bellissimo giovane, del Po figliuolo, e quegli altri similmente erano uomini stati, come io era. Ma questi in grembo del padre cangiata forma, e nel Tevere a volo passando, avea le ripe di quel fiume buon tempo fatte risonare delle sue voci, e ora ad Arno venuto, volea quivi dimorarsi altrettanto; di che facevano maravigliosa festa quegli altri, che sapevano tutti quanto egli era canoro e gentile. Lasciommi appresso a questo il sonno; laonde io sopra le vedute cose pensando, e al presente stato di messer Ercole, per gli ragionamenti fatti ieri, traendolene, piglio speranza che egli da noi persuaso, abbia in brieve a rivolgere alla volgar lingua il suo studio, e con essa ancora tante cose e così perfettamente a scrivere, chenti e quali egli ha per adietro scritte nella latina. Di che io per me son acconcio a niuna cosa tacergli, che io sappia, della quale esso m'addomandi, come ci disse ieri di voler fare. E medesimamente conforto voi, messer Federigo e messer Carlo, che facciate; e così insieme tutti e tre ogni diligenza, che tornare a suo profitto ci possa, usiamo. Usiamo, - disse incontanente messer Federigo - né vi si manchi da verun lato per noi; il che fare tanto più volentieri ci si doverà, quanto ce ne invita il sogno di Giuliano, il quale io per me piglio in luogo d'arra, e parmi già vedere messer Ercole, dalle romane alle fiorentine Muse passando, quasi cigno divenuto, nuovi canti mandar fuori, e spargere per l'aere in disusata maniera soavissimi concenti e dolcezze -. Allora disse mio fratello: - Se allo scrivere volgarmente si darà lo Strozza giamai, il che io voglio credere, messer Federigo, che possa essere agevolmente altresì come voi credete, ché non do men fede al sogno di Giuliano che diate voi, sicuramente egli non pur cigno ci parrà che sia, ma ancora fenice, in maniera per lo cielo ne 'l porterà quel suo rarissimo e felicissimo ingegno. Perché io il saperei confortare, che egli a sé stesso non mancasse; e io, quanto appartiene a me, ne lo agevolerò volentieri, se saperò come o quando il poter fare. - Voi di troppo più m'onorate, - disse a queste parole lo Strozza - che io non ardisco di disiderare, non che io stimi che mi si convenga. E il sogno di Giuliano, veramente sogno è in tutte le altre sue parti, in questa sola potrebbe egli forse essere visione, che io sia per iscrivere volgarmente a qualche tempo, se io averò vita; perciò che, da poca ora in qua, tanto disio me ne sento per le vostre persuasioni esser nato, che non fia maraviglia se io procaccierò, quando che sia, di trarmene alcuna voglia. Ma tornando alle nostre quistion d'ieri, per le quali fornire oggi ci siamo qui venuti, io vorrei, messer Carlo, da voi sapere, poscia che detto ci avete che egli si dee sempre nello scrivere a quella maniera che è migliore appigliarsi, o antica e de' passati uomini che ella sia, o moderna e nostra, in che modo e con qual regola hass'egli a fare questo giudicio, e a quale segno si conoscono le buone volgari scritture dalle non buone e, tra due buone, quella che più è migliore e quella che meno, e in fine di questa medesima forma di componimenti, della quale si ragionò ieri, de' presenti toscani uomini, e voi dite non essere così buona come è quella con la quale scrisse il Boccaccio e il Petrarca, perché si dee credere e istimare che così sia. - Per questo, se io vi voglio brievemente rispondere, - disse mio fratello - che ella così lodati scrittori non ha come ha quella. Che perciò che, come sapete, tanto ciascuno scrittore è lodato, quanto egli è buono, ne viene che dalla fama fare si può spedito argomento della bontà. Ché sì come tra' greci scrittori, né poeta niuno si vede essere né oratore di tanto grido, di chente Omero e Demostene sono; né tra' Latini è alcuno, al quale così piena loda sia data, come a Virgilio si dà e a Cicerone; per la qual cosa dire si può che essi migliori scrittori siano, sì come sono, di tutti gli altri; così medesimamente dico, messer Ercole, del nostro volgare avenire. Che perciò che, tra tutti i toscani rimatori e prosatori, niuno è la cui maniera dello scrivere di loda e di grido avanzi o pure agguagli quella di costor due che voi dite o, credere si dee che le guise delle loro scritture migliori sieno che niune altre. Oltra che se alcuno eziandio volesse, senza por mente alla fama degli scrittori, pure da' loro scritti pigliarne il giudicio e darne sentenza, sì si può questo fare per chi diligentemente considera le parti tutte delle scritte cose, che sono in quistione, e così facendosi, più certa e più sicura sperienza se ne piglierebbe, che in altra maniera. Con ciò sia cosa che egli può bene avenire che alcuno viva, il quale miglior poeta sia o migliore oratore, che niuno degli antichi, e nondimeno egli non abbia tanto grido e tanta fama raccolta dalle genti, quanta hanno essi; perciò che il grido non viene così subitamente a ciascuno, e pochissimi sono quelli che, vivendo, tanto n'abbiano, quanto si convien loro.

Capitolo IV

- Ora le parti, messer Carlo, che voi dite che da considerar sarebbono, - disse lo Strozza - per chi volesse trarne questo giudicio, quali sono? - Elle sono in gran parte quelle medesime, - disse mio fratello - che si considerano eziandio ne' latini componimenti; e queste non fa mestiero che io vi raccoglia, a cui elle vie più conte sono e più manifeste che a me. Delle altre, che non sono perciò molte, si potrà vedere, se pure a voi piacerà che se ne cerchi. - Io non voglio che voi guardiate, messer Carlo, - disse lo Strozza - quello che della latina lingua mi sia chiaro o non chiaro, che io ne potrei far perdita; e trovarestemi in ciò di gran lunga meno intendente, che per aventura non istimate. Né voglio ancora che separiate quelle parti della volgare favella, che cadono medesimamente nella latina, da quelle che non vi cadono, ché egli si potrebbe agevolmente più penare a far questa scielta, che a sporre tutta la somma. Ma io cerco, e di ciò vi stringo e gravo, che senza rispetto avere alcuno alle latine cose, mi diciate quali sono quelle parti tutte, per le quali si possa sopra la quistione, che io dico, quel giudicio fare e quella sentenza trarne, che voi dite. - Io non so già, messer Ercole, - rispose mio fratello - se io così ora le potessi tutte raccogliere interamente, le quali sono senza fallo molte, particolarmente e minutamente considerate. Ma le generali possono esser queste: la materia o suggetto, che dire vogliamo, del quale si scrive, e la forma o apparenza, che a quella materia si dà, e ciò è la scrittura. Ma perciò che non della materia, dintorno alla quale alcuno scrive, ma del modo col quale si scrive, s'è ragionato ieri e ragionasi oggi tra noi, di questa seconda parte favellando, dico ogni maniera di scrivere comporsi medesimamente di due parti: l'una delle quali è la elezione, l'altra è la disposizione delle voci. Perciò che primieramente è da vedere, con quali voci si possa più acconciamente scrivere quello che a scrivere prendiamo; e appresso fa di mestiero considerare, con quale ordine di loro e componimento e armonia, quelle medesime voci meglio rispondano che in altra maniera. Con ciò sia cosa che né ogni voce di molte, con le quali una cosa segnar si può, è grave o pura o dolce ugualmente; né ogni componimento di quelle medesime voci uno stesso adornamento ha, o piace e diletta ad un modo. Da scieglere adunque sono le voci, se di materia grande si ragiona, gravi, alte, sonanti, apparenti, luminose; se di bassa e volgare, lievi, piane, dimesse, popolari, chete; se di mezzana tra queste due, medesimamente con voci mezzane e temperate, e le quali meno all'uno e all'altro pieghino di questi due termini, che si può. È di mestiero nondimeno in queste medesime regole servar modo, e schifare sopra tutto la sazietà, variando alle volte e le voci gravi con alcuna temperata, e le temperate con alcuna leggera, e così allo 'ncontro queste con alcuna di quelle, e quelle con alcuna dell'altre né più né meno. Tuttafiata generalissima e universale regola è in ciascuna di queste maniere e stili, le più pure, le più monde, le più chiare sempre, le più belle e più grate voci scieglere e recare alle nostre composizioni, che si possa. La qual cosa come si faccia, lungo sarebbe il ragionarvi; con ciò sia cosa che le voci medesime o sono proprie delle cose delle quali si favella, e paiono quasi nate insieme con esse, o sono tratte per somiglianza da altre cose, a cui esse sono proprie, e poste a quelle di cui ragioniamo, o sono di nuovo fatte e formate da noi; e queste voci poscia, così divise e partite, altre parti hanno e altre divisioni sotto esse, che tutte da saper sono. Ma voi potete da quelli scrittori ciò imprendere, che ne scrivono latinamente.

Capitolo VI

Qui vi trapostosi Giuliano, verso lo Strozza rivolto, disse: - O quanto è vero, messer Ercole, ciò che il Bembo ci ragiona del Petrarca in questa parte. Perciò che venendomi, non ha guari, vedute alcune carte scritte di mano medesima del poeta, nelle quali erano alquante delle sue rime, che in que' fogli mostrava che egli, secondo che esso le veniva componendo, avesse notate, quale intera, quale tronca, quale in molte parti cassa e mutata più volte, io lessi tra gli altri questi due versi primieramente scritti a questo modo: voi, ch'ascoltate in rime sparse il suono di quei sospir, de' quai nutriva il core.

Poi come quegli che dovette pensare, che il dire De' quai nutriva il core non era ben pieno, ma vi mancava la sua persona, oltra che la vicinanza di quell'altra voce, Di quei, toglieva a questa, De' quai, grazia, mutò e fecene Di ch'io nutriva il core. Ultimamente sovenutogli di quella voce, Onde, essendo ella voce più rotonda e più sonora per le due consonanti che vi sono, e più piena; aggiuntovi che il dire Sospiri, più compiuta voce è, e più dolce, che Sospir; così volle dire più tosto, come si legge, che a quel modo. Ma voi, messer Carlo, nondimeno seguite -. Il quale i suoi ragionamenti così riprese: Molte altre parti possono le voci avere, che scemano loro grazia. Perciò che e sciolte e languide possono talora essere, oltra il convenevole, o dense e riserrate; pingui, aride; morbide, ruvide; mutole, strepitanti; e tarde e ratte, e impedite e sdrucciolose, e quando vecchie oltra modo, e quando nuove. Da questi diffetti adunque, e da simili, chi più si guarderà, a' buoni avertimenti dando maggiore opera, colui si potrà dire che nello sciegliere delle voci, una delle parti, che io dissi, generali dello scrivere, migliore compositor sia o di prosa o di verso, e più loda meriti che coloro che lo fanno meno, quando per la comperazione loro si troverà che così sia.

Capitolo VII

Altrettante cose, anzi più molte ancora si possono, messer Ercole, nella disposizione considerare delle voci, sì come di parte molto più larga che la primiera. Con ciò sia cosa che lo sciegliere si fa, una voce semplicemente con un'altra voce, o con due, le più volte comparando; dove, a dispor bene, non solamente bisogna una voce spesse fiate comparare a molte voci, anzi molte guise di voci ancora con molte altre guise di voci comporre e agguagliare fa mestiero il più delle volte. Dico adunque, che sì come sogliono i maestri delle navi, che vedute potete avere in più parti di questa città fabricarsi, i quali tre cose fanno principali; perciò che primieramente risguardano quale legno, o quale ferro, o quale fune, a quale legno o ferro o fune compongano, ciò è con quale ordine gli accozzino e congiungano tra loro; appresso considerano quello medesimo legno, che essi a un altro legno o ferro o fune hanno a comporre, in quale guisa comporre il possano che bene stia, o per lo lungo o attraverso o chinato o stante o torto o diritto o come che sia in altra maniera; ultimamente queste funi o questi ferri o questi legni, se sono troppi lunghi, essi gli accorzano, se sono corti, gli allungano, e così o gli 'ngrossano o gli ristringono, o in altre guise levandone e giugnendone, gli vanno rassettando in maniera che la nave se ne compone giusta e bella, come vedete; così medesimamente gli scrittori tre parti hanno altresì nel disporre i loro componimenti. Perciò che primiera loro cura è vederne l'ordine, e quale voce con quale voce accozzata, ciò è quale verbo a quale nome, o qual nome a qual verbo, o pure quale di queste, o quale altra parte, con quale di queste o delle altre parti del parlare, congiunta e composta bene stia. È bisogno dopo questo, che per loro si consideri queste parti medesime in quale guisa stando, migliore e più bella giacitura truovino, che in altra maniera; ciò è quella voce, che nome ha ad essere, come e per che via ella essere possa più vaga, o nel numero del più o in quello del meno, nella forma del maschio o della femina, nel diritto o negli obliqui casi; medesimamente quello che ha ad esser verbo, se presente o futuro, se attivamente o passivamente o in altra guisa posto, meglio suona; a questo modo medesimo per le altre membra tutte de' nostri parlari, in quanto si può e lo pate la loro qualità discorrendo. Rimane per ultima loro fatica poi, quando alcuna di queste parti, o brieve o lunga o altrimenti disposta, viene loro parendo senza vaghezza, senza armonia, aggiugnervi o scemar di loro, o mutare e trasporre, come che sia, o poco o molto, o dal capo o nel mezzo o nel fine. E se io ora, messer Ercole, vi vo' le minute cose, e più tosto agli orecchi di nuovo scolare che di dottissimo poeta convenevoli ad ascoltare, e già da voi, mentre eravate fanciullo, ne' latini sgrossamenti udite, raccontando, datene di ciò a voi stesso la colpa che avete così voluto -. Quivi: - E se a voi non grava di ciò, rispose lo Strozza - che io a voi do fatica di raccontarci queste così minute cose, messer Carlo, come voi dite, di me non vi caglia; il quale come che in niune non sia maestro, pure in queste sono veramente discepolo. E nondimeno fa mestiero, a chiunque apprendere alcuna scienza disidera, incominciare da' suoi principj, che sono per lo più deboli tutti e leggieri. E se io alcuna parte di queste medesime cose, che si son dette o sono a dire, ho altra volta, dando alla latina lingua le prime opere, udito, ciò bene mi metterà in questo, che più agevole mi si farà lo apprendere e ritenere la volgare, se io giamai d'usarla farò pensiero. Perché, di grazia, seguite, niuna cosa in niuna parte per niun rispetto tacendoci -.

Capitolo VIII

Poca fatica piglierei per voi, - rispose mio fratello e di poco, messer Ercole, vi potreste valer di me, se io questa volentieri non pigliassi. Dunque seguasi; e acciò che meglio quello che io dico vi si faccia chiaro, ragioniamo per atto d'essempio così. Potea il Petrarca dire in questo modo il primo verso della canzone, che ci allegò Giuliano: Voi ch'in rime ascoltate. Ma considerando egli che questa voce Ascoltate, per la moltitudine delle consonanti che vi sono e ancora per la qualità delle vocali e numero delle sillabe, è voce molto alta e apparente, dove Rime, per li contrari rispetti, è voce dimessa e poco dimostrantesi, vide che se egli diceva Voi ch'in rime, il verso troppo lungamente stava chinato e cadente, dove, dicendo Voi ch'ascoltate, egli subitamente lo inalzava, il che gli accresceva dignità. Oltra che Rime, perciò che è voce leggiera e snella, posta tra queste due, Ascoltate e Sparse, che sono amendue piene e gravi, è quasi dell'una e dell'altra temperamento. E aviene ancora che in tutte queste voci dette e recitate così, Voi ch'ascoltate in rime sparse, et esse più ordinatamente ne vanno, e fanno oltre acciò le vocali più dolce varietà e più soave che in quel modo. Perché meglio fu il dire, come egli fe', che se egli avesse detto altramente. Il che potrà essere avertimento dell'ordine, prima delle tre parti che io dissi. Poteva eziandio il Petrarca, quell'altro verso della medesima canzone dire così: Fra la vana speranza e 'l van dolore. Ma perciò che la continuazione della vocale A toglieva grazia, e la variazione della E trapostavi la riponeva, mutò il numero del meno in quello del più, e fecene Fra le vane speranze; e fece bene, che quantunque il mutamento sia poco, non è perciò poca la differenza della vaghezza, chi vi pensa e considera sottilmente. E cade questo nel secondo modo del disporre detto di sopra. Perciò che nel terzo, che è togliendo alle voci alcuna loro parte, o aggiugnendo o pure tramutando come che sia, cade quest'altro: Quand'era in parte altr'uom da quel ch'i sono; e quest'altro: Ma ben veggi'or, sì come al popol tutto favola fui gran tempo.
Erano Uomo e Popolo le intere voci, dalle quali egli levò la vocale loro ultima; la quale se egli levata non avesse, elle sarebbono state voci alquanto languide e cascanti, che ora sono leggiadrette e gentili. Cadono altresì di molt'altri; sì come è: Che m'hanno congiurato a torto incontra; dove Incontra disse il medesimo poeta, più tosto che Contra. E Sface molte volte usò, e Sevri alcuna fiata e Adiviene e Dipartìo, più tosto che Disface e Separi e Aviene e Dipartì, e Diemme e Aprilla dovendo dire dirittamente Mi diè e La aprì. E perché io v'abbia, di questi modi del disporre, le somiglianze recate dal verso, non è che essi non cadano eziandio nella prosa, perciò che essi vi cadono. È il vero che questa maniera, ultima delle tre, più di rado vi cade che le altre; con ciò sia cosa che alla prosa, perciò che ella alla regola delle rime o delle sillabe non sottogiace e può vagare e spaziare a suo modo, molto meno d'ardire e di licenza si dà in questa parte, che al verso. Ora, sì come e nelle sillabe e nelle sole voci queste figure entrano, così dico io che elle entrano parimente negli stesi parlari, e per aventura molto più. Perciò che oltra che non ogni parte che si chiuda con alquante voci, s'acconviene con ogni parte, e meglio giacerà posta prima che poi, o allo 'ncontro; e quella medesima parte non in ogni guisa posta riesce parimente graziosa; e toltone o aggiuntone o mutatone alcuna voce, più di vaghezza dimostrerà senza comperazione alcuna che altramente; sì aviene egli ancora che il lungo ragionare, e di quelle medesime figure molto più capevole esser può, che una sola voce non è, e, oltre a questo, egli è di molte altre figure capevole, delle quali non è capevole alcuna sola voce; sì come ne' libri di coloro palese si vede, che dell'arte del parlare scrivono partitamente. A queste cose tutte adunque, messer Ercole, chi risguarderà, quando egli delle maniere di due scrittori, o di prosa o di verso, piglierà a dar sentenza, egli potrà per aventura non ingannarsi, come che io non v'abbia tuttavia ogni minuta parte

raccolta, di quelle che c'insegnano questo giudizio -.

Capitolo IX

Allora messer Federigo, verso mio fratello guardando: Io volea or ora - disse - a messer Ercole rivolgermi e dirgli che voi fuggivate fatica, perciò che molte dell'altre cose potevate recare ancora che sono con queste congiuntissime e mescolatissime; se voi medesimo confessato non l'aveste. - E quali sono coteste cose, messer Federigo, - disse lo Strozza - che voi dite che messer Carlo avrebbe ancora potuto recarci? - Egli le vi dirà, - rispose messer Federigo - se voi ne 'l dimanderete, che ha le altre dette, che avete udito. - Io sicuramente non so se io me ne ricordassi ora, cercandone, - rispose mio fratello - che sapete come io malagevolmente mi ramemoro le tralasciate cose, sì come son queste; posto che io il pure volessi fare, il che vorrei, se a messer Ercole sodisfare altramente non si potesse. Ma voi, il quale non sete meno di tenace memoria, che siate di capevole ingegno, né leggeste giamai o udiste dir cosa che non la vi ricordiate (e in ciò ben si pare, che monsignor lo duca Guido vostro zio vi sia maggiore) sete senza fallo disubediente, poscia che a messer Ercole, questo da voi chiedente, non sodisfate; non voglio dire poco amorevole, che non volete meco essere alla parte di questo peso -. Perché instando con messer Ercole mio fratello, che egli a messer Federigo facesse dire il rimanente, et esso stringendone lui, e il Magnifico parimente, che diceva che mio fratello aveva detto assai, egli dopo una brieve contesa, più per non torre a mio fratello il fornir lo incominciato ragionamento fatta che per altro, lietamente a dire si dispose, e cominciò: - Io pure nella mia rete altro preso non arò che me stesso. E bene mi sta, poscia che io tacere quanto si conveniva non ho potuto, che io di quello favelli che men vorrei. Né crediate che io questo dica, perché in ciò la fatica mi sia gravosa, che non è, dove io a qualunque s'è l'uno di voi piaccia, non che a tutti e tre. Ma dicolo perciò che le cose, che dire si convengono, sono di qualità, che malagevolmente per la loro disusanza cadono sotto regola, in modo che pago e sodisfatto se ne tenga chi l'ascolta. Ma come che sia, venendo al fatto, dico che egli si potrebbe considerare, quanto alcuna composizione meriti loda o non meriti, ancora per questa via: che perciò che due parti sono quelle che fanno bella ogni scrittura, la gravità e la piacevolezza; e le cose poi, che empiono e compiono queste due parti, son tre, il suono, il numero, la variazione, dico che di queste tre cose aver si dee risguardo partitamente, ciascuna delle quali all'una e all'altra giova delle due primiere che io dissi. E affine che voi meglio queste due medesime parti conosciate, come e quanto sono differenti tra loro, sotto la gravità ripongo l'onestà, la dignità, la maestà, la magnificenza, la grandezza, e le loro somiglianti; sotto la piacevolezza ristringo la grazia, la soavità, la vaghezza, la dolcezza, gli scherzi, i giuochi, e se altro è di questa maniera. Perciò che egli può molto bene alcuna composizione essere piacevole e non grave, e allo 'ncontro alcuna altra potrà grave essere, senza piacevolezza; sì come aviene delle composizioni di messer Cino e di Dante, ché tra quelle di Dante molte son gravi, senza piacevolezza, e tra quelle di messer Cino molte sono piacevoli, senza gravità. Non dico già tuttavolta, che in quelle medesime che io gravi chiamo, non vi sia qualche voce ancora piacevole, e in quelle che dico essere piacevoli, alcun'altra non se ne legga scritta gravemente, ma dico per la gran parte. Sì come se io dicessi eziandio che in alcune parti delle composizioni loro né gravità né piacevolezza vi si vede alcuna, direi ciò avenire per lo più, e non perché in quelle medesime parti niuna voce o grave o piacevole non si leggesse. Dove il Petrarca l'una e l'altra di queste parti empié maravigliosamente, in maniera che scegliere non si può, in quale delle due egli fosse maggior maestro.

Capitolo X

Ma venendo alle tre cose generanti queste due parti che io dissi, è suono quel concento e quella armonia, che nelle prose dal componimento si genera delle voci, nel verso oltre acciò dal componimento eziandio delle rime. Ora perciò che il concento, che dal componimento nasce di molte voci, da ciascuna voce ha origine, e ciascuna voce dalle lettere, che in lei sono, riceve qualità e forma, è di mestiero sapere, quale suono rendono queste lettere, o separate o accompagnate, ciascuna. Separate adunque rendono suono quelle cinque, senza le quali niuna voce, niuna sillaba può aver luogo. E di queste tutte miglior suono rende la A; con ciò sia cosa che ella più di spirito manda fuori, perciò che con più aperte labbra ne 'l manda e più al cielo ne va esso spirito. Migliore dell'altre poi la E, in quanto ella più a queste parti s'avicina della primiera che non fanno le tre seguenti. Buono, appresso questi, è il suono della O; allo spirito della quale mandar fuori, le labbra alquanto in fuori si sporgono e in cerchio, il che ritondo e sonoro ne 'l fa uscire. Debole e leggiero e chinato e tuttavia dolce spirito, dopo questo, è richiesto alla I; perché il suono di lei men buono è che di quelle che si son dette, soave nondimeno alquanto. Viene ultimamente la U; e questa, perciò che con le labbra in cerchio, molto più che nella O ristretto, dilungate si genera, il che toglie alla bocca e allo spirito dignità, così nella qualità del suono come nell'ordine è sezzaia. E queste tutte molto migliore spirito rendono, quando la sillaba loro è lunga, che quando ella è brieve; perciò che con più spazioso spirito escono in quella guisa e più pieno, che in questa. Senza che la O, quando è in vece della O latina, in parte eziandio il muta, le più volte più alto rendendolo e più sonoro, che quando ella è in vece della U; sì come si vede nel dire Orto e Popolo, nelle quali la prima O con più aperte labbra si forma chell'altre, e nel dire Opra, in cui medesimamente la O più aperta e più spaziosa se n'esce, che nel dire Ombra e Sopra, e con più ampio cerchio. Quantunque ancor della E questo medesimamente si può dire: perciò che nelle voci Gente, Ardente, Legge, Miete e somiglianti, la prima E alquanto più alta esce che non fa la seconda; sì come quella che dalla E latina ne vien sempre, dove le rimanenti vengono dalla I le più volte. Il che più manifestamente apparisce in queste parole del Boccaccio: Se tu di Costantinopoli se'. Dove si vede che nel primo Se, perciò che esso ne viene dal Si latino, la E più chinata esce che non fa quella dell'altro Se, il quale seconda voce è del verbo Essere, e ha la E nel latino e non la I, sì come sapete. Accompagnate, d'altra parte, rendono suono tutte quelle lettere che rimangono oltre a queste, tra le quali assai piena, e nondimeno riposata, e perciò di buonissimo spirito è la Z, la qual sola delle tre doppie, che i Greci usano, hanno nella loro lingua ricevuta i Toscani; quantunque ella appo loro non rimane doppia, anzi è semplice, come l'altre; se non quando essi raddoppiare la vogliono raddoppiando la forza del suono, sì come raddoppiano il P e il T, e dell'altre. Perciò che nel dire, Zafiro, Zenobio, Alzato, Inzelosito e simili, ella è semplice, non solo per questo che nel principio delle voci, o nel mezzo di loro in compagnia d'altra consonante, niuna consonante porre si può seguentemente due volte, ma ancora per ciò che lo spirito di lei è la metà pieno e spesso di quello che egli si vede poscia essere nel dire Bellezza, Dolcezza. Perché dire si può che ella sia più tosto un segno di lettera, con la quale essi così scrivono quello cotale spirito, che la lettera che usano i Greci; quando si vede che niuna lettera di natura sua doppia è in uso di questa lingua; la quale non solamente in vece della X usa di porre la S raddoppiata, quando ella non sia in principio delle voci, dove non possono, come s'è detto, due consonanti d'una qualità aver luogo, o ancor quando nel mezzo la compagnia d'altra lettera non vocale non gliele vieti, ne' quali due luoghi la S semplice sodisfa; ma ancora tutte quelle voci che i Latini scrivono per Ps, ella pure per due S medesimamente scrive sempre. E questa S, quantunque non sia di purissimo suono, ma più tosto di spesso, non pare tuttavolta essere di così schifo e rifiutato nel nostro idioma, come ella solea essere anticamente nel greco; nel quale furono già scrittori, che per questo alcuna volta delle loro composizioni fornirono senza essa. E se il Petrarca si vede avere la lettera X usata nelle sue canzoni, nelle quali egli pose Experto, Extremo, e altre simili voci, ciò fece egli per uscire in questo dell'usanza della fiorentina lingua, affine di potere alquanto più inalzare i suoi versi in quella maniera; sì come egli fece eziandio in molte altre cose, le quali tutti si concedono al verso, che non si concederebbono alla prosa. Oltre a queste, molle e dilicata e piacevolissima è la L, e di tutte le sue compagne lettere dolcissima. Allo 'ncontro la R aspera ma di generoso spirito. Di mezzano poi tra queste due la M e la N, il suono delle quali si sente quasi lunato e cornuto nelle parole. Alquanto spesso e pieno suono appresso rende la F. Spesso medesimamente e pieno, ma più pronto il G. Di quella medesima e spessezza e prontezza è il C ma più impedito di quest'altri. Puri e snelli e ispediti poi sono il B e il D. Snellissimi e purissimi il P e il T, e insieme ispeditissimi. Di povero e morto suono, sopra gli altri tutti, ultimamente è il Q; e in tanto più ancora maggiormente, che egli, senza la U che 'l sostenga, non può aver luogo. La H, perciò che non è lettera, per sé medesima niente può; ma giugne solamente pienezza e quasi polpa alla lettera, a cui ella in guisa di servente sta accanto. Conosciute ora queste forze tutte delle lettere, torno a dire, che secondamente che ciascuna voce le ha in sé, così ella è ora grave, ora leggiera, quando aspera, quando molle, quando d'una guisa e quando d'altra; e quali sono poi le guise delle voci, che fanno alcuna scrittura, tale è il suono, che del mescolamento di loro esce o nella prosa o nel verso, e talora gravità genera e talora piacevolezza.

Capitolo XI

È il vero che egli nel verso piglia eziandio qualità dalle rime; le quali rime graziosissimo ritrovamento si vede che fu, per dare al verso volgare armonia e leggiadria, che in vece di quella fosse, la quale al latino si dà per conto de' piedi, che nel volgare così regolati non sono. Ad esse adunque passando, dico che sono le rime comunemente di tre maniere: regolate, libere e mescolate. Regolate sono quelle che si stendono in terzetti, così detti perciò che ogni rima si pon tre volte, o perché sempre con quello medesimo ordine di tre in tre versi la rima nuova incominciando, si chiude e compie la incominciata. E perciò che questi terzetti per un modo insieme tutti si tengono, quasi anella pendenti l'uno dall'altro, tale maniera di rime chiamarono alcuni Catena; delle quali poté per aventura essere il ritrovator Dante, che ne scrisse il suo poema; con ciò sia cosa che sopra lui non si truova chi le sapesse. Sono regolate altresì quelle, che noi Ottava rima chiamiamo per questo, che continuamente in otto versi il loro componimento si rinchiude; e queste si crede che fossero da' Ciciliani ritrovate, come che essi non usassero di comporle con più che due rime, perciò che lo aggiugnervi la terza, che ne' due versi ultimi ebbe luogo, fu opera de' Toscani. Sono medesimamente regolate le sestine, ingenioso ritrovamento de' provenzali compositori. Libere poi sono quell'altre, che non hanno alcuna legge o nel numero de' versi o nella maniera del rimargli, ma ciascuno, sì come ad esso piace, così le forma; e queste universalmente sono tutte madriali chiamate, o perciò che da prima cose materiali e grosse si cantassero in quella maniera di rime, sciolta e materiale altresì; o pure perché così, più che in altro modo, pastorali amori e altri loro boscarecci avenimenti ragionassero quelle genti, nella guisa che i Latini e i Greci ragionano nelle egloghe loro, il nome delle canzoni formando e pigliando dalle mandre; quantunque alcuna qualità di madriali si pur truova, che non così tutta sciolta e libera è, come io dico mescolate ultimamente sono qualunque rime e in parte legge hanno e d'altra parte sono licenziose, sì come de' sonetti e di quelle rime, che comunemente sono canzoni chiamate, si vede che dire si può. Con ciò sia cosa che a' sonetti il numero de' versi è dato, e di parte delle rime; nell'ordine delle rime poi, e in parte di loro nel numero, non s'usa più certa regola che il piacere, in quanto capevoli ne sono quei pochi versi; il qual piacere di tanto innanzi andò con la licenza, che gli antichi fecero talora sonetti di due rime solamente, talora in amenda di ciò, non bastando loro le rime che s'usano, quelle medesime ancora trametteano ne' mezzi versi. Taccio qui che Dante una sua canzone nella Vita nuova sonetto nominasse; perciò che egli più volte poi, e in quella opera e altrove, nomò sonetti quelli che ora così si chiamano. E nelle canzoni puossi prendere quale numero e guisa di versi e di rime a ciascuno è più a grado, e compor di loro la prima stanza; ma, presi che essi sono, è di mestiero seguirgli nell'altre con quelle leggi che il compositor medesimo, licenziosamente componendo, s'ha prese. Il medesimo di quelle canzoni, che ballate si chiamano, si può dire, le quali quando erano di più d'una stanza, vestite si chiamavano, e non vestite quando erano d'una sola; sì come se ne leggono alquante nel Petrarca, fatte e all'una guisa e all'altra.

Capitolo XII

Di queste tre guise adunque di rime, e di tutte quelle rime che in queste guise sono comprese, che possono senza fallo esser molte, più grave suono rendono quelle rime che sono tra sé più lontane; più piacevole quell'altre che più vicine sono. Lontane chiamo quelle rime che di lungo spazio si rispondono, altre rime tra esse e altri versi traposti avendo; vicine, allo 'ncontro, quell'altre che pochi versi d'altre rime hanno tra esse; più vicine ancora, quando esse non ve n'hanno niuno, ma finiscono in una medesima rima due versi; vicinissime poscia quell'altre, che in due versi rotti finiscono; e tanto più vicine ancora e quelle e queste, quanto esse in più versi interi e in più rotti finiscono, senza tramissione d'altra rima. Quantunque, non contenti de' versi rotti, gli antichi uomini eziandio ne' mezzi versi le trametteano, e alle volte più d'una ne traponevano in un verso. Ritorno a dirvi che più grave suono rendono le rime più lontane. Perché gravissimo suono da questa parte è quello delle sestine, in quanto maravigliosa gravità porge il dimorare a sentirsi che alle rime si risponda primieramente per li sei versi primieri, poi quando per alcun meno e quando per alcun più, ordinatissimamente la legge e la natura della canzone variandonegli. Senza che il fornire le rime sempre con quelle medesime voci genera dignità e grandezza; quasi pensiamo, sdegnando la mendicazione delle rime in altre voci, con quelle voci, che una volta prese si sono per noi, alteramente perseverando lo incominciato lavoro menare a fine. Le quali parti di gravità, perché fossero con alcuna piacevolezza mescolate, ordinò colui che primieramente a questa maniera di versi diede forma, che dove le stanze si toccano nella fine dell'una e incominciamento dell'altra, la rima fosse vicina in due versi. Ma questa medesima piacevolezza tuttavia è grave; in quanto il riposo che alla fine di ciascuna stanza è richiesto, prima che all'altra si passi, framette tra la continuata rima alquanto spazio, e men vicina ne la fa essere, che se ella in una stanza medesima si continuasse. Rendono adunque, come io dissi, le più lontane rime il suono e l'armonia più grave, posto nondimeno tuttavolta che convenevole tempo alla ripetizione delle rime si dia. Che se voleste voi, messer Ercole, per questo conto comporre una canzone, che avesse le sue rime di moltissimi versi lontane, voi sciogliereste di lei ogni armonia da questo canto, non che voi la rendeste migliore. A servare ora questa convenevolezza di tempo, l'orecchio più tosto, di ciascun che scrive, è bisogno che sia giudice, che io assegnare alcuna ferma regola vi ci possa. Nondimeno egli si può dire che non sia bene generalmente framettere più che tre, o quattro, o ancora cinque versi tra le rime; ma questi tuttavia rade volte. Il che si vede che osservò il Petrarca; il qual poeta, se in quella canzone, che incomincia Verdi panni, trapassò questo ordine, dove ciascuna rima è dalla sua compagna rima per sette versi lontana, sì l'osservò egli maravigliosamente in tutte le altre; e questa medesima è da credere che egli componesse così, più per lasciarne una fatta alla guisa, come io vi dissi, molto usata da' provenzali rimatori, che per altro. Né dirò io che egli non l'osservasse in tutte le altre, perciò che nella canzone Qual più diversa e nova si vegga una sola rima più lontana, che per quattro o ancora per cinque versi. Anzi dirò io, che e in tutta Verdi panni essere uscito di questo ordine, e di questa in una sola rima, giugne grazia a questo medesimo ordine, diligentissimamente dallui osservato in tutte le altre canzoni sue; trattone tuttavolta le ballate, dette così perché si cantavano a ballo, nelle quali, perciò che l'ultima delle due rime de' primi versi, che da tutta la corona si cantavano, i quali due o tre o il più quattro essere soleano, si ripeteva nell'ultimo di quelli che si cantavano da un solo, affine che si cadesse nel medesimo suono, avere non si dee quel risguardo, che io dico; e trattone le sestine, le quali stare non debbono sotto questa legge, con ciò sia cosa che perciò che le rime in loro sempre si rispondono con quelle medesime voci, se elle più vicine fossero, senza fallo genererebbono fastidio, quanto ora fanno dignità e grandezza.

Capitolo XIII

Dico medesimamente, dall'altra parte, che la vicinità delle rime rende piacevolezza tanto maggiore, quanto più vicine sono tra sé esse rime. Onde aviene che le canzoni, che molti versi rotti hanno, ora più vago e grazioso, ora più dolce e più soave suono rendono, che quelle che n'hanno pochi; perciò che le rime più vicine possono ne' versi rotti essere che negl'interi. Sono di molti versi rotti alquante canzoni del Petrarca, tra le quali due ne sono di più chell'altre. Ponete ora mente quanta vaghezza, quanta dolcezza, e, in somma, quanta piacevolezza è in questa:

Chiare, fresche e dolci acque,
ove le belle membra
pose colei, che sola a me par donna;
gentil ramo, ove piacque
(con sospir mi rimembra)
a lei di far al bel fianco colonna;
erba, e fior, che la gonna
leggiadra ricoverse
con l'angelico seno;
aer sacro sereno,
ov'Amor co' begli occhi il cor m'aperse;
date udienzia inseme
a le dolenti mie parole extreme.

D'un verso rotto più in quello medesimo e numero e ordine di versi è la sorella di questa canzone, nata con lei ad un corpo. Veggiamo ora, se maggior dolcezza porge il verso rotto dell'una, che dell'altra lo intero:

Se 'l pensier che mi strugge,
com'è pungente e saldo,
così vestisse d'un color conforme,
forse tal m'arde e fugge,
ch'avria parte del caldo,
e desteriasi Amor là dove or dorme;
men solitarie l'orme
fôran de' miei piè lassi
per campagne e per colli,
men gli occhi ad ognior molli,
ardendo lei, che come un ghiaccio stassi,
e non lascia in me dramma,
che non sia foco e fiamma.

È dolce suono, sì come voi vedete, messer Ercole, quello di questa rima posta in due vicini versi, l'uno rotto e l'altro intero:

Date udienzia inseme
a le dolenti mie parole extreme.

Ma più dolce in ogni modo è il suono di quest'altra, della quale amendue i versi son rotti:

E non lascia in me dramma,
che non sia foco e fiamma.

Il che aviene per questo, che ogni indugio e ogni dimora nelle cose è naturalmente di gravità indizio; la qual dimora, perciò che è maggiore nel verso intero, che nel rotto, alquanto più grave rendendolo, men piacevole il lascia essere di quell'altro. E questo ultimo termine è della piacevolezza, che dal suono delle rime può venire; se non in quanto più che due versi porre vicini si possono d'una medesima rima. Ma di poco tuttavia e rade volte passare si può questo segno, che la piacevolezza non avilisca. Dissi ultimo termine; perciò che non che più dolcezza porgano i versi, che le rime hanno più vicine, sì come sono quelli che le hanno nel mezzo di loro; ma essi sono oltre acciò duri e asperi, sì perché, ponendosi lo scrittore sotto così ristretta regola di rime, non può fare o la scielta o la disposizione delle voci a suo modo, ma conviengli bene spesso servire al bisogno e alla necessità della rima, e sì ancora perciò che quello così spesso ripigliamento di rime genera strepito più tosto che suono; sì come dalla canzone di Guido Cavalcanti si può comprendere, che incomincia così:

Donna mi prega, perch'io voglio dire

d'un accidente, che sovente è fero,

et è sì altero, che si chiama Amore.

Il qual modo e maniera di rime prese Guido e presero gli altri Toschi da' Provenzali, come ieri si disse, che l'usarono assai sovente. Fuggilla del tutto il Petrarca; dico, in quanto egli non pose giamai due vicine rime nel mezzo d'alcun suo verso. Posene alle volte una; e questa una, quanto egli la pose più di rado nelle sue canzoni, tanto egli a quelle canzoni giunse più di grazia; e meno ne diede a quell'altre, nelle quali ella si vede essere più sovente; sì come si vede in quell'altra: Mai non vo' più cantar, com'io solea. La qual canzone chi chiamasse per questa cagione alquanto dura, forse non errerebbe soverchio. Ma egli tale la fe', acciò traendonelo la qualità della canzone, la quale egli proposto s'avea di tessere tutta di proverbi, sì come s'usò di fare a quel tempo; i quali proverbi, postivi in moltitudine e così a mischio, non possono non generare alcuna durezza e asprezza. Ma, tornando alle due canzoni, che io dissi, del Petrarca, sì come elle sono per gli detti rispetti piacevolissime, così per gli loro contrari è quell'altra del medesimo poeta gravissima. La quale, quando io il leggo, mi suole parere fuori dell'altre, quasi donna tra molte fanciulle, o pure come reina tra molte donne, non solo d'onestà e di dignità abondevole, ma ancora di grandezza e di magnificenza e di maestà; la qual canzone tutti i suoi versi, da uno per istanza in fuori, ha interi, e le stanze sono lunghe più che d'alcuna altra:

Nel dolce tempo de la prima etade,

che nascer vide et ancor quasi in erba

la fera voglia, che per mio mal crebbe.

E senza fallo alcuno, chiunque di questa canzone con quelle due comperazione farà, egli scorgerà agevolmente quanto possano a dar piacevolezza le rime de' versi rotti, e quelle degl'interi ad accrescere gravità. E detto fin qui vi sia del suono.

Capitolo XIV

Ora a dire del numero passiamo, facitore ancora esso di queste parti, in quanto per lui si può, che non è poco; il qual numero altro non è che il tempo che alle sillabe si dà, o lungo o brieve, ora per opera delle lettere che fanno le sillabe, ora per cagione degli accenti che si danno alle parole, e tale volta e per l'un conto e per l'altro. E prima ragionando degli accenti, dire di loro non voglio quelle cotante cose che ne dicono i Greci, più alla loro lingua richieste che alla nostra. Ma dico solamente questo, che nel nostro volgare in ciascuna voce è lunga sempre quella sillaba, a cui essi stanno sopra, e brievi tutte quelle, alle quali essi precedono, se sono nella loro intera qualità e forma lasciati; il che non avien loro o nel greco idioma o nel latino. Onde nasce, che la loro giacitura più in un luogo che in un altro, molto pone e molto leva o di gravità o di piacevolezza, e nella prosa e nel verso. La qual giacitura, perciò che ella uno di tre luoghi suole avere nelle voci, e questi sono l'ultima sillaba o la penultima o quella che sta alla penultima innanzi, con ciò sia cosa che più che tre sillabe non istanno sott'uno accento comunemente, quando si pone sopra le sillabe, che alle penultime sono precedenti, ella porge alle voci leggerezza, perciò che, come io dissi, lievi sempre sono le due sillabe a cui ella è dinanzi, onde la voce di necessità ne diviene sdrucciolosa. Quando cade nell'ultima sillaba, ella acquista loro peso allo 'ncontro; perciò che giunto che all'accento e il suono, egli quivi si ferma, e come se caduto vi fosse, non se ne rileva altramente. E intanto sono queste giaciture, l'una leggiera e l'altra ponderosa, che qual volta elle tengono gli ultimi loro luoghi nel verso, il verso della primiera cresce dagli altri d'una sillaba, et è di dodici sempre, ché le ultime due sillabe, per la giacitura dell'accento, sono sì leggiere, che dire si può che in luogo d'una giusta si ricevano: Già non compié di tal consiglio rendere; e quello dell'altra, d'altro canto, d'una sillaba minore degli regolati è sempre, e più che dieci avere non ne può, il che è segno che il peso della sillaba, a cui egli soprastà, è tanto, che ella basta e si piglia per due: on esso un colpo per la man d'Artù. Temperata giacitura, e di questi due stremi libera, o più tosto mezzana tra essi, è poscia quella che alle penultime si pon sopra; e talora gravità dona alle voci, quando elle di vocali e di consonanti, a ciò fare acconcie, sono ripiene; e talora piacevolezza, quando e di consonanti e di vocali o sono ignude e povere molto, o di quelle di loro, che alla piacevolezza servono, abastanza coperte e vestite. Questa, per lo detto temperamento suo, ancora che ella molte volte una appresso altra si ponga e usisi, non per ciò sazia, quando tuttavolta altri non abbia le carte preso a scrivere et empiere di questa sola maniera d'accento, e non d'altra; là dove le due dell'ultima e dell'innanzi penultima sillaba, agevolmente fastidiscono e sazievoli sono molto, e il più delle volte levano e togliono e di piacevolezza e di gravità, se poste non sono con risguardo. E ciò dico per questo, che esse medesime, quanto si conviene considerate, e poste massimamente l'una di loro tra molte voci gravi, e questa è la sdrucciolosa, e l'altra tra molte voci piacevoli, possono accrescere alcuna volta quello che elle sogliono naturalmente scemare. Che sì come le medicine, quantunque elle veneno siano, pure, a tempo e con misura date, giovano, dove, altramente prese, nuocono e spesso uccidono altrui, e molti più sono i tempi, ne' quali elle nocive essere si ritroverebbono, se si pigliassero, che gli altri; così queste due giaciture degli accenti, ancora che di loro natura elle molto più acconcie sieno a levar profitto, che a darne, nondimeno alcuna volta nella loro stagione usate, e danno gravità e accrescono piacevolezza. Ponderosi, oltre a questo, sempre sono gli accenti che cuoprono le voci d'una sillaba; il che da questa parte si può vedere, che essi, posti nella fine del verso, quello adoperano, che io dissi, che fanno gli accenti posti nell'ultima sillaba della voce, quando la voce nella fine del verso si sta, ciò è che bastano e servono per due sillabe: Quanto posso mi spetro, e sol mi sto. E se in Dante si legge questo verso, che ha l'ultima voce d'una sillaba, e nondimeno il verso è d'undici sillabe: E più d'un mezzo di traverso non ci ha, è ciò per questo che non si dà l'accento all'ultima sillaba, anzi se le toglie, e lasciasi lei all'accento della penultima; e così si mandan fuori queste tre voci Non ci ha, come se elle fossero una sola voce, o come si mandan fuori Oncia e Sconcia, che sono le altre due compagne voci di questa rima. Sono tuttavolta questi accenti più e meno ponderosi, secondo che più o meno lettere fanno le loro voci, e più in sé piene o non piene, e a questa guisa poste o a quell'altra.

Capitolo XV

Raccolte ora queste maniere di giacitura, veggiamo se nel vero così è come io dico. Ma delle due prima dette, ciò è della giacitura, che sopra quella sillaba sta, che alla penultima è dinanzi, e di quella che sta sopra l'ultima, e ancora di quell'altra che alle voci d'una sillaba si pon sopra, bastevole essempio danno, sì come io dissi, quelli versi che noi sdruccioli per questo rispetto chiamiamo, e quegli altri, a' quali danno fine queste due maniere di giacitura poste nell'ultima sillaba, o nelle voci di più sillabe, o in quelle d'una sola, i quali non sono giamai di più che di dieci sillabe, per lo peso che accresce loro l'accento, come s'è detto. Ragioniamo adunque di quell'altra, che alle penultime sta sopra. Volle il Boccaccio servar gravità in questo cominciamento delle sue novelle: Umana cosa è l'avere compassione agli afflitti; perché egli prese voci di qualità, che avessero gli accenti nella penultima per lo più, la qual cosa fece il detto principio tutto grave e riposato. Che se egli avesse preso voci che avessero gli accenti nella innanzi penultima, sì come sarebbe stato il dire: Debita cosa è l'essere compassionevole a' miseri, il numero di quella sentenza tutta sarebbe stato men grave, e non avrebbe compiutamente quello adoperato, che si cercava. E se vorremmo ancora, senza levar via alcuna voce, mutar di loro solamente l'ordine, il quale mutato, conviene che si muti l'ordine degli accenti altresì, e dove dicono: Umana cosa è l'avere compassione agli afflitti, dire così: L'avere compassione agli afflitti umana cosa è, ancora più chiaro si vedrà quanto mutamento fanno pochissimi accenti, più ad una via posti che ad altra nelle scritture. Volle il medesimo compositore versar dolcezza in queste parole di Gismonda, sopra 'l cuore del suo morto Guiscardo ragionate: O molto amato cuore, ogni mio ufficio verso te è fornito; né più altro mi resta a fare, se non di venire con la mia anima a fare alla tua compagnia; perché egli prese medesimamente voci che nelle penultime loro sillabe gli accenti avessero per la gran parte, e quelle ordinò nella maniera, che più giovar potesse a trarne quello effetto che ad esso mettea bene che si traesse. Le quali voci se in voci d'altri accenti si muteranno, e dove esso dice: O molto amato cuore, ogni mio ufficio, noi diremo: O sventuratissimo cuore, ciascun dover nostro; o pure se si muterà di loro solamente l'ordine, e farassi così: Ogni ufficio mio, o cuore molto amato, è fornito verso te; né altro mi resta a fare più, se non di venire a fare compagnia con la mia all'anima tua, tanta differenza potranno per aventura queste voci dolci pigliare, quanta quelle gravi per lo mutamento, che io dissi, hanno pigliata. Ne' quali mutamenti, benché dire si possa che la disposizione delle voci ancora, per altra cagione che per quella degli accenti considerata, alquanto vaglia a generar la disparutezza che essere si vede nel così porgere e pronunciare esse voci, nondimeno è da sapere che, a comperazione di quello degli accenti, ogni altro rispetto è poco: con ciò sia cosa che essi danno il concento a tutte le voci, e l'armonia, il che a dire è tanto, quanto sarebbe dare a' corpi lo spirito e l'anima. La qual cosa se nelle prose tanto può, quanto si vede potere, molto più è da dire che ella possa nel verso; nel qual verso il suono e l'armonia vie più naturale e proprio e conveniente luogo hanno sempre, che nelle prose. Perciò che le prose, come che elle meglio stiano a questa guisa ordinate, che a quella, ella tuttavolta prose sono; dove nel verso puossi gli accenti porre di modo che egli non rimane più verso, ma divien prosa, e muta in tutto la sua natura, di regolato in dissoluto cangiandosi; come sarebbe, se alcun dicesse: Voi, ch'in rime sparse ascoltate il suono; e Per far una sua leggiadra vendetta; o veramente Che s'addita per cosa mirabile, e somiglianti. Ne' quali mutamenti, rimanendo le voci e il numero delle sillabe intero, non rimane per tutto ciò né forma né odore alcuno di verso. E questo per niuna altra cagione adiviene, se non per lo essere un solo accento levato del suo luogo in essi versi, e ciò è della quarta o della sesta sillaba in quelli, e della decima in questo. Che, con ciò sia cosa che a formare il verso necessariamente si richiegga che nella quarta o nella sesta e nella decima sillaba siano sempre gli accenti, ogni volta che qualunque s'è l'una di queste due positure non gli ha, quello non è più verso, comunque poi si stiano le altre sillabe. E questo detto sia non meno del verso rotto, che dello intero, in quanto egli capevole ne può essere. Sono adunque, messer Ercole, questi risguardi non solo a grazia, ma ancora a necessità del verso. A grazia potranno appresso essere tutti quegli altri, de' quali s'è ragionato sopra le prose, dalle quali pigliandogli, quando vi fia mestiero, valere ve ne potrete. Ma passiamo oggimai a dire del tempo, che le lettere generano, ora lungo, ora brieve nelle sillabe; il che agevolmente si potrà fare -.

Capitolo XVI

Allora disse lo Strozza: - Deh, se egli non v'è grave, messer Federigo, prima che a dire d'altro valichiate, fatemi chiaro come ciò sia, che detto avete, che comunemente non istanno sott'uno accento più che tre sillabe. Non istanno elleno sott'un solo accento quattro sillabe in queste voci, Alitano, Germinano, Terminano, Considerano, e in simili? - Stanno, - rispose messer Federigo - ma non comunemente. Noi comunemente osserviamo altresì, come osservano i Greci e Latini, il non porre più che tre sillabe sotto 'l governo d'un solo accento. È il vero che, perciò che gli accenti appo noi non possono sopra sillaba, che brieve sia, esser posti, come possono appo loro; e se posti vi sono la fanno lunga, come fecero in quel verso del Paradiso: Devoto quanto posso a te supplìco; e come fecero nella voce Piéta, quasi da tutti i buoni antichi poeti alcuna volta così detta in vece di Pietà; videro i nostri uomini che molto men male era ordinare, che in queste voci che voi ricordate, e nelle loro somiglianti, ci concedesse che quattro sillabe dovessero d'uno accento contentarsi, che non era una sillaba naturalissimamente brieve mutare in lunga, come sarebbe a dire Alìtano e Termìnano; il che fare bisognerebbe. Né solamente quattro sillabe, ma cinque ancora pare alle volte che state siano paghe d'un solo accento; sì come in questa voce, Sìamivene, e in quest'altra, Portàndosenela, che disse il Boccaccio: E se egli questo negasse, sicuramente gli dìte, che io sia stata quella che questo v'abbia detto, e sìamivene doluta; e altrove: Perché portàndosenela il lupo, senza fallo strangolata l'avrebbe. Ma ciò aviene di rado. Vada adunque, messer Ercole, l'una licenza e l'una agevolezza per l'altra, e l'una per l'altra strettezza e regola altresì. A' Greci e a' Latini è conceduto porre i loro accenti sopra lunghe e sopra brievi sillabe, il che a noi e vietato; sia dunque a noi conceduto da quest'altro canto quello che loro si vieta: il poter commettere più che tre sillabe al governo d'un solo accento. Basti, che non se ne commette alcuna lunga, fuori solamente quella, a cui egli sta sopra. - E come, - disse messer Ercole - non se ne commette alcuna lunga? Quando io dico, Uccìdonsi, Ferìsconsi, non sono lunghe in queste voci delle sillabe, a cui gli accenti sono dinanzi e non istanno sopra? - Sono, messer Ercole, - rispose messer Federigo - ma per nostra cagione, non per loro natura: con ciò sia cosa che naturalmente si dovrebbe dire Uccìdonosi, Ferìsconosi; il che perciò che dicendo non si pecca, ha voluto l'usanza che non si pecchi ancora no 'l dicendo, pigliando come brieve quella sillaba, che nel vero è brieve quando la voce è naturale e intera. La quale usanza tanto ha potuto, che ancora quando un'altra sillaba s'aggiugne a queste voci, Uccìdonsene, Ferìsconsene, ella così si piglia per brieve, come fa quando sono tali, quali voi avete ricordato.

Capitolo XVII

Ora, venendo al tempo che le lettere danno alle voci, è da sapere che tanto maggiore gravità rendono le sillabe, quanto elle più lungo tempo hanno in sé per questo conto; il che aviene qualora più vocali o più consonanti entrano in ciascuna sillaba; tutto che la moltitudine delle vocali meno spaziosa sia che quella delle consonanti, e oltre acciò poco ricevuta dalle prose. Del verso è ella propria e domestichissima, e stavvi ora per via di mescolamento, ora di divertimento; sì come nelle due prime sillabe si vede stare di questo verso, detto da noi altre volte: Voi ch'ascoltate; e quando per l'un modo e per l'altro; il che nella sesta di quest'altro ha luogo: Di quei Sospiri, ond'io nutriva il core; là dove la moltitudine delle consonanti et è spaziosissima, et entra, oltre acciò, non meno nelle prose che nel verso. Perché volendo il Boccaccio render grave, quanto si potea il più, quel principio delle sue novelle, che io testé vi recitai, poscia che egli per alquante voci ebbe la gravità con gli accenti e con la maniera delle vocali solamente cercata: Umana cosa è l'avere; sì la cercò egli per alquante altre eziandio, con le consonanti riempiendo e rinforzando le sillabe: Compassione agli afflitti. Il che fece medesimamente il Petrarca, pure nel medesimo principio delle canzoni, Voi ch'ascoltate, non solamente con altre vocali, ma ancora con quantità di vocali e di consonanti, acquistando alle voci gravità e grandezza. E questo medesimo acquisto tanto più adopera, quanto le consonanti, che empiono le sillabe, sono e in numero più spesse e in spirito più piene; perciò che più grave suono ha in sé questa voce Destro, che quest'altra Vetro, e più magnifico lo rende il dire Campo, che o Caldo o Casso dicendosi, non si renderà. E così delle altre parti si potrà dire della gravità, per le altre posse tutte delle consonanti discorrendo e avertendo. Dissi in che modo il numero divien grave per cagione del tempo che le lettere danno alle sillabe; e prima detto avea in qual modo egli grave diveniva; per cagione di quel tempo che gli accenti danno alle voci. Ora dico che somma e ultima gravità è, quando ciascuna sillaba ha in sé l'una e l'altra di queste parti; il che si vede essere per alquante sillabe in molti luoghi, ma troppo più in questo verso, che in alcuno altro che io leggessi giamai: Fior', frond', erb', ombr', antr', ond', aure soavi.
E per dire ancora di questo medesimo acquisto di gravità più innanzi, dico che come che egli molto adoperi e nelle prose e nelle altre parti del verso, pure egli molto più adopera e può nelle rime; le quali maravigliosa gravità accrescono al poema, quando hanno la prima sillaba di più consonanti ripiena,

come hanno in questi versi:
Mentre che 'l cor dagli amorosi vermi
fu consumato, e 'n fiamma amorosa arse,
di vaga fera le vestigia sparse
cercai per poggi solitari et ermi,
et ebbi ardir, cantando, di dolermi
d'amor, di lei, che sì dura m'apparse;
ma l'ingegno e le rime erano scarse
in quella etate a pensier novi e 'nfermi.
Quel foco è spento, e 'l copre un picciol marmo.
Che se col tempo fosse ito avanzando,
come già in altri, infino a la vecchiezza,
di rime armato, ond'oggi mi disarmo,
con stil canuto avrei fatto, parlando,
romper le pietre, e pianger di dolcezza.
Non possono così le vocali; quantunque ancora di loro dire si può, che elle non istanno perciò del tutto
senza opera nelle rime: con ciò sia cosa che alquanto più in ogni modo piena si sente essere questa voce
Suoi nella rima, che quest'altra Poi, e Miei, che Lei, e così dell'altre. Resterebbemi ora, messer Ercole,
detto che s'è dell'una parte abastanza, dirvi medesimamente dell'altra, e mostrarvi, che sì come la
spessezza delle lettere accresce alle voci gravità, così la rarità porge loro piacevolezza; se io non
istimassi, che voi dalle dette cose, senza altro ragionarne sopra, il comprendeste abastanza; scemando
con quelle medesime regole a questo fine, con le quali si giugne e cresce a quell'altro; il che chiude e
compie tutta la forza e valore del numero.

Capitolo XVIII

Dirò adunque della terza causa, generante ancor lei in comune le dette due parti richieste allo scriver
bene; e ciò è la variazione non per altro ritrovata, se non per fuggire la sazietà, della quale ci avertì
dianzi messer Carlo che ci fa non solamente le non ree cose, o pure le buone, ma ancora le buonissime
verso di sé e dilettevolissime spesse volte essere a fastidio, e allo 'ncontro le non buone alcuna fiata e le
sprezzate venire in grado. Per la qual cosa, e nel cercare la gravità, dopo molte voci di piene e d'alte
lettere, è da porne alcuna di basse e sottili; e appresso molte rime tra sé lontane, una vicina meglio
risponderà, che altre di quella medesima guisa non faranno; e tra molti accenti che giacciano nelle
penultime sillabe, si dee vedere di recarne alcuno, che all'ultima e alla innanzi penultima stia sopra; e in
mezzo di molte sillabe lunghissime, frametterne alquante corte giugne grazia e adornamento. E così,
d'altro canto; nel cercare la piacevolezza, non è bene tutte le parti, che la ci rappresentano, girsi per noi
sempre, senza alcun brieve mescolamento dell'altre, cercando e affettando. Perciò che là dove al lettore
con la nostra fatica diletto procacciamo, sottentrando per la continuazione, or una volta or altra, la
sazietà, ne nasce a poco a poco e allignavisi il fastidio, effetto contrario del nostro disio. Né pure in
queste cose che io ragionate v'ho, ma in quelle ancora che ci ragionò il Bembo, è da schifare la sazietà
il più che si può e il fastidio. Perciò che e nella scielta delle voci, tra quelle di loro isquisitissimamente
cercate vederne una tolta di mezzo il popolo, e tra le popolari un'altra recatavi quasi da' seggi de' re, e
tra le nostre una straniera, e una antica tra le moderne, o nuova tra le usate, non si può dire quanto
risvegli alcuna volta e sodisfaccia l'animo di chi legge; e così un'altra un poco aspera tra molte dilicate,
e tra le molte risonanti una cheta, o allo 'ncontro. E nel disporre medesimamente delle voci, niuna delle
otto parti del parlare, niuno ordine di loro, niuna maniera e figura del dire usare perpetuamente si
conviene e in ogni canto; ma ora isprimere alcuna cosa per le sue proprie voci, ora per alcun giro di
parole, fa luogo; e questi medesimi o altri giri, ora di molte membra comporre, ora di poche, e queste

membra, ora veloci formare, ora tarde, ora lunghe, ora brievi, e in tanto in ciascuna maniera di componimenti fuggir si dee la sazietà, che questo medesimo fuggimento è da vedere che non sazii, e nell'usare varietà non s'usi continuazione. Oltra che sono eziandio di quelle cose le quali variare non si possono; sì come sono alcune maniere di poemi di quelle rime composti, che io regolate chiamai; con ciò sia cosa che non poteva Dante fuggire la continuazione delle sue terze rime, sì come non possono i Latini, i quali eroicamente scrivono, fuggire che di sei piedi non siano tutti i loro versi ugualmente. Ma queste cose tuttavolta sono poche; dove quelle che si possono e debbono variare, sono infinite. Per la qual cosa né di tutte quelle, delle quali è capevole il verso, né di quelle tutte, che nelle prose truovano luogo, recar si può particolare testimonianza, chi tutto dì ragionare di nulla altro non volesse. Bene si può questo dire che di quelle, la variazione delle quali nelle prose può capere, gran maestro fu, a fuggirne la sazietà, il Boccaccio nelle sue novelle, il quale, avendo a far loro cento proemi, in modo tutti gli variò, che grazioso diletto danno a chi gli ascolta; senza che in tanti finimenti e rientramenti di ragionari, tra dieci persone fatti, schifare il fastidio non fu poco. Ma della varietà che può entrar nel verso, quanto ne sia stato diligente il Petrarca, estimare più tosto si può, che isprimere bastevolmente; il quale d'un solo suggetto e materia tante canzoni componendo, ora con una maniera di rimarle, ora con altra, e versi ora interi e quando rotti, e rime quando vicine e quando lontane, e in mille altri modi di varietà, tanto fece e tanto adoperò, che, non che sazietà ne nasca, ma egli non è in tutte loro parte alcuna, la quale con disio e con avidità di leggere ancora più oltra non ci lasci. La qual cosa maggiormente apparisce in quelle parti delle sue canzoni, nelle quali egli più canzoni compose d'alcuna particella e articolo del suo suggetto; il che egli fece più volte, né pure con le più corte canzoni, anzi ancora con le lunghissime; sì come sono quelle tre degli occhi, le quali egli variando andò in così maravigliosi modi, che quanto più si legge di loro e si rilegge, tanto altri più di leggerle e di rileggerle divien vago; e come sono quelle due piacevolissime, delle quali poca ora fa vi ragionai, perciò che estimando egli che la loro piacevolezza, raccolta per gli molti versi rotti, potesse avilire, egli alquante stanze seguentisi, con le rime acconcie a generar gravità, diè alla primiera, e questa medesima gravità, affine che non fosse troppa, temperò con un'altra stanza, tutta di rime piacevoli tessuta allo 'ncontro. Nel rimanente poi di questa canzone, e in tutta l'altra, e all'une rime e all'altre per ciascuna stanza dando parte, fuggì non solamente la troppa piacevolezza o la troppa gravità, ma ancora la troppa diligenza del fuggirle. Somigliante cura pose molte volte eziandio in un solo verso, sì come pose in quello che io per gravissimo vi recitai: Fior', frondi, erbe, ombre, antri, onde, aure soavi. Con ciò sia cosa che conoscendo egli che se il verso tutto si forniva con voci, e per conto delle vocali, e per conto delle consonanti, e per conto degli accenti pieno di gravità, nella guisa nella quale esso era più che mezzo tessuto, poteva la gravità venire altrui parendo troppo cercata e affettata e generarsene la sazietà, egli lo fornì con questa voce, Soavi, piena senza fallo di piacevolezza, e veramente tale, quale di lei è il sentimento, e a questa piacevolezza tuttavolta passò con un'altra voce in parte grave e in parte piacevole, per non passar dall'uno all'altro stremo senza mezzo. I quali avertimenti, come che paiano avuti sopra leggiere e minute cose, pure sono tali che, raccolti, molto adoperano, sì come vedete.

Capitolo XIX

Potrebbesi a queste tre parti, messer Ercole, che io trascorse v'ho, più tosto che raccontate, al suono, al numero, alla variazione, generanti le due, dico la gravità e la piacevolezza, che empiono il bene scrivere, aggiugnerne ancora dell'altre acconcie a questo medesimo fine, sì come sono il decoro e la persuasione. Con ciò sia cosa che da servare è il decoro degli stili, o convenevolezza che più ci piaccia di nomare questa virtù, mentre d'essere o gravi o piacevoli cerchiamo nelle scritture, o per aventura l'uno e l'altro; quando si vede che agevolmente procacciando la gravità, passare si può più oltra entrando nell'austerità dello stile; il che nasce, ingannandoci la vicinità e la somiglianza che avere sogliono i principj del vizio con gli stremi della virtù, pigliando quelle voci per oneste che sono rozze, e per grandi le ignave, e ripiene di dignità le severe, e per magnifiche le pompose. E, d'altra parte, cercando la piacevolezza, puossi trascorrere e scendere al dissoluto; credendo quelle voci graziose essere, che ridicule sono, e le imbellettate vaghe, e le insiepide dolci, e le stridevoli soavi. Le quali pecche tutte, e le altre che aggiugnere a queste si può, fuggire si debbono, e tanto più ancora diligentemente, quanto più elleno sotto spezie di virtù ci si parano dinanzi, e, di giovarci promettendo, ci nuocono maggiormente, assalendoci sproveduti. Né è la persuasione, meno che questo decoro, da disiderare e da procacciare agli scrittori, senza la quale possono bene aver luogo e la gravità e la piacevolezza; con ciò sia cosa che molte scritture si veggono, che non mancano di queste parti, le quali non hanno poscia quella forza e quella virtù che persuade; ma elle sono poco meno che vane, e indarno s'adoperano, se ancora questa rapitrice degli animi di chi ascolta esse non hanno dal lor canto. La quale a dissegnarvi e a dimostrarvi bene e compiutamente, quale e chente ella è, bisognerebbe tutte quelle cose raccogliere che dell'arte dell'orare si scrivono, che sono, come sapete, moltissime, perciò che tutta quella arte altro non c'insegna, e ad altro fine non s'adopera, che a persuadere. Ma io non dico ora persuasione in generale e in universo; ma dico quella occulta virtù, che, in ogni voce dimorando, commuove altrui ad assentire a ciò che egli legge, procacciata più tosto dal giudicio dello scrittore che dall'artificio de' maestri. Con ciò sia cosa che non sempre ha, colui che scrive, la regola dell'arte insieme con la penna in mano. Né fa mestiero altresì in ciascuna voce fermarsi, a considerare se la riceve l'arte o non riceve, e specialmente nelle prose, il campo delle quali molto più largo e spazioso e libero è, che quello del verso. Oltra che se ne ritarderebbe e intiepidirebbe il calore del componente, il quale spesse volte non pate dimora. Ma bene può sempre, e ad ogni minuta parte, lo scrittore adoperare il giudicio, e sentire, tuttavia scrivendo e componendo, se quella voce o quell'altra, e quello o quell'altro membro della scrittura, vale a persuadere ciò che egli scrive. Questa forza e questa virtù particolare di persuadere, dico, messer Ercole, che è grandemente richiesta e alle gravi e alle piacevoli scritture; né può alcuna veramente grave, o veramente piacevole essere, senza essa. Perché, recando le molte parole in una, quando si farà per noi a dar giudicio di due scrittori, quale di loro più vaglia e quale meno, considerando a parte a parte il suono, il numero, la variazione, il decoro, e ultimamente la persuasione di ciascun di loro, e quanta piacevolezza e quanta gravità abbiano generata e sparsa per gli loro componimenti, e con le parti, che ci raccolse messer Carlo, dello sciegliere e del disporre, prima da noi medesimamente considerate, ponendole, potremo sicuramente conoscere e trarne la differenza. E perciò che tutte queste parti sono più abondevoli nel Boccaccio e nel Petrarca, che in alcuno degli altri scrittori di questa lingua, aggiuntovi ancora quello che messer Carlo primieramente ci disse, che valeva a trarne il giudicio, che essi sono i più lodati e di maggior grido, conchiudere vi può messer Carlo da capo, che niuno altro così buono o prosatore o rimatore è, messer Ercole, come sono essi. Che quantunque del Boccaccio si possa dire, che egli nel vero alcuna volta molto prudente scrittore stato non sia; con ciò sia cosa che egli mancasse talora di giudicio nello scrivere, non pure delle altre opere, ma nel Decamerone ancora, nondimeno quelle parti del detto libro, le quali egli poco giudiciosamente prese a scrivere, quelle medesime egli pure con buono e con leggiadro stile scrisse tutte; il che è quello che noi cerchiamo. Dico adunque di costor due un'altra volta, che essi buonissimi scrittori sono sopra tutti gli altri, e insieme che la maniera dello scrivere de' presenti toscani uomini così buona non è come è quella nella quale scrisser questi; e così si vederà essere infino attanto che venga scrittore, che più di loro abbia ne' suoi componimenti seminate e sparse le ragionate cose -.

Capitolo XX

Tacevasi messer Federigo dopo queste parole, avendo il suo ragionamento fornito, e insieme con esso lui tacevano tutti gli altri; se non che il Magnifico, veggendo ognuno starsi cheto, disse: - Se a queste cose tutte, che messer Federigo e il Bembo v'hanno raccolte, risguardo avessero coloro che vogliono, messer Ercole, sopra Dante e sopra il Petrarca dar giudicio, quale è di lor miglior poeta, essi non sarebbono tra loro discordanti sì come sono. Ché quantunque infinita sia la moltitudine di quelli, da' quali molto più è lodato messer Francesco, nondimeno non sono pochi quegli altri, a' quali Dante più sodisfà, tratti, come io stimo, dalla grandezza e varietà del suggetto, più che da altro. Nella qual cosa essi s'ingannano; perciò che il suggetto è ben quello che fa il poema, o puollo almen fare, o alto o umile o mezzano di stile, ma buono in sé o non buono non giamai. Con ciò sia cosa che può alcuno d'altissimo suggetto pigliare a scrivere, e tuttavolta scrivere in modo, che la composizione si dirà esser rea e saztevole; e un altro potrà, materia umilissima proponendosi, comporre il poema di maniera che da ogniuno buonissimo e vaghissimo sarà riputato; sì come fu riputato quello del ciciliano Teocrito, il quale, di materia pastorale e bassissima scrivendo, è nondimeno molto più in prezzo e in riputazione sempre stato tra' Greci, che non fa giamai Lucano tra' Latini, tutto che egli suggetto reale e altissimo si ponesse innanzi. Non dico già tuttavia, che un suggetto, più che un altro, non possa piacere. Ma questo rispetto non è di necessità, dove quegli altri, de' quali s'è oggi detto, sono molti, e ciascuno per sé necessariissimo a doverne essere il componente lodato e pregiato compiutamente. Onde io torno a dire, che se gli uomini con le regole del Bembo e di messer Federigo essaminassero gli scrittori, essi sarebbono d'un parere tutti e d'una openione in questo giudicio -. Allora disse messer Ercole: - Se io questi poeti, Giuliano, avessi veduti, come voi avete, mi crederei potere ancor io dire affermatamente così esser vero come voi dite. Ma perciò che io di loro per adietro niuna sperienza ho presa, tanto solo dirò, che io mi credo che così sia, persuadendomi che errare non si possa, per chiunque con tanti e tali avertimenti giudica, chenti son questi che si son detti. Co' quali, messer Carlo, stimo io che giudicasse messer Pietro vostro fratello, del quale mi soviene ora, che essendo egli e messer Paolo Canale, da Roma ritornando e per Ferrara passando, scavalcati alle mie case, e da me per alcun dì a ristorare la fatica del camino sopratenutivi, un giorno tra gli altri venne a me il Cosmico, che in Ferrara, come sapete, dimora, e tutti e tre nel giardino trovatici, che lentamente spaziando e di cose dilettevoli ragionando ci diportavamo, dopo i primi raccoglimenti fatti tra loro, egli e messer Pietro, non so come, nel processo del parlare a dire di Dante e del Petrarca pervennero; nel quale ragionamento mostrava messer Pietro maravigliarsi come ciò fosse, che il Cosmico, in uno de' suoi sonetti, al Petrarca il secondo luogo avesse dato nella volgar poesia. Nella qual materia molte cose furono da lor dette e da messer Paolo ancora, che io non mi ricordo; se non in quanto il Cosmico molto parea che si fondasse sopra la magnificenza e ampiezza del suggetto, delle quali ora Giuliano diceva, e sopra lo aver Dante molta più dottrina e molte più scienze per lo suo poema sparse, che non ha messer Francesco. - Queste cose appunto son quelle, - disse allora mio fratello - sopra le quali principalmente si fermano, messer Ercole, tutti quelli che di questa openion sono. Ma se dire il vero si dee tra noi, che non so quello che io mi facessi fuor di qui, quanto sarebbe stato più lodevole che egli di meno alta e di meno ampia materia posto si fosse a scrivere, e quella sempre nel suo mediocre stato avesse, scrivendo, contenuta, che non è stato, così larga e così magnifica pigliandola, lasciarsi cadere molto spesso a scrivere le bassissime e le vilissime cose; e quanto ancora sarebbe egli miglior poeta che non è, se altro che poeta parere agli uomini voluto non avesse nelle sue rime. Che mentre che egli di ciascuna delle sette arti e della filosofia e, oltre acciò, di tutte le cristiane cose maestro ha voluto mostrar d'essere nel suo poema, egli men sommo e meno perfetto è stato nella poesia. Con ciò sia cosa che affine di poter di qualunque cosa scrivere, che ad animo gli veniva, quantunque poco acconcia e malagevole a caper nel verso, egli molto spesso ora le latine voci, ora le straniere, che non sono state dalla Toscana ricevute, ora le vecchie del tutto e tralasciate, ora le non usate e rozze, ora le immonde e brutte, ora le durissime usando, e allo 'ncontro le pure e gentili alcuna volta mutando e guastando, e talora, senza alcuna scielta o regola, da sé formandone e fingendone, ha in maniera operato, che si può la sua Comedia giustamente rassomigliare ad un bello e spazioso campo di grano, che sia tutto d'avene e di logli e d'erbe sterili e dannose mescolato, o ad alcuna non potata vite al suo tempo, la quale si vede essere poscia la state sì di foglie e di pampini e di viticci ripiena, che se ne offendono le belle uve -.

Capitolo XXI

Io, senza dubbio alcuno - disse lo Strozza - mi persuado, messer Carlo, che così sia, come voi dite; poscia che io tutti e tre vi veggo in ciò essere d'una sentenza. E pure dianzi quando messer Federigo ci recò le due comperazioni degli scabbiosi, oltre che elle parute m'erano alquanto essere disonoratamente dette, sì mi parea egli ancora che vi fosse una voce delle vostre, dico di questa città, là in quel verso: Da ragazzo aspettato da signor so, nel quale, So, pare detto in vece di Suo, forse più licenziosamente che a grave e moderato poeta non s'appartiene -. Alle quali parole traponendosi il Magnifico: - Egli è ben vero - disse - che delle voci di questa città sparse Dante e seminò in più luoghi della sua Comedia che io non arei voluto, sì come sono Fantin e Fantolin, che egli disse più volte, e Fra, in vece di Frate, e Ca, in vece di Casa, e Polo, e somiglianti. Ma questa voce Signorso, che voi credete, messer Ercole, che sian due, ella altro che una voce non è, e, oltre a questo, è toscana tutta e non viniziana in parte alcuna; quantunque ella bassissima voce sia e per poco solamente dal volgo usata, e per ciò non meritevole d'aver luogo negli eroici componimenti. - Come una voce, - disse messer Ercole - o in qual modo? - Dirollovi - rispose il Magnifico, e seguitò in questa maniera: - Voi dovete, messer Ercole, sapere, usanza della Toscana essere con alquante così fatte voci congiugnere questi possessivi Mio, Tuo, Suo, in modo che se ne fa uno intero, traendone tuttavia la lettera del mezzo, ciò è la I e la U, in questa guisa: Signòrso, Signorto, in luogo di Signor suo e Signor tuo; e Fratèlmo, in luogo di Fratel mio; e Pàtremo e Màtrema, in luogo di Patre mio e Matre mia; e Mògliema e Mòglieta, e alcuna volta Figliuòlto, e così d'alcune altre; alle quali voci tutte non si dà l'articolo, ma si leva, che non diciamo Dal Signorso o Della Moglieta, ma Di Moglieta e Da Signorso; sì come disse Dante in quel verso, e come si legge nelle novelle del Boccaccio, nelle quali egli e Signorto e Moglieta pose più d'una volta, e Fratelmo ancora. E dicovi più, che queste voci s'usano, ragionando tuttodì, non solo nella Toscana, ma ancora in alcuna delle vicinanze sue, che da noi prese l'hanno, e in Roma altresì; e messer Federigo le dee aver udite ad Urbino in bocca di quelle genti molte volte. Così è, Giuliano, - disse incontanente messer Federigo. - Né pure queste voci solamente s'usano tra que' monti, come dite, che vostre siano, ma dell'altre medesimamente, tra le quali una ve n'è loro così in usanza, che io ho alle volte creduto che ella non sia vostra. E questa è Avaccio, che si dice in vece di Tosto; con ciò sia cosa che in Firenze, sì come io odo, ella oggimai niente più s'usa, o poco -. Alle quali parole il Magnifico così rispose: - Egli non è dubbio, messer Federigo, che Avaccio, voce nostra, non sia tratta da Avacciare, che è Affrettare, molto antica e dalle antiche toscane prose ricordata molto spesso o, dalle quali pigliare l'hanno Dante e il Boccaccio potuta, che Avacciare, in luogo d'Affrettare, più volte dissero. Dal qual verbo si fe' Avaccio, voce molto più del verso che della prosa, la quale usò il medesimo Boccaccio nelle sue ottave rime, se io non sono errato, alquante volte, e Dante medesimo per la sua Comedia la seminò alquante altre. Né l'una di queste voci né l'altra si vede che abbia voluto usare il Petrarca, ma in luogo d'Avacciare, che ad uopo gli veniva, disse Avanzare, fuggendo la bassezza del vocabolo, come io stimo, e in questo modo inalzandolo:
Sì vedrem chiaro poi, come sovente
per le cose dubbiose altri s'avanza;
o pure ancora:
E ben che 'l primo colpo aspro e mortale
fosse da sé, per avanzar sua impresa
una saetta di pietate ha presa.
La qual voce usò la Toscana assai spesso in questo sentimento di mandare innanzi e far maggiore, non guari dal sentimento d'Avacciare scostandola; con ciò sia cosa che chiunque s'avanza, per questo s'avanza, che egli s'affretta e si sollecita più volte. Ma, tornando alla prima voce Avaccio, ella poco s'usa oggi nella patria mia come voi dite, divenuta vile, sì come sogliono il più delle cose, per la sua vecchiezza. Usasi vie più ne' suoi dintorni, e spezialmente in quel di Perugia, dove le levano tuttavia la prima lettera, e dicono Vaccio -.

Capitolo XXII

Avea così detto il Magnifico e tacevasi, quando lo Strozza, che attentamente ascoltato l'avea, disse: - Deh, se il cielo, Giuliano, in riputazione e stima la vostra lingua avanzi di giorno in giorno, e voglio io incominciare a ragionar toscanamente da questa voce, che buono augurio mi dà e in speranza mi mette di nuovo acquisto, non fate sosta così tosto nel raccontarci delle vostre voci, ma ditecene ancora, e sponetecene dell'altre; che io non vi potrei dire, quanto diletto io piglio di questi ragionamenti. - E che volete voi, che io vi racconti più oltra? - rispose il Magnifico. - Non avete voi oggi da messer Carlo e da messer Federigo udite molte cose? - Sì di vero, - rispose lo Strozza - che io ne ho molte udite, le quali mi potranno ancora di molta utilità essere o nel giudicare gli altrui componimenti, se io ne leggerò, o nel misurare i miei, se io me ne travaglierò giamai. Ma quelle cose nondimeno sono avertimenti generali, che vagliono più a ben volere usare e mettere in opera la vostra lingua, a chi appresa l'ha e intendela, che ad appararla: il che a me convien fare, se debbo valermene, ché sono in essa nuovo, come vedete. Per la qual cosa a me sarebbe sopra modo caro che voi, per le parti del vostro idioma discorrendo, le particolari voci di ciascuna, le quali fa luogo a dover sapere, pensaste di ramemorarvi, e di raccontarlemi. - Io volentieri ciò farei, in quanto si potesse per me fare, - rispose il Magnifico se più di spazio a quest'opera mi fosse dato, che non è; ché, come potete vedere, il dì oggimai è stanco, e più tosto gli 'nteri giorni sarebbono a tale ragionamento richiesti, che le brievi ore. - Per questo non dee egli rimanere, disse mio fratello, a queste parole traponendosi - che a messer Ercole non si sodisfaccia. E poscia che egli fu da noi ieri allo scrivere volgarmente invitato, convenevole cosa è, Giuliano, che noi niuna fatica, che a questo fine porti, rifuggiamo. Vengasi domani ancor qui, e tanto sopra ciò si ragioni, quanto ad esso gioverà e sarà in grado. Vengasi pure, - disse il Magnifico - e ragionisi, se ad esso così piace; tuttavolta con questa condizione che voi, messer Carlo e messer Federigo, m'aiutate; ché io non voglio dire altramente -. A queste parole rispondendo i due, che essi erano contenti di così fare, quantunque sapessero che allui di loro aiuto non facea mestiero, e messer Ercole aggiugnendo che esso ne sarebbe loro tenuto grandemente, tutti e tre insieme, sì come il dì dinanzi fatto aveano, dipartendosi, lasciarono mio fratello.

Libro III

Capitolo I

Questa città, la quale per le sue molte e riverende reliquie, infino a questo dí a noi dalla ingiuria delle nimiche nazioni e del tempo, non leggier nimico, lasciate, piú che per li sette colli, sopra i quali ancor siede, sé Roma essere subitamente dimostra a chi la mira, vede tutto il giorno a sé venire molti artefici di vicine e di lontane parti, i quali le belle antiche figure di marmo e talor di rame, che o sparse per tutta lei qua e là giacciono o sono publicamente e privatamente guardate e tenute care, e gli archi e le terme e i teatri e gli altri diversi edificii, che in alcuna loro parte sono in piè, con istudio cercando, nel picciolo spazio delle loro carte o cere la forma di quelli rapportano, e poscia, quando a fare essi alcuna nuova opera intendono, mirano in quegli essempi, e di rassomigliarli col loro artificio procacciando, tanto piú sé dovere essere della loro fatica lodati si credono, quanto essi piú alle antiche cose fanno per somiglianza ravicinare le loro nuove; perciò che sanno e veggono che quelle antiche piú alla perfezion dell'arte s'accostano, che le fatte da indi innanzi. Questo hanno fatto piú che altri, monsignore messer Giulio, i vostri Michele Agnolo fiorentino e Rafaello da Urbino, l'uno dipintore e scultore e architetto parimente, l'altro e dipintore e architetto altresí; e hannolo sí diligentemente fatto, che amendue sono ora cosí eccellenti e cosí chiari, che piú agevole è a dire quanto essi agli antichi buoni maestri sieno prossimani, che quale di loro sia dell'altro maggiore e miglior maestro. La quale usanza e studio, se, in queste arti molto minori posto, e come si vede giovevole e profittevole grandemente, quanto si dee dire che egli maggiormente porre si debba nello scrivere, che è opera cosí leggiadra e cosí gentile, che niuna arte può bella e chiara compiutamente essere senza essa. Con ciò sia cosa che e Mirone e Fidia e Apelle e Vitruvio, o pure il vostro Leon Battista Alberti, e tanti altri pellegrini artefici per adietro stati, ora dal mondo conosciuti non sarebbono, se gli altrui o ancora i loro inchiostri celebrati non gli avessero, di maniera che vie piú si leggessero, della loro creta o scarpello o pennello o archipenzolo le opere, che si vedessero. Quantunque non pur gli artefici, ma tutti gli altri uomini ancora di qualunque stato, essere lungo tempo chiari e illustri non possono altramente. Anzi eglino tanto piú chiari sono e illustri ciascuno, quanto piú uno, che altro, leggiadri scrittori ha de' fatti e della virtú sua. Perché ragionevolmente Alessandro il Magno, quando alla sepoltura d'Achille pervenne, fortunato il chiamò, cosí alto e famoso lodatore avendo avuto delle sue prodezze; quasi dir volesse, che egli, se bene molto maggiori cose facesse, non andrebbe cosí lodato per la successione degli uomini, come già vedeva essere ito Achille, per lo non avere egli Omero che di sé scrivesse, come era avenuto d'avere allui. Il che se cosí è, che essere per certo si vede, facciamo ancor noi, i quali agli studi delle lettere donati ci siamo e in essi ci trastulliamo, quello stesso che far veggiamo agli artefici che io dissi, e per le imagini e forme, che gli antichi uomini ci hanno de' loro animi e del lor valore lasciate, ciò sono le scritture, vie piú che tutte le altre opere bastevoli, diligentemente cercando, a saper noi bene e leggiadramente scrivere appariamo; non dico nella latina lingua, la quale è in maniera di libri ripiena che oggimai vi soprabondano, ma nella nostra volgare, la quale oltra che piú agevolezza allo scrivere ci presterà, eziandio ne ha piú bisogno. Con ciò sia cosa che quantunque dal suo cominciamento infino a questo giorno non pochi siano stati quelli che v'hanno scritto, pochi nondimeno si vede, che sono di loro e in verso e in prosa i buoni scrittori.

Capitolo II

E io, acciò che gli altri piú volentieri a questa opera si mettano, veggendo essi da principio tutta la strada per la quale a camminare hanno, che per adietro non s'è veduta, dico, che essendosi il terzo

giorno medesimamente a casa mio fratello raunati gli tre, de' quali negli altri libri si disse, per fornire il ragionamento, ad utilità di messer Ercole due dí tra loro avuto, e già d'intorno al fuoco a seder postisi, disse messer Federigo al Magnifico:
- Io veggo, Giuliano, che voi piú aventurato sete oggi, di quello che messer Carlo e io questi due dí stati non siamo, perciò che il vento, che infino a stamane cosí forte ha soffiato, ora si tace e niuno strepito fa, quasi egli a voi piú cheta e piú riposata udienza dar voglia, che a noi non ha data -. A cui il Magnifico cosí rispose:
- Voi dite il vero, messer Federigo, che ora nessun vento fiede; di che, io testé venendo qui con messer Ercole, amendue ne ragionavamo nella mia barchetta, che piú agevolmente oggi, che ieri e l'altr'ieri non fece, ci portava oltre per queste liquide vie. Ma io sicuramente di ciò mestiero avea, a cui dire convien di cose sí poco per sé piacenti, che se romor niuno si sentisse, appena che io mi creda che voi udir mi poteste, non che voi badaste ad apprendere ciò che io dicessi. Come che tutto quello che io dirò, a messer Ercole fia detto, a cui fa luogo queste cose intendere, non a voi o a messer Carlo, che ne sete maestri. Anzi voglio io, che la condizione ieri da me postavi e da voi accettata, voi la mi osserviate, d'aiutarmi dove io mancassi; affine che per noi a messer Ercole non si manchi, il quale di ciò cosí disiderosamente ci ha richiesti e pregati -.
Il che detto e dagli due consentito, piú perché il Magnifico di dire non si rimanesse se essi il ricusassero, che perché lo stimassero a niun bisogno, esso cosí cominciò a parlare:

Capitolo III

- Quello, che io a dirvi ho preso, è, messer Ercole, se io dirittamente stimo, la particolare forma e stato della fiorentina lingua, e di ciò che a voi, che italiano siete, a parlar toscanamente fa mestiero; la qual somma, perciò che nelle altre lingue in piú parti si suole dividere, di loro in questa, partitamente e anco non partitamente, sí come ad uopo mi verrà, vi ragionerò. E per incominciar dal Nome, dico che, sí come nella maggior parte delle altre lingue della Italia, cosí eziandio in quella della città mia, i nomi in alcuna delle vocali terminano e finiscono sempre; sí come naturalmente fanno ancora tutte le toscane voci, da alcune pochissime in fuori. E questi nomi altro che di due generi non sono: del maschio e della femina. Quello che da' Latini neutro è detto, ella partitamente non ha; sí come non hanno eziandio le altre volgari, e come si vede la lingua degli Ebrei non avere, e come si legge che non avea quella de' Cartaginesi negli antichi tempi altresí. Usa tuttavia gli due, nella guisa che poi si dirà, e di loro se ne serve in quella vece. Ne' maschi il numero del meno piú fini suole avere. Perciò che egli e nella O termina, che è nondimeno comunemente fine delle altre lingue volgari, e nella I, che proprio fine è della toscana in alquante di quelle voci, che nomi propriamente si chiamano, Neri Geri Rinieri e simili. Perciò che quelli delle famiglie che cosí finiscono, Elisei Cavalcanti Buondelmonti, sono tolti dal numero del piú e non da quello del meno. Termina eziandio nella E, nella quale, tra gli altri generalmente hanno fine que' nomi, che o maschi o di femina o pure neutri che essi siano, nel secondo loro caso d'una sillaba crescono nel latino, Amore Onore Vergine Margine e questo, che io Genere novellamente chiamo, e somiglianti. Il qual fine, quantunque ragionevolmente cosí termini, perciò che usandosi volgarmente una sola forma e qualità per tutti i casi, meglio fu il pigliar quel fine che a piú casi serve nel latino, che quello che serve a meno, nientedimanco hanno gli scrittori alcuna volta usato eziandio il fine del primo caso; sí come fe' Dante che disse Grando, e il Petrarca che disse Pondo e altre, e il Boccaccio che Spirante turbo disse. Oltra che s'è alcuna volta detto Imago e Image da' migliori poeti. Ma tornando alle voci del maschio, egli termina nella E ancora molto toscanamente in molti di que' nomi, li quali comunemente parlandosi nella O finiscono, Pensiere Sentiere Destriere Cavaliere Cinghiare Scolare e somiglianti. Termina ultimamente ancora nella A, che tuttavia, fuori solamente alcuni pochissimi, è fine di nomi piú tosto d'uffici o d'arti o di famiglie, o per altro accidente sopraposti, che altro. Quantunque a questo nome d'ufficio, che si dice Podestà, diede il Boccaccio

l'articolo della femina, quando e' disse: Giudice della Podésta di Forlimpopoli, sí come gli aveano altri toscani prosatori dato avanti allui; e posegli oltre acciò l'accento sopra la sillaba del mezzo, imitando in questo non pure altri scrittori, ma Dante ancora, che fe' nel suo Inferno:
Quando verrà lor nemica podésta.
Nella U niuno toscano nome termina, fuori che Tu e Gru; la qual voce cosí si dice nel numero del piú, come in quello del meno, la Gru le Gru. La Virtú e le Virtú, che si dicono, e dell'altre, non sono voci compiute. Ma tuttavolta, in qualunque delle vocali cada il numero del meno nelle voci del maschio, quello del piú sempre in I cade -.

Capitolo IV

Detto che cosí ebbe il Magnifico, per picciolo spazio fermatosi e poscia passare ad altro volendo, mio fratello cosí prese a dire: - Egli non si pare che cosí sia, Giuliano, come voi dite, che nella I tutti i nomi del maschio forniscano, i quali nel numero del piú si mandan fuori, almeno ne' poeti; con ciò sia cosa che si legga:
Togliendo gli anima', che sono in terra;
e ancora,
Che v'eran di lacciuo' forme sí nove;
dove si vede che Anima' e Lacciuo' sono voci del numero del piú, e nondimeno nella I non forniscono. E similmente in ogni poeta ve ne sono dell'altre, e in questi medesimi altresí. Dunque affine che messer Ercole, a questi versi o ad altri a questi simili avenendosi, non istea sospeso, scioglietegli questo picciol dubbio e fategliele chiaro -.
Perché il Magnifico, a queste parole rispondendo, cosí disse: - Queste voci, messer Ercole, che ora il Bembo da Dante e dal Petrarca ci reca, voci intere non sono, anzi son fatte tali dalla licenza de' poeti. La quale da questa parte nondimeno è leggiera; ché il tor via di loro le due ultime lettere niuna disparutezza si vede che genera, e per aventura direbbe alcuno, che vi si giugne e accresce vaghezza cosí facendo. E io vi ragionava delle intere, che, in queste due, Animali e Lacciuoli sono, delle quali le due ultime lettere sono sí deboli, che poco perdono, se pure non acquistano, le dette voci da questo canto. E sono tuttavia di quelli che nella scrittura niente vogliono che si lievi di loro, anzi si lascino intere; quantunque poscia, leggendo il verso, cosí le mandan fuori, come voi fatto avete. Il che si fa medesimamente in quelle voci, che con tre vocali finiscono, le quali tutte interamente si scrivono, e nondimeno alle volte si leggono e proferiscono non intere:
Non era vinto ancora Montemalo
dal nostro Uccellatoio; che com'è vinto
nel montar su, cosí sarà nel calo
e ancora,
Lasciala tal, che di qui a mill'anni
ne lo stato primaio non si rinselva.
Né solo Dante, ma gli altri toscani poeti ancora questa licenza si presero in altre cosí fatte voci.
- Niuna licenza, - disse allora acciò framettendosi messer Federigo - che nuova fosse, si presero i vostri poeti, Giuliano, nel cosí fare come avete detto; perciò che vie di lor prima i Provenzali cosí facevano, che Gioia Noia essi senza la vocale ultima scriveano, e d'una sillaba essere la ne facevano. E ciò usavano in quelle voci, che da noi con le tre vocali, nella detta guisa favellando, si mandan fuori. Il che da essi togliendo, sí come da loro maestri, disse Lupo degli Uberti in un verso rotto delle sue canzoni cosí:
Ch'altra gioia non m'è cara;
e il re Enzo in un altro:
Per meo servir non veggio,

che gioia mi se n'accresca;
e il Boccaccio in uno intero delle sue ballate medesimamente cosí:
Onde 'l viver m'è noia, né so morire.
E dell'altre voci ancora dissero i nostri poeti di questa maniera:
Ecco Cin da Pistoia, Guitton d'Arezzo,
e simili -. E questo detto, si tacque.

Capitolo V

Di che il Magnifico, dopo altre parole sopra ciò dallui e da mio fratello dette, che il dire di messer Federigo raffermavano, nel suo ragionar si rimise, cosí dicendo: - Nelle voci della femina, il numero del meno nella A o nella E, quello del piú nella E o nella I suole fornire, con una cotal regola, che porta che tutte le voci finienti in A nel numero del meno, in E finiscano in quello del piú, e le finienti in E in quello del meno, in I poi finiscano nell'altro; levandone tuttavolta la Mano e le Mani, che fine di maschio ha nell'un numero e nell'altro, e alquante voci, che sotto regola non istanno, tolte cosí da altre lingue, Dido Saffo e simili. E se, in questa voce Fronda, il numero del piú ora la E e quando la I aver si vede per fine, è perciò che ella, in quello del meno, i due fini dettivi della A e della E ha medesimamente; perciò che Fronde, non meno che Fronda, si legge nel primier numero. E a tal condizione sono alcune altre voci, Ala Arma Loda Froda, perciò che e Ale e Arme e Lode e Frode si sono eziandio nel numero del meno dette. In maniera che dire si può terminatamente cosí, che tutte quelle voci di femina, che in alcuno de' due numeri due di questi fini aver si veggono, di necessità i due altri hanno eziandio nell'altro, come che non ciascuno di questi fini sia in uso ugualmente o nella prosa o nel verso; levandone tuttavia quelle voci, che per accorciamento dell'ultima sillaba che si gitta, cosí nel numero del piú come in quello del meno si dicono nelle prose: la Città le Città, di cui sono i diritti, la Cittate le Cittati, che dire si sogliono alle volte nel verso. Nel qual verso ancora mutano i poeti le piú volte la T, consonante loro ultima, nella D, Cittade e Cittadi dicendo. Il che tutto adiviene medesimamente in moltissime altre voci di questa maniera, e in alquante ancora, che di questa maniera non sono, e sono cosí del maschio come della femina, Matre Patre, che Madre e Padre si dissero, e Piè in vece di Piede e di Piedi e altre.

Capitolo VI

Le voci poi, che sono del neutro nel latino, e io dissi nel volgare non aver proprio luogo, l'articolo e il fine di quelle del maschio servano nel numero del meno. In quello del piú, usano con l'articolo della femina un proprio e particolare loro fine, che è in A sempre, e altramente non giamai. Con la qual regola si vede che parlò il Boccaccio, quando e' disse: Messo il capo per la bocca del doglio, che molto grande non era, e, oltre a quello, l'uno delle braccia con tutta la spalla; e non disse l'una delle braccia o altramente. Né dico io ciò, perché tutti quelli nomi, che sono nel latino neutri, usino di sempre cosí fare nel toscano, che no 'l fanno; con ciò sia cosa che moltissimi di loro la terminazione e l'articolo delle voci del maschio ritengono in amendue i numeri, sí come sono il Regno, il Segno, il Tormento, il Sospiro, il Bene, il Male, il Lume, il Fiume, e i Regni, i Segni, i Tormenti, i Sospiri, i Beni, i Mali, i Lumi, i Fiumi. Ma dicolo perciò che qualunque voce si dice neutralmente nel numero del piú nella nostra lingua, ella quel tanto a differenza dell'altre usa e serva continuo, che io dissi: le Fila, le Ciglia, le Ginocchia, le Membra, le Fata, le Peccata, e quella che una volta usò il Petrarca neutralmente nel sonetto, che ieri messer Federigo ci recitò,
Di vaga fera le vestigia sparse.
Il che aviene ancora di molte di quelle voci, che maschiamente si dicono nel latino, le Dita, le Letta, le

Risa, e simili; come che elle vie piú tosto della prosa siano, che del verso. Di queste e di quelle voci, se molte eziandio maschiamente si dicono, i Letti, i Diti, i Vestigi, i Peccati, è ciò piú tosto da altre lingue tolto, che egli natía forma sia di quella della mia città; il che da questo veder si può, che egli è piú tosto uso del verso che della prosa, e degli ultimi poeti che de' primieri: e ultimo chiamo il Petrarca, dopo 'l quale non si vede gran fatto che sia veruno buon poeta stato infino a' nostri tempi. Quantunque gli antichi Toscani un altro fine ancora nel numero del piú, in segno del loro neutro, assai sovente usarono nelle prose, e alcuna volta nel verso; sí come sono Arcora Ortora Luogora Borgora Gradora Pratora e altri. Né solamente i piú antichi, o pure Dante, che disse Corpora e Ramora, dalla qual voce s'è detto Ramoruto; ma il Boccaccio ancora, che nelle sue novelle e Latora e Biadora e Temporadisse.

Capitolo VII

E questo che fin qui s'è detto, può, come io aviso, essere a bastanza detto di que' nomi, i quali, col verbo posti, in piè soli star possono e reggonsi da sé senza altro. Di quelli appresso, che con questi si pongono, né stato hanno altramente, dire si può che le voci del maschio due fini solamente hanno: la O e la E nel numero del meno, Alto Puro Dolce Lieve, e la I in quello del piú, Alti Lievi; e quelle della femina due altri: la A e la medesima E, che ad amendue questi generi è comune, Alta Pura Dolce Lieve, nel numero del meno, e la E e la I in quello del piú, Pure Lievi; levandone la voce Pari, che cosí in ciascun genere e in ciascun caso e in ciascun numero si disse, come che Pare si sia alcuna volta detto da' poeti nel numero del meno; e quelle ancora con le quali si numera, i Due, che Duo si disse piú spesso e piú leggiadramente nel verso, e le Due, e Tre e Sei e Dieci, che Diece piú anticamente si disse, e Trenta e Cento e gli altri, i quali non si torcono; come che Dante torcesse la voce Tre, e Trei ne facesse nel suo Inferno. Et è sovente che nelle voci del maschio si lascia la O e la E nel numero del meno, in que' nomi che la R v'hanno per loro ultima consonante, Pensier Primier e Amar e Dur, che una volta disse il Petrarca, Miglior Piggior; o in quelli che per consonante loro ultima v'hanno la N, Van Stran Pien Buon, i quali tutti eziandio nel numero del piú si son detti. È il vero, che Fier in vece di Fiero, e Leggier in vece di Leggieri, e Signor in vece di Signori, o pure ancora Peregrin in vece di Peregrini, che disse Dante:
Ma noi sem peregrin come voi sete,
non si direbbon cosí spesso nelle prose come nel verso. Non si fa cosí nelle voci della femina, che la A vi si lasci medesimamente, perciò che ella non vi si lascia giamai. Lasciavisi alle volte la E, in quelle che v'hanno la L, e dicesi Debil vista, Sottil fiamma, nel numero del meno; e la I alcune poche volte in quello del piú: il Petrarca,
Con voce allor di sí mirabil tempre.
Et è poi, che si lascia in quello del piú eziandio la L, nelle voci del maschio e della femina; sí come la lasciò il medesimo Petrarca:
Qua' figli mai, qua' donne,
furon materia a sí giusto disdegno?
e ancora,
Da ta' due luci è l'intelletto offeso;
e il Boccaccio, che disse:
Con le tue armi e co' crude' roncigli
e ancora,
Ne' padri e ne' figliuo',
in vece di dire Crudeli e Figliuoli. Né pure la medesima O, di cui sopra si disse, ma ancora tutta intera la sillaba si lascia in questa voce, Santo, maschilemente detta, e in quest'altre, Prode Grande; e piú ancora che la intera sillaba in queste, Belli e Quelli, vi si lascia, e in Cavalli la lasciò il Boccaccio, che disse Cava' nella sua Teseide. Come che la voce Grande, troncamente detta, non piú al maschio si dà

che alla femina. Nulla, allo 'ncontro, si lascia di quelle voci, che con piú consonanti empiono la loro ultima sillaba, Destro Silvestro Ferrigno Sanguigno, e somiglianti. Mutasi alcuna volta della voce Grave la vocal primiera, e fassene Greve nel verso.

Capitolo VIII

Dànnosi oltre acciò, per chi vuole, in compagne di tutte queste e simili voci, quelle ancora che da' verbi della prima maniera si formano; sí come si forma Impiegato Disagiato Ingombrato, alquante delle quali usarono gli scrittori d'accorciare nelle rime, un altro fine dando loro. Perciò che, in vece di questa, Ingombrato che io dissi e Sgombrato che si dice, essi alle volte dissero Ingombro Sgombro; e in vece di Macerato, Macero; e di Dubbioso, Dubbio; e di Cercato, Cerco; e di Separato, Sevro, sí come quelli che Severare in vece di Separare dicevano, e nelle prose altresí, e Scieverare e Discieverare ancora piú anticamente; e di Inchinato, Inchino, e per aventura dell'altre; e i prosatori parimente, che ancora essi Cerco e Desto e Uso e Vendico e Dimentico e Dilibero, in vece di Cercato e Destato e Usato e Vendicato e Dimenticato e Diliberato, dissero. Il che fecero gli antichi Toscani alle volte ancora nelle voci che da sé si reggono, Santà e Infertà in vece di Sanità e Infermità dicendo. Lasso e Franco e Stanco e per aventura dell'altre, in vece delle compiute, sono cosí in usanza, che piú tosto propriamente dette paiono che altramente. Usarono nondimeno i detti antichi alcune di queste voci, pure in luogo di voci che da sé si reggono; sí come Caro in vece di Caristia, che dissero: Nel detto anno in Firenze ebbe grandissimo caro; e somigliantemente dissero: Scarso di vittovaglia, in vece di Scarsità; e Faccendo molesto alla città, quando cresciea, e Che infino a que' tempi stavano in molte dilizie e morbidezze e tranquillo, in vece di dire Molestia e Tranquillità; e, quello che pare piú nuovo, Per lunga dura in vece di Per lunga durata, alcuna volta si disse. Usarono eziandio alquante di queste voci, in luogo di quelle particelle, che a' nomi si danno e per casi o per numeri o per generi non si torcono, sí come si vede non solo ne' poeti, che dissero:
Qui vid'io gente, piú ch'altrove, troppa,
in vece di dire, troppo piú che altrove; e ancora,
Quella, che giva intorno, era piú molta,
in vece di dire molto piú; ma ne' prosatori ancora: Giovan Villani, Per la qual cosa i Lucchesi furono molti ristretti e afflitti; e il Boccaccio, Ma veggendosi molti meno, che gli assalitori, cominciarono a fuggire; il che ora, popolarescamente ragionando, si fa tutto giorno. Né mancò ancora che essi non ponessero alle volte di queste voci, col fine del maschio, dandole nondimeno a reggere a voci di femina; sí come pose il Boccaccio, che disse: E subitamente fu ogni cosa di romore e di pianto ripieno, e altrove, Essendo freddi grandissimi, e ogni cosa pieno di neve e di ghiaccio. Dove si vede, che quella voce Ogni cosa si piglia in vece di Tutto, e perciò cosí si disse Ogni cosa pieno, come se detto si fosse Tutto pieno -.

Capitolo IX

Avea queste cose ragionato il Magnifico e tacevasi, forse pensando a quello che dire appresso dovea; a cui messer Federigo, veggendolo star cheto, disse: - Io non so già, se voi, Giuliano, parte de' nomi essere vi credete quella, che chiamaste ieri articoli, del Signorso ragionandoci di cui si disse, Il La Li Le e gli altri; con ciò sia cosa che essi senza i nomi avere luogo non possono in modo alcuno, né i nomi per la maggior parte in piè si reggono senza essi. Ma come che ciò sia, che poco nondimeno importa, voi non potete de' nomi avere a bastanza detto, se degli articoli eziandio non ci ragionate quello, che dire se ne può e bene è che messer Ercole intenda. Né solamente degli articoli, ma ancora di quelli, che segni sono d'alcuni casi, e alle volte senza gli articoli si pongono, e talora insieme con essi: Di Pietro, A

Pietro, Da Pietro; Del fiume, Al fiume, Dal fiume; de' quali alcuni, senza dubbio, proponimenti mostra che siano più tosto, che segni di caso. Il che comunque si prenda, che medesimamente di molta importanza non può essere, gli usi nondimeno di loro e le differenze non sono per aventura da essere adietro lasciate di questi ragionamenti. - Dunque non si lascino, disse il Magnifico - se pare, messer Federigo, così a voi, il che pare eziandio a me - e, un poco fermatosi, seguitò: È l'articolo del maschio nel numero del meno, quando la voce, a cui esso si dà, incomincia da lettera che consonante sia, quello che voi diceste, Il; e quando da vocale, Lo; il quale nondimeno si vede alcuna volta usato eziandio dinanzi alle consonanti, e più spesso da' più antichi che da' meno. Suole tuttafiata questo articolo dinanzi alle vocali lasciare sempre adietro la vocal sua, L'ardore L'errore, sì come quello altresì la sua dopo le vocali, Da 'l cielo Co 'l mondo Su 'l fiume Inverso 'l monte. Usa eziandio l'articolo della femina, che è quell'uno, che voi diceste La, nel numero del meno medesimamente lasciare adietro la vocal sua, quando la seguente voce incomincia da vocale: L'onda L'erba e simili. E aviene alle volte che, essendo questi due articoli del maschio e della femina dinanzi a vocal posti, essi ora ne mandan fuori la detta vocale, Lo 'nganno Lo 'nvito La 'ngiuria La 'nvidia, ora oltre acciò ne mandan fuori ancor la loro, e in vece delle due scacciate ne pigliano una di fuori, la qual nondimeno è sempre la E: L'envio L'envoglia nel verso, in vece di dire La invoglia Lo invio. Nel numero del più è l'articolo del maschio I dinanzi a consonante, I buoni I rei, e alcuna volta Li, usato solamente da' poeti, e da' miglior poeti più rade volte. Dinanzi a vocale è il detto articolo Gli: Gli uomini Gli animali. È il vero che quando la voce incomincia dalla S, dinanzi ad alcun'altra consonante posta pure dinanzi la V che in vece di consonante vi stia, così né più né meno si scrive, come se ella da vocale incominciasse Gli sbanditi Gli sciocchi Gli scherani Gli sgannati Gli sventurati. Nelle quali voci, medesimamente al numero del meno Lo e non Il è richiesto, così nel verso come nelle prose; che non si dirà Il spirito Il stormento, ma Lo spirito Lo stormento, e così gli altri. Questo stesso, nell'un numero e nell'altro, è stato ricevuto ad usarsi dopo la particella Per, Per lo petto Per li fianchi. Usasi l'uno ancora dopo la voce Messere, che si dice Messer lo frate Messer lo giudice. Et è da sapere che questo medesimo Lo, dinanzi ad altre consonanti che alla S, accompagnata come si disse, il Petrarca non diede mai se non a voci d'una sillaba. Di quello poi della femina, che è questo Le, niente altro si muta, se non che dinanzi alle voci, che da vocale hanno principio, non sempre si lascia di lei adietro la vocal sua, come io dissi che nel numero del meno si faceva. Ma tale volta si lascia, e ciò è nel verso bene spesso, e tale altra non si lascia, il che si fa per lo più nelle prose.

Capitolo X

È tuttavia da sapere che, nelle medesime prose, la consonante di questi due articoli s'è raddoppiata da gli antichi quasi sempre e ora si raddoppia da' moderni, nell'un numero e nell'altro, quando essi hanno dinanzi a sé il segno del secondo caso, Dell'uomo Della donna Delli uomini Delle donne; quantunque l'usanza abbia poscia voluto che Degli uomini si dica, piú tosto che Delli uomini; o quando essi v'hanno le particelle A e Da, o ancora la Ne, quando ella stanza e luogo dimostra, o pure alcuna volta eziandio la particella Con, di cui nondimeno la consonante ultima nella L, che si piglia, si muta. Tutto che la particella A, che Ad eziandio si dice, è cagione che ancora ad altre voci, e non pur agli articoli, la consonante molte volte si raddoppia, a cui ella sta dinanzi; sí come è Lui, che Allui si dice, e Ciò, Acciò, e Sé, Assé, e questo ultimo piú si legge nelle antiche che nelle nuove scritture, e dell'altre; e Affrettare e Allettare e simili. Ma queste, che ne' verbi si raddoppiano o nelle voci nate da loro, ancora ne' versi hanno luogo. Usasi ciò fare eziandio con la particella Ra, ché Raccogliere Raddoppiare Rafforzare Rappellare e degli altri si leggono. E questo non per altro si fa, se non perché alla particella Ad, quando ella a verbi si dà, Accogliere Addoppiare Afforzare Appellare, si giugne la R, e fansene le dette voci; onde ne viene, che quando si dice Ricogliere, la C non si raddoppia, con ciò sia cosa che alla voce Cogliere la particella Ri si dà, che dalla Re latina si toglie, e non alla voce Accogliere; la qual R

tuttavia si prende da questa medesima Ri, e tanto è a dire Raccogliere quanto sarebbe Riaccogliere, e
cosí l'altre.

Capitolo XI

Altri articoli che del maschio e della femina la volgar lingua non si vede avere. Di questi articoli quello
del maschio, nel numero del piú e nel verso, assai si lascia sovente nella penna; ma nelle prose quasi
per lo continuo; e gittasi o pure sottentra nella vocale che dinanzi gli sta, quando quelli, che voi, messer
Federigo, diceste essere o proponimenti o segni di casi, si danno alle voci, e le voci incominciano da
consonanti: A piè de' colli cioè De i colli, De' buoni A' buoni Da' buoni e ancora Ne' miei danni Co'
miei figliuoli, in vece di dire De i buoni A i buoni Da i buoni Ne i miei danni Con i miei figliuoli;
gittandosi tuttavia in questa voce non solamente la vocale dell'articolo, ma ancora la sua consonante,
senza in altra cangiarla. Il che medesimamente in quest'altra particella si fa, di cui si disse, che si suole
alle volte molto toscanamente dir cosí: Pel mio potere Pe' fatti loro, ciò è Per lo mio potere e Per li fatti
loro. E questo vi può essere a bastanza detto, messer Ercole, degli articoli; e de' segni de' casi vi potrà
quest'altro, che al segno del secondo caso, quando alla voce non si dà l'articolo, qualunque ella si sia,
diciate Di e cosí usiate continuo: Io ho disio di bene, Tu ti puoi credere uno di noi, Le donne sono use
di piagnere; quando e' si dà l'articolo o conviene che si dia, diciate sempre De, e altramente non mai:
Del pubblico, Della città, Degli abitanti, Delle castella, Del vivere, Del morire; e ancora De' malvagi,
De' rei; il che si fa per abbreviamento di queste voci, De i malvagi, De i rei, levandone l'una vocale, che
vi sta oziosamente. Oltra che alcuna volta eziandio il segno medesimo si leva via di questo secondo
caso; sí come levò il Boccaccio, il quale nelle sue prose disse: Al colei grido, Per lo colui consiglio, Per
lo costoro amore, e altre; e Dante che nelle sue canzoni fe':
Che 'l tuo valor, per la costei beltate,
mi fa sentir nel cor troppa gravezza;
e il Petrarca, che disse medesimamente nelle sue:
Il manco piede
giovinetto pos'io nel costui regno.
Il che s'usa di fare con questa voce Altrui assai sovente: Nell'altrui forza, Nelle altrui contrade; ma
molto piú con quest'altre due, Cui e Loro, che con alcuna altra: Il cui valore, I cui amori, Onde fosti e
cui figliuolo, Del padre loro, Alle lor donne, Co' loro amici. Quantunque non solamente in queste voci,
che in luogo di nomi si pongono, Colui Costui Loro Coloro Cui Altrui e somiglianti, è ita innanzi
questa usanza di levar loro il segno del secondo caso; ma eziandio ne' nomi medesimi alcuna fiata; sí
come si pare in queste parole del Boccaccio: A casa le buone femine, In casa questi usurai, in luogo di
dire: A casa delle buone femmine, e di questi usurai; e Non che la Dio mercé ancora non mi bisogna
cosí fare, e altrove: Poco prezzo mi parrebbe la mia vita a dover dare, per la metà diletto di quello che
con Guiscardo ebbe Gismonda, in vece di dire: La mercé di Dio, e la metà di diletto; e come ora, ne'
nostri ragionamenti, tutto dí si vede che diciamo. Né pure il segno solo del secondo caso si toglie
sovente a quella voce Loro, come io dissi; ma quello del terzo ancora: Diede lor credere, Fece lor bene;
e a quell'altra Altrui: Io stimo, che egli sia gran senno a pigliarsi del bene, quando Domeneddio ne
manda altrui; della qual licenza e uso tutte le rime si veggono e tutte le prose ripiene.

Capitolo XII

Potrei, oltre a questo, d'un altro uso ancora della mia lingua d'intorno al medesimo articolo, quando egli
al secondo caso si dà, non piú del maschio che della femina, ragionarvi; il quale è che alle volte si pon
detto articolo con alquante voci, e con alquante altre non si pone: Il mortaio della pietra, La corona

dello alloro, Le colonne del porfido, e d'altra parte: Ad ora di mangiare et Essendo arche grandi di marmo et Essi eran tutti di fronda di quercia inghirlandati, che disse il Boccaccio; e dirvi sopra esso, perché è che egli all'une voci si dia, e all'altre non si dia, e come saper si possa questa distinzion fare ne' nostri ragionamenti. Ma ella è assai agevole a scorgere; e per aventura non fa mestiero di porla in quistione.

- Anzi, sí fa, - disse incontanente mio fratello - e puovisi errar di leggiere, e dicovi piú, che radissimi sono quelli che non vi pecchino a questi tempi. Perciò che assai pare a molti verisimile, che cosí si possa dire il mortaio di pietra, come della pietra, e Ad ora del mangiare, come di mangiare, e cosí gli altri. Perciò, acciò che messer Ercole non vi possa error prendere, sponetegliele in ogni modo -. Al quale il Magnifico rispose senza dimora, che volentieri, e disse: - La ragione della differenza, messer Ercole, brievemente è questa; che quando alla voce, che dinanzi a queste voci del secondo caso si sta o dee stare, delle quali essa è voce, si danno gli articoli, diate eziandio gli articoli ad esse voci; quando poi allei gli articoli non si danno, e voi a queste voci non gli diate altresí; sí come in quegli essempi si diedero e non si diedero, che si son detti, e parimente in quest'altri: Nel vestimento del cuoio, Nella casa della paglia, e Con la scienza del maestro Gherardo Nerbonese, che disse il Boccaccio, e A la miseria del maestro Adamo, che disse Dante, e Tra le chiome de l'or, che disse il Petrarca; e Guido Giudice ancor disse piú volte, Il vello dell'oro, ma Il vello d'oro non mai; e cosí ancora, Bionde come fila d'oro, e In caso di morte, e Me uom d'arme, e Che ella n'è divenuta femina di mondo, e molte altre voci di questa maniera. E perciò All'ora del mangiare e Ad ora di mangiare, Le imagini della cera e Una imagine di cera nel medesimo Boccaccio si leggono, e infinite altre cose cosí si dissero da' buoni e regolati scrittori di que' secoli, che rade volte uscirono di queste leggi. Le quali tuttavia da' poeti non si servano cosí minutamente, anzi si tralasciano senza risguardo; e oltre acciò non hanno luogo nelle voci de' nomi, che propriamente si dicono, e di quelli che a' luoghi si danno altresí. Quantunque non solamente nelle voci del secondo caso, ma eziandio in altre voci e altramente dette, ciò che io dissi si fece assai sovente; ché si disse: Come la neve al sole e Come ghiaccio a sole. Il che piú spesso ancora si vede avenire di questo secondo modo, nel quale non si pon l'articolo; e spezialmente quando le particelle Da e In, movimento dimostranti, si danno alle voci: Che venir possa fuoco da cielo, che tutte v'arda e Recatosi suo sacco in collo, e somiglianti. Nelle quali parole ancora questo medesimo dire, Recatosi suo sacco, piú tosto che Il suo sacco, pare che abbia piú di leggiadria in sé, che di regola che dare vi se ne potesse. Il che si vede, che parve eziandio al Petrarca, quando e' disse:
I' dicea fra mio cor: perché paventi'?
piú tosto che Fra 'l mio core. Ma lasciando ciò da parte, aviene, oltra le dette cose, che quando alle parti del corpo o pure al corpo, le dette particelle o ancora la particella Di si danno, eziandio che l'articolo si dia alla voce dinanzi ad esse posta, egli poi non si dà alle dette parti, anzi si toglie il piú delle volte: Gittatogli il braccio in collo, Le mise la mano in seno, Levatasi la laurea di capo, Egli mi trarrà l'anima mia di corpo, Essendo allui il calendario caduto da cintola; e qui disse il Boccaccio Da cintola, sí come si direbbe Da lato.

Capitolo XIII

Ma passiamo a dire di quelle voci, che in vece di nomi si pongono, Io Tu e gli altri. De' quali questi due, nel numero del meno e negli altri loro casi, perciò che a questa guisa detti sono nel primo, come che Io eziandio I' si disse nel verso, ogni volta che eglino dinanzi al verbo si pongono, vicini e congiunti ad esso, né segno di caso o proponimento hanno seco alcuno, essi cosí si scrivono, Mi diede, Ti disse, finienti nella I; se dopo 'l verbo, medesimamente cosí, Diedemi, Dísseti, Amarmi, Onorarti. Il che si fa eziandio, qualora le voci che in vece di Lui e di Leie di Loro si pongono, delle quali si dirà poi, giacciono tra 'l verbo e loro, Darlomi, Farloti, Darallemi, Farolleti. Perciò che qualunque volta elle giacciono dopo essi, eglino nella E se n'escon sempre, Darmelo, Fartelo e Sassel chi n'è cagion, che disse il Petrarca, e Tengasel bene a mente, e Facciasegli buoni esso, e somiglianti. Dopo 'l verbo dissi, e quando essi sotto l'accento del verbo si ristringono, né altra voce sotto quello accento medesimo si sta dopo essi. Con ciò sia cosa che quando essi altramente vi stanno, si scrive cosí e fannosi terminare nella E: Me la diè, Te gli tolse,

Ferir me di saetta in quello stato,

Conchiuse, te essere solo colui, nel quale la sua salute riposta sia,

Vommene in guisa d'orbo senza luce,

Io ci tornerò, e darottene tante, che io ti farò tristo.

Quivi traponendosi messer Federigo: - E perché - disse - è egli, Giuliano, che in quel verso del Petrarca, che voi allegato ci avete, Ferir me di saetta, si convenga piú tosto il dire Ferir me, che Ferir mi? - Per questo - rispose il Magnifico - che io dissi che il Me ha l'accento sopra esso e non si regge da quello del verbo, e in Ferirmi il Mi non l'ha, ma da quello del verbo si regge.

- Ora perché è egli - disse messer Federigo - che l'uno ha l'accento e l'altro non l'ha, come voi dite?

- È perciò - rispose il Magnifico - che qualora ciò aviene, che si dica il Me o il Te di maniera che rispetto s'abbia ad altrui, di cui eziandio convenga dirsi, egli s'usa di por l'accento sopra essi in questa guisa, dal verbo un poco scostandogli e aspettandone quello che segue, sí come aviene nel detto verso:

Ferir me di saetta in quello stato.

Perciò che rispetto s'ha al Voi che segue, e s'aspetta ad udire:

A voi armata non mostrar pur l'arco.

Che se ciò non avesse avuto a dirsi, Ferirmi e non Ferir me si sarebbe detto. Sí come eziandio dal medesimo Petrarca in questi versi:

Diti schietti soavi a tempo ignudi

consente or voi, per arricchir me Amore,

s'è rispetto avuto al Voi con la voce Me; e però e' disse Per arricchir me, e non Arricchirmi -.

Capitolo XIV

E questo detto, e ciascun tacendosi, egli nel suo ragionar rientrò e disse: - Cade sotto le dette regole eziandio il Sé, il quale non solo nel numero del meno come questi, ma ancora in quello del piú medesimamente ha luogo. È il vero che egli primo caso non ha come hanno questi; anzi tanta somiglianza hanno queste tre voci tra loro, Me Te Sé, che ancora, qualunque volta qualunque s'è l'una delle due primiere o dinanzi o dopo 'l verbo si truova, posta con l'altra o con questa terza tra 'l verbo e lei, cosí si scrive quella che piú lontana è dal verbo come l'altra: Io mi ti do in preda, Ella ti si fe' incontro, Io son contento di darmiti prigione, Il suono incomincia a farmisi sentire. Dartimi o Farsimi non si dicono, ma diconsi i detti in quella vece: Tu se' contento di darmiti prigione, e simili. Dissi tra 'l verbo e lei; perciò che qualunque volta tra lei e il verbo altro v'ha, la Si nella Se si muta, rimanendo nondimeno la dinanzi allei, senza mutamento fare alcuno per questo; sí come si muta nel Boccaccio, che disse: E questo chi che ti se l'abbia mostrato, o come tu il sappi, io no 'l niego. Usasi medesimamente ciò fare, e servasi la regola già detta, eziandio con queste due voci che luogo dimostrano, Vi Ci: Le acque mi ti paion dolci, Queste ombre ti ci debbono essere a bisogno la state e Paionmivi dolci et Essertici a bisogno altresí. Ma, tornando alla somiglianza delle tre voci, dico che in essa tuttavia una dissomiglianza v'ha, la quale è questa; che quando essi dopo 'l verbo si pongono e sotto l'accento di lui, senza da sé averne, dimorano, il primiero e il terzo di loro nelle rime e in I e in E si son detti, e veggonsi all'una guisa e all'altra posti ne' buoni antichi scrittori; ma il secondo a una guisa sola, cioè finiente in I, ma in E non giamai. Perciò che Dolermi, Consolarme, Duolmi, Valme, Dolersi, Celarse, Stassi, Fasse, si leggono nel Petrarca, il che non si fa del secondo, che lo hanno sempre, et esso e gli altri antichi, posto come io dico, Consolarti, Salutarti, e non altramente. Il che pare a dir nuovo; ché se mi si conciede il dire Onorarme, perché non debbo io poter dire eziandio Onorarte? Nondimeno l'opera sta, come voi udite; dico appo gli antichi, ché da' moderni s'è pure usato alcuna volta per alcuno, il porlo eziandio in quella maniera. È ancora da avertire, che quando il terzo predetto si pone finiente in E, si ponga solo nel numero del meno; perciò che in quello del piú la I gli si convien sempre, Dansi, Fansi, e non Danse o Fanse, che sarebbe vizio; solo che quando esso si ponesse dopo 'l verbo, e avesse nondimeno l'accento da sé, sí come del Me e del Te dissi, in questa guisa: Essi fecero sé e gli altri arricchire.

Capitolo XV

Dissi delle due primiere voci, che in vece di nomi si pongono, nel numero del meno; ora dico che elle, in quello del piú, quando sono intere niuna varietà fanno, ma cosí si dicono, Noi Voi, per tutti i casi. Ma qualora esse la lettera del mezzo lasciano adietro, la prima ad un modo si scrive sempre cosí, Ne, o ne' versi che ella entri o nelle prose; la seconda medesimamente ad un modo cosí, Vi, in tutti gli altri luoghi; solo che o nella rima, quando ella sotto l'accento si sta del verbo, che si ponga senza termine, I nel qual luogo, secondo che alla rima mette bene, e Vi e Ve parimente dire si può, Farvi, Darve; o pure quando ella si pon con questa particella Ne, perciò che in quel caso ella medesimamente in E finisce continuo: Mi ve ne dolsi: Mi ve ne sia doluta. La qual particella tanto ha di forza, che ancora con le altre già dette voci posta, in E le fa finire similmente: Me ne rendo sicuro, Te ne do licenzia, Vi se ne conviene. A volere ora intendere, quando le intere di queste voci usar si debbano e quando le non intere, oltra quello che detto s'è, altro sapere non vi bisogna; se non che a qualunque guisa Io e Tu, e a qualunque guisa Me e Te, aventi sopra sé gli accenti, si pongono, poniate Voi e Noi medesimamente; a quelle maniere poscia del dire, alle quali Mi e Ti si danno, o pure Me e Te, che da altri accenti si reggano, come io dissi, diate le non intere. È oltre acciò, che si vede la Ci, in vece della Ne, comunemente usarsi da' prosatori: Noi ci siamo aveduti che ella ogni dí tiene la cotal maniera, e altrove: Egli non sarà alcuno che, veggendoci, non ci faccia luogo e lascici andare. Da' poeti ella non cosí comunemente si vede usata, anzi di rado e sopra tutti dal Petrarca, il qual nondimeno la pose ne' suoi versi alcuna volta. Questa Ci tuttavia muta la sua vocale nella E, a quella guisa medesima che del Vi, vegnente dal Voi, si disse: Tu non ce ne potresti far piú, e somiglianti.

Capitolo XVI

Ora il nostro ragionamento ripigliando, dico che sono degli altri, che in vece di nome si pongono sí come si pone Elli, che è tale nel primo caso, come che Ello alle volte si legga dagli antichi posto in quella vece e nel Petrarca altresí, e ha Lui negli altri, nel numero del meno; la qual voce s'è in vece di Colui alle volte detta, e da' poeti, sí come si disse dal Petrarca:
Morte biasmate, anzi laudate lui,
che lega e scioglie,
o pure:
Poi piacque a lui, che mi produsse in vita;
e da' prosatori, sí come si vede nel Boccaccio, il qual disse: Ma egli fa Adamo maschio et Eva femina; e allui medesimo, che volle per la salute della umana generazione sopra la croce morire, quando con un chiovo e quando con due i piè gli conficca in quella. Né solamente negli altri casi, ma ancora nel primo caso pose il Boccaccio questa voce in luogo di Colui, quando e' disse: Si vergognò di fare al monaco quello, che egli, sí come lui, avea meritato. Con ciò sia cosa che quando alla particella Come si dà alcun caso, quel caso se le dà, che ha la voce con cui la comperazione si fa; sí come si diede qui: Donne mie care, voi potete, sí come io, molte volte avere udito; il che tuttavia è cosí chiaro, che non facea bisogno recarvene testimonianza. Anzi, se altro caso si vede che dato alcuna volta le sia, ciò si dee dire

che per inavertenza sia stato detto, piú che per altro. Posela eziandio Dante nel primo caso in quella vece, quando e' disse nel suo Convito: Dunque se esso Adamo fu nobile, tutti siamo nobili, e se lui fu vile, tutti siamo vili. Nel numero del piú egli serba la primiera sua voce per aventura in tutti i casi, dal terzo in fuori. E questo numero non entra nelle prose se non di rado, con ciò sia cosa che le prose usano il dire Essi nel primier caso, e negli altri Loro in quella vece; ma è del verso. Le quali prose nondimeno, accrescendonelo d'una sillaba negli antichi scrittori, l'hanno alle volte usato nel primo caso cosí, Ellino. E queste voci, che al maschio tuttavia si danno, i meno antichi dissero Egli et Eglino piú sovente. Ella apresso et Elle, che si danno alla femina, et Elleno medesimamente, non si sono mutate altramente. Sono nondimeno comunalmente ora, Eglino et Elleno, in bocca del popolo piú che nelle scritture, come che Dante ne ponesse l'una nelle sue canzoni. Quellino eziandio disse una volta Giovan Villani nella sua istoria, in vece di Quelli. Ma lasciando da parte quelle del maschio, ha Ella, che voce del primo caso è, similmente Lei negli altri casi sempre, solo che dove alcuna volta Lei, in vece di Colei, s'è posta altresí, come Lui, in vece di Colui, come io dissi; et Elle ha Loro. Dico nelle prose, nelle quali questa regola si serva continuo; ma nel verso sí si leggono Ella nel numero del meno et Elle in quello del piú, molte volte poste in tutti gli altri casi, dal terzo in fuori; e massimamente nel sesto caso, operandolo la licenza de' poeti piú che ragione alcuna che addurre vi si possa -.

Capitolo XVII

Di poco avea cosí detto il Magnifico, quando messer Federigo, ad esso rivoltosi, disse: - Egli si par bene, Giuliano, che la natura di queste voci porti che Ella solamente al primo caso si dia, e Lei agli altri, come diceste usarsi nelle prose; ma sí come si vede, e voi diceste ancora, che nei poeti si truova alle volte Ella posta negli altri casi, cosí pare che si truovi eziandio Lei, nel primo caso posta, appo il Petrarca, quando e' disse:
E ciò che non è lei,
già per antica usanza odia e disprezza.
Con ciò sia cosa che al verbo È solo il primo caso si dà, e dinanzi e dopo, come diede il Boccaccio, che disse: Io non ci fu' io, e ancora, E so, che tu fosti desso tu; o pure io non intendo, come queste regole si stiano -. Alle quali parole il Magnifico cosí rispose: - Lo avere il Petrarca posto questa voce Lei col verbo È, non fa, messer Federigo, che ella sia voce del primo caso; perciò che è alle volte, che la lingua a quel verbo il quarto caso appunto dà, e non il primo; il qual primo caso non mostra che la maniera della toscana favella porti che gli si dia; sí come non gliele diede il medesimo Boccaccio, il quale nella novella di Lodovico disse: Credendo egli che io fossi te, e non disse, che io fossi tu, che la lingua no 'l porta; e altrove: Maravigliossi forte Tebaldo, che alcuno intanto il somigliasse, che fosse creduto lui, e non disse, che fosse creduto egli. Tra le quali parole se bene v'è il verbo Creduto, egli nondimeno vi sta nel medesimo modo. Né vi muovano que' luoghi, che voi diceste, Io non ci fu' io, e So che tu fosti desso tu; perciò che in essi solamente la voce che fa, si replica e dicesi due volte, niente del sentimento mutandosi, nel quale primieramente si pone: Io non ci fu' io, e Tu fosti desso tu; e come si replica eziandio in questo verso delle sue ballate:
Qual donna canterà, s'io non cant'io.
Là dove in questi, Credendo egli che io fossi te e Che alcuno fosse creduto lui e Ciò che non è lei, il sentimento della voce che fa, si muta in altro; ché Io e Tu non sono una cosa medesima, né Alcuno et Egli, né Ciò et Ella altresí. Oltre che in questo modo di dire, Ciò che non è lei, il verbo è ha quella medesima forza che avrebbe Contiene, o Ha in sé, o Dimostra o somiglianti. E tanto è a dire, Credendo, che io fossi te, quanto che io fossi in te; e tanto che fosse creduto lui quanto che fosse creduto esser lui. E prima che io di queste due voci Lui e Lei fornisca di ragionarvi, non voglio quello tacerne, il che si vede che s'usa nella mia lingua, e ciò è, che elle si pongono alle volte in vece di questa voce Sé, di cui dianzi si disse; sí come si pose dal Boccaccio in questo ragionamento: Essendosi accorta, che costui

usava molto con un religioso, il quale quantunque fosse tondo e grosso, nondimeno, perciò che di santissima vita era, quasi da tutti avea di valentissimo uomo fama, estimò costui dovere essere ottimo mezzano tra lei e 'l suo amante. Nel qual ragionamento si vede che Tra lei e 'l suo amante, in vece di dire Tra sé e 'l suo amante, s'è detto. Il che s'usa di fare ancora nel numero del Più alcuna fiata, sí come si fece qui: Voglio che domane si dica delle beffe, le quali o per amore o per salvamento di loro, le donne hanno già fatte a' lor mariti.

Capitolo XVIII

Ma tornando alla voce Elli, dico che sí come, aggiugnendovi due lettere, la fecero gli antichi d'una sillaba maggiore e dissero Ellino; cosí essi, levandone le due consonanti del mezzo, la fecero d'una sillaba minore, e dissero primieramente Ei, ristrignendola ad essere solamente d'una sillaba, e poscia È, levandole ancora la vocale ultima, per farne questa stessa sillaba piú leggiera. Il che è usatissimo di farsi e nelle prose e nel verso; dico nel numero del meno; quantunque ancora in quello del piú ella s'è pur detta alcuna volta dal Boccaccio: E appresso questo, menati i gentili uomini nel giardino, cortesemente gli dimandò chi e' fossero, e ancora, Come potrei io star cheto? e se io favello, e' mi conosceranno. Èssi eziandio detto Ei nel numero del piú, solamente da' poeti; la quale usanza tuttavia si vede essere ne' migliori poeti piú di rado. Resta, messer Ercole, d'intorno acciò, che io d'una cosa v'avertisca; e ciò è, che questa voce Egli, non sempre in vece di nome si pone; con ciò sia cosa che ella si pon molto spesso per un cominciamento di parlare, il quale niente altro adopera, se non che si dà con quella voce principio e nascimento alle parole che seguono; come diede il Boccaccio: Egli era in questo castello una donna vedova, e altrove, Egli non erano ancora quattro ore compiute. Ponsi medesimamente molto spesso ne' mezzi parlari, come pose il medesimo Boccaccio: Vedendo la donna queste cose, conobbe che egli erano dell'altre savie, come ella fosse, e il Petrarca, che disse:
Or quando egli arde il cielo.
Dove si vede che il cosí porla, poco altro adopera che un cotale quasi legamento leggiadro e gentile di quelle parole, che senza grazia si leggerebbono, se si leggessero senza essa. E come che questa voce ad ogni parlare serva, non si può perciò ben dire quale parte di parlare ella sia, se non che si dà sempre al verbo, et è piú tosto per adornamento trovata, che per necessità. Tuttavolta lo adornamento è tale, e cosí l'ha la lingua ricevuta per adietro e usata nelle prose, che ella è ora voce molto necessaria a ben voler ragionare toscanamente. Non la usa molto il verso, cosí interamente detta; usala tronca piú sovente, pigliando di lei solamente la prima lettera E; sí come alle volte si piglia, quando in vece di nome si pone, come io dissi:
E' non si vide mai cervo, né damma;
e ancora,
Orso, e' non furon mai fiumi, né stagni.
Il che non è che alle volte non si dica ancora nelle prose: E' mi dà il cuore, e similmente.

Capitolo XIX

Ora, un poco adietro a dirvi ancora di queste due voci, che in vece di nomi si pongono, Elli o per aventura Ello et Ella, ritornando, è da sapere che elle si ristringono e fannosi piú leggiere e piú brievi eziandio ad un'altra guisa in alcuni casi; ciò sono il terzo e il quarto caso nel numero del meno, e il quarto in quello del piú. Con ciò sia cosa che in vece di Lui s'è preso a dire Li, e Le in vece di Lei nel detto terzo caso, e Lo e La nel quarto altresí, nel numero del meno; e cosí Li e Le in vece di Loro nel quarto caso, in quello del piu. E questo Li dell'uno e dell'altro numero parimente Gli s'è detto: Diedeli e Diedegli, in vece di dire Diede allui, e Diedele, in vece di dire Diede allei, e Preselo e Presela; e cosí le altre che assai agevoli a saper sono, o posposte che elle siano al verbo o preposte: Gli diede, Lo prese, e somiglianti. È il vero che questa voce del maschio del quarto caso nel numero del meno si dice parimente Il:

Cieco non già, ma faretrato il veggo.

È oltre acciò che a queste voci, Il e La e Lo, si leva loro bene spesso la vocale, quando hanno altre vocali innanzi o dopo la loro: S'i' 'l dissi mai, in vece di dire Se io il dissi; e Amor l'inspiri, in vece di dire La inspiri; e O chi l'affreni, in vece di dire Lo affreni;

Né mostrerolti,

se mille volte in su 'l capo mi tomi,

che disse Dante; e

Che 'l cor m'avinse, e proprio albergo felse,

che disse il Petrarca; e Dirolti e Dicolti e Vedetelvi voi, che disse il Boccaccio -. Volea il Magnifico, detto questo, passare a dire altro; e mio fratello con queste parole a' suoi ragionamenti si trapose: - E queste voci medesime, quando elle si mescolano con le primiere tre, sí come si mescola questa, Vedetelvi, e le altre, in qual modo si mescolano elle, che meglio stiano? Perciò che e all'una guisa e all'altra dire si può; che cosí si può dire, Vedetevel voi, e Io te la recherò e Tu la mi recherai e Io gli vi donerò volentieri e Io ve gli donerò e Se le fecero allo 'ncontro e Le si fecero. Questo conoscimento, e questa regola, Giuliano, come si fa ella? O pure puoss'egli dire a qual maniera l'uom vuole medesimamente, che niuna differenza o regola non vi sia?

Differenza v'è egli senza dubbio alcuno, e tale volta molta, - rispose il Magnifico - ché molto più di vaghezza averà questa voce, posta d'un modo in un luogo, che ad un altro. Ma regola e legge che porre vi si possa, altra che il giudicio degli orecchi, io recare non vi saprei, se non questa: che il dire, Tal la mi trovo al petto, è propriamente uso della patria mia; là dove, Tal me la trovo, italiano sarebbe più tosto che toscano, e in ogni modo meno di piacevolezza pare che abia in sé che il nostro, e per questo è egli per aventura men richiesto alle prose, le quali partire dalla naturale toscana usanza di poco si debbono -.

Capitolo XX

Io - tornò qui a dire mio fratello - tanto credo esser vero, quanto voi dite d'intorno a questa voce; ma egli mi risorge da un'altra parte di lei un altro dubbio, il quale è questo che egli si truova ne' poeti alle volte dupplicata di lei la prima lettera, quando ella è consonante, Aprilla Dipartille, in vece di dire La aprí e Le dipartí. Questo perché si fa? O quando s'ha egli a fare piú in un luogo che in altro?

- Fassi - disse il Magnifico - ogni volta che ella, dopo 'l verbo in vocale finiente posta, dall'accento di lui si regge, e il verbo ha l'accento sopra l'ultima sillaba. Perciò che, sí come ci ragionò ieri messer Federigo, l'accento, posto sopra l'ultima sillaba della voce, molto di forza si vede che ha, in tanto che egli ne' versi di dieci sillabe, nella fine del verso posto, opera che la sillaba, sopra cui esso giace, vi sta in vece di due sillabe e basta per quella che al verso manca naturalmente. Perché, sí come egli da questa parte dimostra la sua forza, bastando per una sillaba che non v'è, cosí da quest'altra, quando alcuna di queste voci vi s'aggiugne, la dimostra egli medesimamente, raddoppiando sempre la consonante di lei, come diceste, perché la sillaba ne divenga piú piena: Dàlle Sortille e somiglianti. Né solamente in queste voci ciò aviene, che si raddoppia in quel caso sempre la lettera consonante loro nel verso; anzi in quelle altre ancora che si son dette, Mi Ti Si, e Ne, in vece di Noi detta, ora nel verso e quando nella prosa questo stesso si vede avenire. Perciò che né piú né meno, nel verso, Fammi Mostrommi Stassi Vedrassi, vi si dice sempre, et Etti Faratti Dinne e Dienne nelle prose. Né solo la consonante di queste tali voci si raddoppia, ma ancora la vocal loro primiera quando ella in forza di consonante vi si pone; come si pon nel Voi, che si dice Vi: Favvi Sovvi Puovvi Dievvi, e somiglianti; tuttavia solamente nelle prose, ché nelle rime ciò non ha luogo. Raddoppiavisi medesimamente la consonante di queste due particelle del parlare, Vi Ci, o pure la vocale che in vece di consonante vi sta: et evvi, oltre acciò, l'aere piú fresco, e Porrovvi suso alcun letticello, e Hacci Vacci e simili -. Appena avea cosí detto il Magnifico, che messer Federigo cosí disse: - Egli è il vero che quelle consonanti, che voi detto avete, si raddoppiano, Giuliano, a quelle voci donate, che si son dette. Ma io mi sono aveduto che in alquante altre voci elle non si raddoppiano; il che si pare non solo in Dante, il quale e Quetami e Levami disse, ma ancora nel nostro medesimo Boccaccio, che disse: Farane un soffione alla tua servente, e altrove, Tu hai avuto da me ciò che disiderato hai, e hami straziata quanto t'è piaciuto; e ciò si vede in molti altri luoghi delle sue prose. E pure qui la medesima ragione v'è dell'accento che è in quelle. - E cosí detto, si tacque. Di che il Magnifico rincominciò in questa maniera:

- Egli v'è bene, in quelle voci che voi detto avete e in altre somiglianti, l'accento che io dissi, ma egli non v'è in quel modo. Con ciò sia cosa che egli in queste voci non vi sta, sí come in ultima loro sillaba, anzi sí come in penultima; perciò che Quetàimi e Levàimi e Faràine e Hàimi, sono le compiute voci. Là dove in quelle, delle quali vi recai gli essempi, elle vi stanno, sí come in compiute. E perciò che compiendole, come io ora fo, e fuori mandandolene, le consonanti raggiunte loro non si raddoppiano, ché non si potrebbe dire Quetaímmi Ricorderaítti e l'altre, ché bisognerebbe levarne l'accento del suo luogo, vuole l'usanza della lingua che elleno vi rimangano sole e semplici, non altramente che se le voci si dicesser compiute. Il che si fa medesimamente della voce, di cui si ragionava; perciò che, quando la voce, a cui ella si dà, è compiuta, la consonante di lei si raddopia, come si dice. Vedesi in questi versi:
Come al nome di Tisbe aperse il ciglio
Piramo in su la morte, e riguardolla.
Quando poi la voce non è compiuta, niente di lei si raddoppia, ma si lascia tale quale ella è naturalmente. Vedesi in quest'altro delle canzoni del medesimo poeta:
E s'altro avesser detto a voi, direlo.
Ne' quali due luoghi si vede, che perciò che Riguardò è voce compiuta, si disse Riguardolla; allo 'ncontro, perciò che Dire' non è compiuta voce, ma tronca, ché la compiuta è Direi, fu di mestiero che si dicesse Direlo, né altramente si sarebbe potuto dire -.

Capitolo XXI

Di tanto mostrandosi pago messer Federigo, cosí rientrò il Magnifico ne' suoi ragionari:
- Io posso oltre acciò, messer Ercole, di questo avertirvi, che usanza della mia lingua è il porre questa medesima voce di maniera, che ella ad alcuno per aventura parer potrebbe di soverchio posta; sí come può parere non solo nel Boccaccio, che disse: Dio il sa, che dolore io sento, dove assai bastava che si fosse detto, Dio sa, che dolore io sento; e, Quel cuore, il quale la lieta fortuna di Girolamo non aveva potuto aprire, la misera l'aperse, e, Molto tosto l'avete voi trangugiata questa cena, o pure, Come al Re di Francia per una nascenza, che avuta avea nel petto, et era male stata curata, gli era rimasa una fistola; o pure in quest'altre parole, nelle quali questa voce due volte vi si pare soverchiamente detta: Il che come voi il facciavate, voi il vi sapete, e somiglianti; ma ancora nel Petrarca, il qual disse:
E qual è la mia vita, ella sel vede;
dove medesimamente, se egli detto avesse Ella si vede, sí si pare che egli avrebbe a bastanza detto ciò che di dire intendeva, senza altro. Tuttavia egli non è cosí; ché quantunque ciò che in questi luoghi si dice, dire eziandio senza quella voce si potesse, dico in quanto al sentimento degli scrittori, nondimeno, quanto poi all'ornamento e alla vaghezza del parlare, manifestamente veder si può che ella non v'è di soverchio posta, anzi vi sta di maniera, che non poco di grazia vi s'arroge, cosí dicendo. E questo nelle altre voci, Mi e Ti e Vi, parimente si fa, ché si disse: Io mi rimarrò giudeo, come io mi sono, e Deh che non ceni, se tu ti vuoi cenare, e Io non so se voi vi conosceste Talano; e sopra tutte nella Si, con la qual si disse: Io sono stato piú volte già, là dove io ho vedute merendarsi le donne, e Io non so qual mala

ventura si facesse a sapere che il marito mio andasse iermattina a Genova, o ancora: O se io avessi
avuto pure un pensieruzzo di fare qualunque s'è l'una di queste cose. Il quale uso, passato parimente nel
verso, fe' che Dante in molti de' suoi versi disse come in questi:
Bastavasi ne' secoli recenti,
e Ma ella s'è beata, e ciò non ode;
il che imitando, il Petrarca medesimamente disse:
Beata s'è che può beare altrui,
e altrove
Né so che spazio mi si desse il cielo,
e somiglianti.

Capitolo XXII

Né pure in queste voci solamente, ma ancora nelle particelle Ci, che Ce eziandio si disse, e nella Vi
alcuna volta, e nella Ne molto spesso cosí si fece dal medesimo Boccaccio, che disse: Natural ragione è
di ciascuno che ci nasce, la sua vita, quanto può, aiutare; e ancora: Deh, se vi cal di me, fate che noi ce
ne meniamo una colà su di queste papere; e medesimamente: In tanto che né in tornei, né in giostre, né
in qualunque altro atto d'arme niuno v'era nell'isola che quello valesse che egli; e parimente ancora:
Avisando che questi accorto non se ne fosse che egli fosse stato dallui veduto. Perché fie bene che voi,
messer Ercole, eziandio a questi modi di ragionari poniate mente, e oltre questi ad un altro ancora sopra
la medesima voce, che in vece di Lui e di Lei e di Loro si pone, molto usato dalla mia lingua, che può
parere per aventura piú nuovo, il quale è questo: che quando a porre avete due volte seguentemente la
detta voce dinanzi o dopo 'l verbo a qualunque persona si danno esse voci, solamente che piú che ad
una non si diano, e in qualunque numero esse a por s'hanno o di qualunque genere, sempre nelle prose
diciate a questa maniera, Gliele, e altramente non mai. Il che si vede in questi ragionamenti del
Boccaccio: Anzi mi pregò il castaldo loro, quando io me ne venni, che se io n'avessi alcuno alle mani
che fosse da ciò, che io gliele mandassi, e io gliele promisi; e altrove: Paganino da Monaco ruba la
moglie a M. Ricciardo di Chinzica, il quale, sappiendo dove ella è, va e diventa amico di Paganino;
raddomandagliele, et egli, dove ella voglia, gliele conciede; e altrove: Avenne ivi a non guari tempo,
che questo catalano con un suo carico navicò in Alessandria, e portò certi falconi pellegrini al Soldano,
e presentógliele. Ma perché vi vo io di questo scrittore essempi sopra ciò raccogliendo? Egli ne sono
tutte le sue prose sí abondevoli, che mestier non fa il piú ragionarne. Ma come che io v'abbia gli
essempi di questa usanza solo dal Boccaccio recati, non è tuttavia per questo che ella incominciamento
dallui avuto abbia, perciò che egli la trovò già vecchia. Con ciò sia cosa che non pur Dante la ponesse
nelle sue prose, o ancora Giovan Villani, ma eziandio Pietro Crescenzo per tutti i libri del suo
Coltivamento della villa, e Guido Giudice di Messina per tutta la sua istoria della guerra di Troia la si
spargessero. Il qual Guido Giudice, come che ciciliano fosse, scrisse nondimeno toscanamente, sí come
in quella età che sopra Dante fu, nella quale esso visse, si potea. Fassi in parte questo medesimo,
quando dopo la voce Gli si pon la Ne, ché si dice Gliene diedi, Gliene portarono, e somigliantemente.

Capitolo XXIII

Ora, piú oltre passando, dico che sono in vece di nomi ancor Quelli, che si disse medesimamente Quei
nel verso, e Questi, assai toscanamente cosí detti nel numero del meno, e solamente nel primo caso;
come che Quei eziandio in quello del piú si dica e in ciascun caso assai sovente da' poeti, e alcuna volta
ancor Questi, ma tuttavia di rado, che poi si disse piú spesso nelle prose. Piú di rado si truova detto
Quelli nel numero del piú di esse prose. È Colui, che in ogni caso del numero del meno si dice, e Costui

altresí; e servono, in luogo degli altri casi, a Quegli e a Questi che sono pur del primo, come io dissi. Et è Cotesti, tuttavia non molto usato, che si disse alcuna rara volta Cotestui quantunque Cotesti si dica ancora nel numero del piú; e sono tutte voci del maschio, che altramente non forniscono; sí come Quello e Questo e Cotesto sono voci del neutro, che anco non forniscono altramente. E dassi questa voce ultima, Cotesti e Cotesto, solamente a coloro e alle cose, che sono dal lato di colui che ascolta. Ma Quello si dice alle volte Ciò: Fammi ciò che tu vuoi, e Questo altresí: Oltre acciò Sopra ciò; la qual voce non pure neutralmente, ma ancora maschilemente e feminilemente, e cosí nel numero del piú come in quello del meno, s'è molto spesso detta dagli antichi, che dicevano: Ciò fu il fortissimo Ettore, che disse Guido Giudice, e Ciò erano vaghissime giovani, che disse il Boccaccio e
Ciò furon li vostr'occhi pien d'amore
che Guido Guinicelli disse. Ma tornando alle voci Colui Costui, è alcuna volta che elle si danno alle insensibili cose, e Lui altresí; sí come si diè in Pietro Crescenzo, il quale, ragionando di lino, disse: Nella costui seminazione la terra assai dimagrarsi e offendersi si crede; e in Dante, che di rena parlando, disse:
Non d'altra foggia fatta, che colei,
che fu da' piè di Caton già sopressa;
e nel Boccaccio, che disse: Lei d'una testa morta novellando. Perché meno è da maravigliarsi, se Questi e Quegli medesimamente si dà loro. Et è oltre acciò alcuna volta, che in luogo di Questo si dice Esto da' poeti; e ultimamente nella voce di femina, Sta in vece di Questa, non solo da' poeti, ma ancora da' prosatori, giunto tuttavia e posto con queste tre voci e non con altre: Stanotte, Stamane, Stasera. Perciò che quando si dice, Ista notte, Ista mane, Ista sera, ciò si fa per aggiunta della I, che a queste cotali voci suole dare, sí come l'altr'ieri messer Federigo ci disse. Come che eziandio Stamattina dicesse il Boccaccio: Di questo di stamattina sarò io tenuto a voi -.
Quivi messer Ercole, che attentamente ciò ascoltava, volendo il Magnifico seguir piú oltre, disse: - Deh a voi non gravi, Giuliano, che io un poco v'addomandi, come ciò sia, che voi detto avete che Quello, Questo, Cotesto, voci del neutro sono. Quando e' si dice: Quel cane, Quell'uomo, e Questo fanciullo, e Cotesto uccello e somiglianti, non sono elleno voci del maschio eziandio queste tutte che io dico?
- Sono, - rispose il Magnifico - ma sono congiunte con altre voci, e da sé non istanno. E io di quelle che da sé stanno vi ragionava, delle quali propriamente dire si può che in vece di nomi si pongono; il che non si può cosí propriamente dire di quelle che l'hanno accanto. Sí come sta da sé solo Questi nel Petrarca:
Questi m'ha fatto men amare Dio,
nel qual luogo non si potrebbe dir Questo; e chi ciò dicesse, intenderebbesi Questa cosa, e non Amore, il che egli vuole che vi s'intenda; sí come in quella medesima canzone s'intende Questo in luogo di Questa cosa, quando e' disse:
Ancor, e questo è quel che tutto avanza,
da volar sopra 'l ciel gli avea dat'ali,
dove non si potrebbe dir Questi, ché non ne uscirebbe il sentimento del poeta, ma altro assai da esso lontano -.

Capitolo XXIV

Stette di tanto contento e pago messer Ercole; laonde Giuliano seguitando cosí disse:
- Sono medesimamente nel numero del piú Costoro e Coloro e Loro; la qual voce in vece di Coloro e di Quelli e d'Essi usa di por la mia lingua in tutti i casi, fuori solamente il primo. E come che Costoro paia voce che si dia al maschio, nondimeno si vede che ella s'è data eziandio alla femina. Di queste voci tutte quelle, che alla femina comunalmente si danno, sono sí semplici, che mestier non fa che se ne ragioni altramente; sí come sono Costei e Colei che a tutti i casi ugualmente si danno, né si mutano

giamai. Resta che vi sia chiaro che Lei in vece di Colei, sí come Lui in vece di Colui, del qual si disse, s'è alcuna volta detto da' nostri scrittori. È ancora Esso, voce di questa medesima qualità, la quale, come che regolarmente si muti e ne' generi e ne' numeri, ché Esso et Essa, Essi et Esse si dice, niente di meno è alle volte; che il primiero ad ogni genere e ad ogni numero serve, quando con altra voce di queste o ancor d'altre voci si pone, e ponsi innanzi; perciò che e Con esso lui e Con esso lei e Con esso loro e Sovr'esso noi e Con esso le mani e Lungh'esso la camera; medesimamente si dice, toscanamente parlando; come che Essa lei eziandio si legga alcuna volta nelle buone scritture. Dicesi ancor Desso e Dessa, per voce piú ispressa, e nelle prose e nel verso. È appresso quest'altra voce Stesso, che dopo alcuna di quelle che in vece di nomi si pongono, come che sia, si pon sempre e altramente non si regge. E quantunque usino i Toscani di dire Egli stessi, piú tosto che Egli stesso, non perciò si dirà ancora cosí Esso stessi, ma Esso stesso; forse per la diversità de' fini, che è in quelle voci e non è in queste. È Altri nel primo caso del numero del meno e di quello del piú, e ha Altrui negli altri dell'un numero e dell'altro; e diconsi amendue in voce di maschio sempre, come che in sentimento possono darsi, sotto voce di maschio, eziandio alla femina. È Alcuno, che alcuna volta s'è detto Veruno, et è Niuno e Nullo, che vagliono spesse volte quanto quelle, non solo nelle prose, che l'hanno per loro domestiche e famigliari molto, ma alle volte ancora nel verso, nel quale piú volentieri Nessuno che Niuno, sí come voce piú piena, v'ha luogo. Vedesi ciò in questo verso medesimo, di cui vi dissi:
I dí miei piú leggier, che nessun cervo,
fuggîr com'ombra.
Et è Qualche quello stesso, e questa in ogni genere e in ogni numero ugualmente ha luogo.

Capitolo XXV

È ultimamente Il quale, voce che si rende a ciascuna delle altre già dette, che in vece di nome si pongono, e ancora ad altre; la qual voce si dice eziandio Che in ogni genere medesimamente e in ogni numero. E questa Che, neutralmente posta, si disse alcuna volta Il che dal Boccaccio: Di che la donna contenta molto si dispose a volere tentare, come quello potesse osservare, il che promesso avea; e ancora: Vi farei goder di quello, senza il che per certo niuna festa compiutamente è lieta. È appresso Chi nel primo caso e ha Cui, negli altri; le quali voci a ciascun numero e a ciascun genere servono. Dissi ciascun genere, ciò è del maschio e della femina; perciò che in quella del neutro, Che si dice in amendue i numeri. Quantunque è alcuna volta, ma tuttavia molto di rado, che si truova Chi posto negli obliqui casi, sí come si vede nel Petrarca, che disse:
Fra magnanimi pochi, a chi 'l ben piace,
e ancora,
Come chi 'l perder face accorto e saggio;
e nel Boccaccio, il qual medesimamente disse: O ritornavi mai chi muore? Disse il monaco: sí, chi Dio vuole; e altrove: Come il meglio si poté, per la villa allogata tutta la sua famiglia, chi qua e chi là, e quello che segue. Ora queste tre voci, quando richiedendo si dicono, hanno semplice e brieve sentimento: Chi ti diede? Cui sentisti? Che ti fece? Quando poi si dicono senza richiesta, elle si sciolgono, ciascuna per sé, tale volta in due cotali, Colui il quale:
Chi è fermato di menar sua vita
su per l'onde fallaci;
o Colei la quale:
Se chi tra bella e onesta
qual fu piú lasciò in dubbio;
o Colui al quale: Per mostrare che anche gli uomini sanno beffare, chi crede loro, come essi, da cui elli credono, sono beffati; o pure Quello che: Fa che ti piace, in vece di dire: Fa quello che ti piace; e tale altra si sciolgono in questa sola, Alcuno: Chi fa bene, e chi fa male, cioè Alcuno fa bene, e alcun male;

e tale altra in queste due, Alcuno il quale: È chi fa bene, et è chi fa male; o pure in quest'altre due, Ciascuno il quale:

Chi vuol veder quantunque può natura.

E questo Ciascuno, che si dice ancora Ciascheduno anticamente Catuno si disse. Ma queste due ultime un'altra volta si ristringono in una sola, la quale ora è Chiunque e ora Qualunque; tra le quali questa differenza ci ha, che Chiunque si dà al numero solamente degli uomini e da sé si regge:

Chiunque alberga tra Garonna e 'l monte;

e Qualunque si dà alla qualità delle cose, delle quali si ragiona, e posta sola non si regge, ma conviene che seco abbia la voce di quello di che si fa il ragionamento: A qualunque animale alberga in terra; o se non l'ha, vi s'intenda. E come Chiunque maschilemente e feminilemente si dice, cosí Cheunque neutrale sentimento ha in quella medesima forma, e tutte cosí nel numero del piú come in quello del meno si dicono.

Capitolo XXVI

È appresso Tale e Quale, non quando comparazione fanno, ma quando fanno partigione; l'una delle quali si dice alle volte in vece di Chi, sí come la disse il Boccaccio: Laonde fatto chiamare il siniscalco, e domandato qual gridasse, ciò è Chi gridasse; sí come allo 'ncontro Chi si dice alle volte, in vece di dir Quale: il medesimo Boccaccio: La novella di Dioneo era finita; e assai le donne, chi d'una parte e chi d'altra tirando, chi biasimando una cosa, chi un'altra intorno ad essa lodandone, n'avevan ragionato. È ancora che l'una e l'altra si pon neutralmente, e vagliono quanto Alcuna cosa e quanto Qual cosa; sí come vale l'una appo il Petrarca:

Tal par gran meraviglia, e poi si sprezza;

e l'altra appo il Boccaccio: E come il vide andato via, cominciò a pensare qual far volesse piú tosto. Viene eziandio a dir Tale alcuna volta, quanto Tale stato e Tal condizione o somigliante cosa, sí come a dir viene pur nel Petrarca:

E or siam giunte a tale,

che costei batte l'ale,

per tornar a l'antico suo ricetto;

e nel Boccaccio ancora: Anzi sono io, per quello che infino a qui ho fatto, a tal venuto, che io non posso fare né poco né molto. Et è altra volta, quando l'articolo vi s'aggiugne, che Tale può quanto Colui, e gli Tali quanto Coloro, e gli Altretali quanto Quegli altri. Et è Cotale, che val quanto Tale, piú ispressamente detta. Sí come si dice Cotanto, piú ispressamente che Tanto: Oimè, misera me, a cui ho io cotanti anni portato cotanto amore!. Ma la voce Cotale s'è alle volte posta in vece della particella Cosí dal Boccaccio: Né fu perciò, quantunque cotal mezzo di nascoso si dicesse, la donna riputata sciocca. Levasi a tutte queste voci che si son dette, che in vece di nome si pongono, le quali hanno la L nell'ultima loro sillaba, o sola o raddoppiata, non solamente la vocale loro ultima o ancora una delle due L comunemente da tutti gli scrittori, quando vogliono o bene lor mette di levarle, Tal Qual Quel e simili, nel numero del meno; ma eziandio alle volte tutta intera la sillaba in quello del piú; e ancora piú che intera la sillaba da' poeti, che Ta' in vece di Tali, e Qua' in vece di Quali, e Que' in vece di Quelli, dissero; come che questa ultima sia stata medesimamente detta da' prosatori.

Capitolo XXVII

Ma passisi a dire del verbo, nel quale la licenza de' poeti e la libertà medesima della lingua v'hanno piú di malagevolezza portata, che mestier non fa a doverlovi in poche parole far chiaro. Il qual verbo, tutto che di quattro maniere si veda essere cosí nella nostra lingua come egli è nella latina, con ciò sia cosa che egli in alquante voci cosí termina come quello fa, ché Amare Valere Leggere Sentire da noi medesimamente si dice, non perciò usa sempre una medesima regola con esso lui. Anzi egli, in queste altre voci, due vocali solamente ha ne' suoi fini, Ama Vale Legge Sente, dove il latino ne ha tre, come sapete. Di questo verbo, la primiera voce nessun mutamento fa, se non in quanto Seggo eziandio Seggio s'è detto alcuna volta da' poeti, i quali da altre lingue piú tosto l'hanno cosí preso che dalla mia, e Leggo, Leggio; e Veggo, Veggio, traponendovi la I, e Deggio altresí, la qual voce dirittamente non Deggo ma Debbo si dice, e Vegno e Tegno, nelle quali Vengo e Tengo sono della Toscana. Levaronne i poeti alcuna volta, in contrario di quelli, la vocale che propriamente vi sta; quantunque ella, non come vocale, ma come consonante vi stia; e di Seguo fecero Sego, come fe' il Petrarca. E tale volta ne levarono la consonante medesima, da cui piglia regola tutto il verbo; sí come fecero messer Piero dalle Vigne e Guittone nelle lor canzoni, i quali Creo e Veo, in vece di Credo e di Vedo dissero, e messer Semprebene da Bologna oltre a questi, che Crio, in vece di Credo, disse. Né solamente di questa voce, la vocale o la consonante che io dissi, ma ancora tutta intera l'ultima sillaba essi levarono in questo verbo, Vo' in vece di Voglio dicendo; il che imitarono e fecero i prosatori altresí alcuna fiata. Vedo Siedo, non sono voci della Toscana. Nella prima voce poi del numero del piú, è da vedere che sempre vi s'aggiunga la I, quando ella da sé non vi sta. Ché non Amamo Valemo Leggemo, ma Amiamo Valiamo Leggiamo si dee dire. Semo e Avemo, che disse il Petrarca, non sono della lingua, come che Avemo eziandio nelle prose del Boccaccio si legga alcuna fiata, nelle quali si potrà dire che ella, non come natía, ma come straniera già naturata, v'abbia luogo. Quando poscia la I naturalmente vi sta, sí come sta ne' verbi della quarta maniera, è di mestiero aggiugnervi la A in quella vece, perciò che Sentiamo e non Sentimo si dice.

Capitolo XXVIII

Nella seconda voce del numero del meno, è solamente da sapere che ella sempre nella I termina, se non quando i poeti la fanno alcuna volta, ne' verbi della prima maniera, terminare eziandio nella E; sí come fe' il Petrarca, che disse:
Ahi crudo Amor, ma tu allor piú m'informe
a seguir d'una fera, che mi strugge,
la voce, i passi e l'orme.
Et è oltre acciò da avertire che, in quelli della seconda maniera, non mostra che questa voce si formi e generi dalla prima, ma da sé; con ciò sia cosa che in Doglio Tengo e simili, non Dogli Tenghi, ma Duoli Tieni si dice. Nella qual voce, oltre acciò che il fine non ha con lei somiglianza, aviene ancor questo, che vi s'aggiugne di nuovo una vocale, per empierlane di piú quel tanto: Doglio Duoli, Voglio Vuoli, Soglio Suoli, Tengo Tieni, Seggo Siedi, Posso Puoi, e altri; come che Vuoli piú è del verso che delle prose, le quali hanno Vuoi e piú anticamente Vuogli, sí come anco Suogli; le quali due voci, piú che le altre, fanno ritratto pure dalla primiera. Di che altra regola dare non vi si può, se non questa: che altre vocali che la I e la U non hanno in ciò luogo; e quest'altra: che nelle voci, nelle quali la A giace nella penultima sillaba, non entran di nuovo queste vocali né veruna altra; ché Vaglio e simili non crescono da questa parte. Passa questo uso nella terza voce del numero del meno medesimamente continuo, ma piú oltre non si stende; se non si stende in questo verbo Siede, nel quale Siedono eziandio si legge, come che Seggono piú toscanamente sia detta. Passa altresí nella quarta maniera, ma solamente, che io mi creda, in questi verbi: Vengo, che Vieni e Viene fa, e Ferisco, che fa Fiere e Fiede, e Chero, che fa Chiere, quantunque egli, non pur come verbo della quarta maniera, anzi ancora come della seconda, Cherire e Cherere ha per voci senza termine, sí come l'altr'ieri si disse. Pongo, che della terza maniera è, tra l'una e tra l'altra si sta di queste regole, perciò che egli né Ponghi ha né Puoni per seconda sua voce, anzi ha Poni, voce nel vero temperata e gentile. Traggo d'altra parte due voci ha, Traggi e Trai detta piú toscanamente, e ciò serba egli in buona parte delle voci di tutto 'l verbo; come che egli

nondimeno nelle voci, nelle quali entra la lettera R nella seconda loro sillaba, raddoppiandonela, l'una e l'altra adietro lascia di queste forme. Muoio due voci ha di questa forma: la seconda di questo numero Muoi, e la terza di quello del piú Muoiono; dalle quali tre voci ne vengono tre altre: Muoia e Muoii e Muoiano; le rimanenti di tutto 'l verbo da Moro, che toscana voce non è, hanno forma. Di questa seconda voce, di cui si parla, levò il Boccaccio la vocale ultima, quando e' disse: Haiti tu sentito stamane cosa niuna? tu non mi par desso; e poco dapoi, Tu par mezzo morto. La qual voce non da Pajo, che toscana è, ma da Paro, che è straniera, si forma. E il Petrarca non solamente la detta vocal ne levò, Vien' in vece di Vieni e Tien' in vece di Tieni e Sostien' in vece di Sostieni, ma ancora talor quasi intera e talor tutta intera l'ultima sillaba, Tôi in vece di Togli e Cre' in vece di Credi e Suo' in vece di Suoli, ponendo. Quantunque Tôi eziandio dal medesimo Boccaccio si disse nelle novelle: Dunque tôi tu ricordanza dal sere? Levarono altresí della terza i miei Toscani la vocale ultima spesse volte, quando ella dopo la L o dopo la N si pone, e la voce, che la seguita, si regge dall'accento medesimo del verbo. Non dico già ne' verbi della prima maniera, ne' quali la A, che è la vocale loro ultima, non se ne leva giamai; ma dico in quelli della seconda o ancora della quarta, Duolmi Suolti Vuolsi Vuolvi e Tiemmi e Viemmi e somiglianti. Come che alcuna volta eziandio, quando la voce, che segue, non si regge dall'accento del verbo, ciò si vede che usarono i poeti, Fier in vece di Fiere e Chier in vece di Chiere dicendo; e i prosatori altresí, che Par e Pon e Vien in vece di Pare e Pone e Viene dissero. Levarono in Puote i toscani prosatori, che la intera voce è, tutta la sezzaia sillaba e Può ne fecero, piú al verso lasciandolane che serbandola a sé, il qual verso nondimeno usò parimente e l'una e l'altra. Aggiunsonvene allo 'ncontro un'altra i poeti bene spesso in questo verbo Ha, e fecerne Have, per aventura da' Napoletani pigliandola, che l'hanno in bocca continuo. Falla e Falle, che si legge parimente in questa voce, non sono d'un verbo medesimo, anzi di due; l'uno de' quali della prima maniera si vede che è, Fallare, e tanto vale quanto Mancare e Non bastare; l'altro è della quarta, Fallire, e pigliasi per Fare errore e inganno e pecca, da cui ne viene il Fallo. Cosí forma da sé ciascuno la sua terza voce, da quella dell'altro separata e nella terminazione e nel sentimento. Quantunque sí pure s'è egli per alcuni posto Fallire in sentimento di Mancare, ma Fallare in sentimento di Peccare e d'Errare non mai. Pungo Ungo e di questa forma degli altri, due fini hanno e nella seconda e nella terza voce di questo numero, secondo che essi o prepongono o pospongono la N alla G, che vi sono: Pungi e Pugni, Ungi e Ugni, Punge e Pugne, Unge e Ugne similmente; delle quali quelle, che l'hanno posposta, sono piú toscane. E a questa condizione è Stringo e degli altri, che con le due consonanti, che io dissi, le dette voci chiudono. Esce di regola la terza voce del verbo Sofferire, la quale è Soffera.

Capitolo XXIX

Semplice e regolata è poscia in tutto la seconda voce del numero del piú. E sarebbe altresí la terza, la quale serba la A nella penultima sillaba ne' verbi della prima maniera e la O in quegli dell'altre e ha sempre somiglianza con la prima voce del numero del meno, Pongo Pongono; se non che ella è alle volte per questo in picciola parte di sé di due maniere, sí come in Saglio e Doglio e Toglio ché Sagliono Dogliono Togliono e Salgono Dolgono Tolgono s'è detto; e queste ancora piú toscanamente, perciò che e Salgo e Dolgo e Tolgo nelle prime loro voci, s'è altresí piú toscanamente detto. Quantunque Sagliendo tuttavia il sole piú alto e Sagliente su per le scale, che disse il Boccaccio, piú toscane voci sieno, che Salendo e Salente non sono. Ponno; che in vece di Possono disse alcuna volta il Petrarca, non è nostra voce, ma straniera. È piú nostra voce Deono, che in vece di Debbono alle volte si disse. Il che può aver ricevuto forma dalla prima voce del numero del meno, che alcuna volta Deo dagli antichi rimatori toscani s'è detta, sí come in Guittone si vede. Da questa primiera voce Deo, la quale in uso non è della lingua, s'è per aventura dato forma alla terza di quello stesso numero Dee, che è in uso, e De' medesimamente in quella vece; quantunque De' eziandio nella seconda voce, in luogo di Dei, s'è parimente detto: De' mi tu far sempremai morire a questo modo?. Debbe, che la diritta voce è, dalle prose rifiutata, solo nel verso ha luogo, e Deve altresí. Dansi Fansi, per accorciamento dette, e simili, sono pure in uso del verso solamente e non delle prose.

Capitolo XXX

Seguita, appresso queste, la prima voce del numero del meno, di quelle che pendentemente si dicono, Amava Valeva Leggeva Sentiva, che medesimamente si dice nella terza; nella quale Profereva, che si legge nelle prose, non da Proferire, ma da Proferere, che è eziandio della lingua, si forma. In queste due voci nondimeno, fuori solamente quelle della prima maniera, s'è usato di lasciare spesse volte adietro la V e dirsi, Volea Leggea Sentia; come che il Petrarca in questa voce Fea, detta in vece di Facea, piú che una vocal ne levasse. Il quale uso non è stato dato alle voci del numero del piú, se non in parte; con ciò sia cosa che bene si lascia indifferentemente, per chi vuole, adietro la V nella terza voce, e dicesi Soleano Leggeano Sentiano, ma Soleamo Leggeamo Sentiamo non giamai. Et è di tanto ita innanzi questa licenza, che ancora s'è la A, che necessariamente pare che sia richiesta a queste voci, cangiata nella E, et èssi cosí anticamente e toscanamente nelle prose detta: Avièno Morièno Servièno e Contenièno e Ponièno e, quel che disse il Petrarca,
Come veniéno i miei spirti mancando
e ancora,
Ma scampar non potiémmi ale né piume
in vece di dire Potiènomi, e degli altri; sí come Avie Udie Sentie, in vece di Avea Udia Sentia, nel numero del meno si disse. Al qual tornando, dico che è di lui la seconda voce questa, Amavi Valevi Leggevi Sentivi; della quale eziandio in alcun verbo s'è da' poeti gittata via la medesima V, et èssi detto Potei Solei Volgei, in vece di Potevi Solevi Volgevi; il che non è stato ricevuto dalle prose, né s'è tuttavolta ciò detto nel verso medesimo, se non di rado. Resterebbe, nelle pendenti voci, a dirsi della seconda del numero del piú, che è questa, Amavate Valevate Leggevate Udivate; ma ella altra mutazione non fa se non questa, che la vocale, la quale innanzi alla penultima si sta, si mutava dagli antichi, di quella che ella dee essere, nella A, Vedavate Leggiàvate Venavate, quasi per lo continuo; come che essi alle volte ciò facevano ancora nella prima voce di questo numero, Leggiavamo Venavamo e similmente dicendo.

Capitolo XXXI

Nelle voci poi che si danno al passato, la prima di loro, ne' verbi della prima maniera, in due vocali sempre termina cosí, Amai Portai; fuori solamente queste, che son di due sillabe, Stetti Diedi Feci, che Fei eziandio si disse nel verso; nella qual licenza è nondimeno rimasa in piè la I, che par fine molto richiesto a questa voce. Non la lasciò in piè il Petrarca, quando e' disse:
I' die' in guardia a san Pietro,
e altrove,
Ch'i' li die' per colonna
de la sua frale vita,
dove Die', in vece di Diedi, si legge. Né pure il Petrarca nelle rime cosí fece, ma il Boccaccio ancora cosí ci ragionò nelle prose, il qual disse: Ma io mi posi in cuore di darti quello che tu andavi cercando, e dietelo; e altrove: Signor, questa donna è quello leale e fedel servo, del quale io poco avanti vi fe' la dimanda. Levasi tuttavia la detta vocal nelle prose piú spesso, quando alcun'altra voce le si dà che dall'accento di lei si regga, e Dilibera'mi in vece di Diliberaimi, e cotali altre senza risparmio si dicono toscanamente. Non cosí semplicemente dire si può, che quella della seconda e della terza maniera ne

mandi il fin suo; tra le quali alquanta piú di varietà si vede essere. Perciò che quantunque ella nella I sempre termini, sí come fa in tutte, vi termina nondimeno nell'una e nell'altra maniera in diversi modi, con ciò sia cosa che nella seconda piú fini v'han luogo. Perciò che in que' verbi, che la C per loro naturale consonante v'hanno, Giacere Tacere, ella con esso lei C e con la Q apresso termina, Giacqui Tacqui. In quelli che v'hanno la L, essa v'aggiugne la S, e Valsi Dolsi ne fa, che Dolfi eziandio si disse. Solamente Volli la sua consonante raddoppia, come che pure nel verso egli alle volte fa come quelli. Raddoppiano medesimamente quegli altri, che delle altre consonanti v'hanno naturalmente, Caddi Tenni Seppi Ebbi Bevvi, e quest'altri, Sedetti Temetti Dovetti, che ha eziandio Dovei nel verso, i quali oltre acciò una sillaba di piú v'aggiunsero. Dissi Bevvi, perciò che quantunque Bere toscanamente si dica, egli pure da Bevere n'uscí, la qual voce e qui e in altre parti della Italia è ad usanza. Escono di questa regola Godei Capei Potei e Vidi e Providi, che ha nondimeno Provedetti nelle prose, e Parvi, che Parsi medesimamente nel verso ha, e Offersi, che da Offerere si genera.

Capitolo XXXII

Hanno piú fini luogo medesimamente nella terza maniera, a' quali tutti, che molti e diversi sono, conoscere, una cotal regola dare, messer Ercole, vi si può: che alla voce di loro, la quale di verbo e di nome pure nel passato tempo partecipa, riguardando, ogni volta che cosí uscire Renduto Perduto Compiuto ne la troverete, diate alla voce, di cui si ragiona, questo fine Rendei Perdei Compiei. Dissi Compiuto, perciò che Compito, che piú leggiadramente si dice nel verso, non è della lingua. Fuori solamente queste: Vivuto, che ha Vissi, perciò che Visso della lingua non è, come che ella altresí piú vagamente cosí si dica nel verso, e Conceduto, che ha Concedetti, con ciò sia cosa che Concesso, che alcuna volta si legge, altresí della lingua non è et è solo del verso; e Creduto, che Credetti ha, quantunque messer Piero dalle Vigne, Cretti, in vece di Credetti, dicesse nella canzona, che cosí comincia:
Assai cretti celare,
ciò che mi convien dire.
E fuori ancora alquante altre poche voci, poste alcuna volta dagli antichi a questa guisa, come che elle vengano da' verbi della quarta maniera; sí come è Smarruto, in vece di Smarrito, che disse Bonagiunta e messer Cino nelle loro canzoni; e Vestuta in vece di Vestita, che pose Dante nelle rime della sua Vita Nuova; e Feruto, in vece di Ferito, e Feruta, per voce che da sé si regge, detta non solo da altri, ma dal Petrarca ancora; e Pentuta, che disse il Boccaccio nelle sue Novelle alcuna fiata; e Venuto, sempre e da ciascuno cosí detta. Ogni altra volta che la scorgerete di quest'altro modo Letto Scritto e simili, che se n'escono con le due T, e voi quest'altro fine delle due S le darete, Lessi Scrissi e somiglianti. Quando poscia ve ne fia un altro di questa maniera, Pianto Spento Finto, parimente Piansi Spensi Finsi nella detta voce saperete di dover dire. E cosí né piú né meno Risi Offesi Arsi Tolsi Mossi, quandunque volta Riso Offeso Arso Tolto Mosso nelle participanti loro voci saranno, come s'è detto; nelle quali Sparto, in vece di Sparso, che alcuna volta si legge, solamente è del verso. Escono nondimeno di quest'ordini Dissi, che ha Detto, e Strinsi, che ha Stretto, e Conobbi, che ha Conosciuto, e Nocqui, che ha Nociuto, e Misi, che ha Messo per voce che partecipa, e Posi, che ha Posto altresí. E se Mordei eziandio Morsi si disse, è perciò che Morduto e Morso egli medesimamente ha per voci che partecipano, come che Morduto piú rade volte si truovi detta e solamente nelle prose.

Capitolo XXXIII

Semplice e regolato è ultimamente nella quarta maniera di questa voce il fine, il qual sempre con la natía consonante del verbo, dinanzi la I posta, termina e con l'accento sopra esse, Udí Sentí; se non in

quanto ha tale volta l'uso della lingua nelle prose la medesima I raddoppiata, Udíi Sentíi; come che Dante le recasse nel verso. Allo 'ncontro delle quali levarono d'alcun verbo non solamente della prima maniera, com'io dissi, ma delle altre ancora, i poeti alle volte la medesima I, che di necessità star vi suole, e Compie' in vece di Compiei dissero. Non cosí lungamente fa bisogno che si ragioni della seconda voce di questo tempo, essendo ella solamente una in tutti i verbi, dalla terza loro semplice voce del presente tempo per lo piú formandosi in questa guisa, che vi si giugne una sillaba di tre lettere cotali STI; fuori che queste due Dà, Sta, che Desti e Stesti formano. Dissi semplice, in differenza di quelle che v'aggiungono la I o veramente la U, come s'è detto; perciò che queste due vocali raggiunte non entrano giamai in questa voce: Ama Amasti, Tiene Tenesti, Duole Dolesti, Legge Leggesti. E dissi ancora per lo piú, in quanto non cosí in tutto si formano le voci della quarta maniera, ché non Sentesti e Odesti, anzi Sentisti e Udisti si dice. Come che in Udisti e in tutte le altre voci di questo verbo, che in qualunque guisa si danno al passato tempo e a quello che a venire è, eziandio si muta di lui la prima lettera, che è la vocale O, e fassene U: Udí Udisti Udirono e Udito e Udirò e le altre. Di questa seconda voce è alle volte che se ne levano le due ultime lettere, non solo nel verso:
Come non vedestú negli occhi suoi
quel, che vedi ora,
e altrove,
Già non fostú nodrita in piume al rezzo;
ma ancora nelle prose: Ove fostú stamane poco avanti al giorno e Odistú in quella cosa niuna della quale tu dubiti.

Capitolo XXXIV

Non avien cosí della terza voce del detto numero del meno, perciò che ella tre fini ha, con ciò sia cosa che e nella O e nella E e nella I termina. Ma nella O hanno fine le voci de' verbi, che sono della prima maniera, Amò Levò Pigliò Lasciò. Nella E finiscono quelle delle due seguenti, Volse Tolse Perdé; e della prima altresí, quando i verbi, nella lor prima voce, sono d'una sillaba e non piú, Diede Fece, de' quali Do e Fo sono le prime voci. Delle quali voci tutte dire si può, che a quelle di loro solamente l'accento sopra l'ultima sillaba sia richiesto, le quali nella prima voce due vocali hanno per loro fine, Amai Amò, Potei Poté, Perdei Perdé, e non altre. Alla quarta maniera poscia si dà la I e l'accento medesimamente sopra essa, Udí Sentí Dipartí; fuori solamente il verbo Venire, che ha Venni nella prima e Venne nella terza voce del numero del meno e Vennero in quella del piú, e il verbo Aprire, che Apersi e Aperse ha, e il verbo Coprire; le quali voci sotto regola non istanno, come che Aprí in vece d'Aperse, e Coprí in vece di Coperse, si legga nel verso. Dissi che si dà l'accento sopra essa, forse perciò che le intere voci erano primieramente queste, Udío Sentío Dipartío; le quali nondimeno in ogni stagione si sono alle volte dette e ne' versi e nelle prose; uso per aventura preso da' Ciciliani, che l'hanno in bocca molto, come che essi usino ciò fare, non solo ne' verbi della quarta maniera, ma ancora in quegli dell'altre. Il che tuttavia non è stato ricevuto dalla Toscana, se non in poca parte e da' suoi piú antichi, sí come furono messer Semprebene e messer Piero dalle Vigne, i quali Passao Mostrao Cangiao Toccao Domandao dissero ne' loro versi; quantunque il Boccaccio ancora, che cosí antico non fu, Discerneo dicesse ne' suoi.
Di queste voci della quarta maniera levandosi, come io dico, l'ultima loro sillaba, che è la O, l'accento pure nel suo luogo rimase. Feo, oltre a questi, s'è alle volte da' toscani poeti detto, e Poteo e per aventura Perdeo. Né Feo qui si prende come voce di verbo della prima maniera, ma della terza; perciò che quantunque Fare sí come Amare si dica, non si formano perciò da questa le altre voci di lui, anzi da quest'altra Facere, che in uso della mia lingua non è, non altramente che se ella in uso fosse. È oltre acciò alcuna volta, che questa voce ha parimente due fini, sí come ha la prima di cui si disse, perciò che e Volle e Volse e Dolse e Dolfe si dice. Di questi nondimeno piú nuovo pare a dire Dolfe, con ciò sia

cosa che la F non sia lettera di questo verbo, né in alcuna altra parte di lui abbia luogo, se non in questo tempo, nel quale Dolfi e Dolfero eziandio alcuna volta dagli antichi s'è detto. Beo ancora egli due fini pare che abbia in questa voce, perciò che e Bebbe e Bevve si legge nelle buone scritture; il che è piú tosto da dire che un fine sia, per la somiglianza che hanno verso di sé queste due lettere B e V, di maniera che Spesse volte si piglia una per altra. Formasi nondimeno Bevve da questa voce Beve, che tuttavia toscana non è, raddoppiandovisi la V, sí come da Piove, Piovve in questa medesima guisa si forma. Ha due fini medesimamente in questi verbi, ma in altra guisa, Diede e Die', Fece e Fe', non solo ne' poeti, ma ancora alle volte nelle prose. Dette Cadette Tacette Seguette e altre simili, che posero e Dante e il Boccaccio ne' loro versi, o esse della lingua propriamente non sono, o sono della molto antica e di quella, che piú di ruvidezza in sé ha che di leggiadria. E se Penté e Converté nel medesimo Dante si leggono, è perciò che elle da Pentere e da Convertere, verbi della terza maniera, si formano, e Pentei e Convertei hanno, o almeno aver debbono, per loro prime voci di questo tempo.

Capitolo XXXV

La primiera voce appresso del numero del piú ha in sé una necessità e regola e non piú; che ella sempre raddoppia la M nell'ultima sillaba, Amammo Valemmo Leggemmo Sentimmo, né altramente può aver stato. La seconda medesimamente ne ha un'altra, che ella in E si vede sempre fornire in questa guisa, Amaste Valeste Legeste Sentiste, e non altramente. La terza non cosí d'una regola si contenta; perciò che ne' verbi della prima maniera ella in questa guisa termina, Amarono Portarono, la A nell'avanti penultima loro sillaba sempre avendo; e la I in quelli della quarta, Udirono Sentirono. Nelle altre due maniere ella termina poscia cosí, Volsero Lessero e simili, alla terza loro voce del numero del meno la sillaba, che voi udite, sempre giugnendo, per questa del piú formare, come vedete. Né vi muova ciò, che Disse nella terza voce del numero del meno, e Dissero in quella del piú medesimamente si dice, come che Dire paia voce della quarta maniera; perciò che tutto il verbo per lo piú da Dicere, la qual voce non è in uso della fiorentina lingua, e non da Dire si forma; sí come Fecero da Fece e questa da Facere, del qual si disse, e non Fare, altresí. Diedero e Stettero, senza avere onde formarsi altro che da Dare e da Stare, fuori della detta regola solamente escono, che io mi creda, e non altri. È oltre acciò che si leva spesso di queste voci la vocale loro ultima, e nel verso e nelle prose, Dieder Disser; e alle volte ancora si gitta tutta intera l'ultima sillaba, Andaro Passaro Accordaro e Partiro e Sentiro e Assaliro e dell'altre, che Giovan Villani disse. Né mancò poi che eziandio due sillabe non si siano via tolte di queste voci, non solo nel verso, che usa Fur invece di Furono, ma ancora nelle prose; sí come si vede nel Boccaccio, il qual disse: Fer vela e Dier de' remi in acqua e andar via, e ciò fece egli in altre voci ancora, Comperar Domandar Diliberar, in vece delle compiute ponendo; e Giovan Villani altresí. Dierono, che è la compiuta voce di Dier, e Diedono, oltre a tutti questi, si truova che si son dette toscanamente, e Uccisono e Rimasono e per aventura in questa guisa dell'altre. Denno e Fenno e Piacquen e Mossen, che disse il Petrarca, non sono toscane.

Capitolo XXXVI

Dànnosi al passato tempo, come io dissi, queste voci. A quello poscia, che nel pendente pare che stia del passato, non si danno voci semplici e particolari del verbo, anzi generali e mescolate in questa guisa, che pigliandosi sempre le voce del pendente di questo verbo Avere, si giugne e compone con esso loro una sola voce del passato tempo di quel verbo, del quale s'ha a fornire il sentimento: Io avea fatto, Tu avevi detto, Giovanni aveva scritto e simili; e cosí si va facendo nel numero del piú. È il vero che la voce del verbo, del quale il sentimento si forma, si muta, per chi vuole, ora in quella della femina, ora nell'un numero e quando nell'altro: Io aveva posta ogni mia forza e Tu avevi ben consigliati i tuoi cittadini e somiglianti. E questo uso di congiugnere una voce del verbo Avere, con un'altra di quel verbo, con cui si forma il sentimento, non solamente in ciò, ma ancora nel traccorso tempo, di cui s'è già detto, ha luogo; perciò che medesimamente si dice: Io ho amato, Tu hai goduto, Giovanni ha pianto, Coloro hanno sentito e le altre; e Amata e Godute e Pianti altresí. Ho visto, che disse il Petrarca, in vece di Ho veduto, non è della Toscana. Né solo con questo verbo Avere, ma con quest'altro Essere, ciò ancora si fa, in que' verbi dico, che il portano: La donna s'è doluta, Voi vi sete ramaricati, Coloro si sono ingegnati, e somiglianti. E questi verbi sono tutti quelli, de' quali le voci che fanno, in sé ritornano quello che si fa; sí come ritornano in questi essempi che si son detti. E di tanto è ito a usanza il dare a questa voce del passato il fine, che si tira dietro la persona che fa, La donna s'è doluta, Voi vi sete ramaricati; che ancora alcuna volta s'è ciò fatto, essendo il ragionare in altra forma disposto, sí come qui: Il che molto a grado l'era; sí come a colei, alla quale parecchi anni, a guisa quasi di sorda e di mutola, era convenuta vivere, per lo non aver persona inteso. Dove Alla quale era convenuta vivere disse il Boccaccio, in vece di dire Era convenuto. Ora tra queste due usanze di dire, Io feci e Io ho fatto, altra differenza non mostra che vi sia, se non questa: che l'una piú propriamente si dà al passato di lungo tempo, e questa è Io feci, e l'altra al passato di poco. Ché se io volessi dire d'aver scritti alcuni fogli, che io testé avessi forniti di scrivere, io direi Io gli ho scritti, e non direi Io gli scrissi. E se io questo volessi dire d'altri, che io di lungo tempo avessi scritti, direi Io gli scrissi diece anni sono, e non direi Io gli ho scritti -.

Capitolo XXXVII

Cosí diceva il Magnifico, quando mio fratello il ritenne, cosí dicendo:
- Voi m'avete con questi due modi di passato tempo, Giuliano, a memoria fatto tornare un altro modo ancora di questo medesimo tempo, che la vostra lingua, non cosí continuo, usa nondimeno assai sovente, e ciò è questo: Ebbi detto, Ebbe fatto, Ebber pensato, e le altre voci similmente. Laonde, se egli non vi grava, diteci che differenza il cosí dire abbia da quegli altri, acciò che a messer Ercole e questo ancora si faccia chiaro -.
A cui il Magnifico cosí rispose: - Io m'aveggo che rade volte altri può di tutto ciò, che uopo gli fa, ramemorarsi; perciò che quantunque io, poscia che io jersera vi lasciai, sopra le cose, che io oggi a dire avea, questa notte alquanta ora pensato v'abbia, nondimeno egli non mi soveniva testé di ragionarvi di cotesto modo di passato tempo; del quale, poiché voi, messer Carlo, piú di me aveduto, la differenza, che tra esso e gli altri è, richiedendomene mi ricordate, e io la vi dirò. La quale nondimeno è poca, et è tuttavia questa: che gli altri due passati tempi soli e per sé star possono ne' ragionamenti, Io scrissi, Giovanni ha parlato, ma questo non mai; perciò che non si può cosí dire, Io ebbi scritto, Giovanni ebbe parlato, se altro o non s'è prima detto o poi non si dice. Anzi, o veramente sempre alcuna delle particelle gli si dà, che si danno al tempo, Poi Prima Guari e simili: Poi che la donna s'ebbe assai fatta pregare e Né prima veduta l'ebbe e Né ebbe guari cavato, dopo le quali parole, altre parole fa bisogno che seguano a fornire il sentimento; o veramente questo modo di dire si pon dopo alcun'altra cosa detta, da cui esso pende e senza la quale star non può; sí come non può in queste parole: E questo detto, alzata alquanto la lanterna, ebber veduto il cattivel d'Andreuccio, nelle quali Ebber veduto si pone dopo E questo detto e Alzata la lanterna; o in quest'altre: Il famigliare, ragionando co' gentili uomini di diverse cose, per certe strade gli trasviò, e a casa del suo signore condotti gli ebbe, dove Condotti gli ebbe si dice, dapoi che s'è detto, Gli trasviò; o pure in quest'altre del Petrarca:
Non volendomi Amor perder ancora
ebbe un altro lacciuol fra l'erba teso,
nelle quali medesimamente veder si può, che poscia che non l'ha voluto Amor perdere, Ebbe teso si dice. E finalmente, come che questo modo di passato tempo si dica; egli sempre in compagnia si pon d'altro verbo, come io dissi; dove gli altri due si dicono, senza necessità di cosí fare -.

Capitolo XXXVIII

Di che rimanendo mio fratello e gli altri sodisfatti di questa risposta, Giuliano, il suo ragionar seguendo, disse: - Nel tempo che è a venire, la primiera voce del numero del meno una necessità porta seco, e ciò è d'aver l'accento sempre sopra l'ultima sillaba, Amerò Dolerò Leggerò Udirò, e la terza altresí, Amerà Dolerà e l'altre. Era di necessità eziandio che, in tutti i verbi della prima maniera, la A si ponesse nella penultima sillaba; sí come in quegli della seconda e della terza la E, e in quegli della quarta la I necessariamente si pongono. Ma l'usanza della lingua ha portato che vi si pone la E in quella vece, e dicesi Amerò Porterò. Il che si serba nelle altre voci tutte di questo tempo, le quali voci, sí come quelle de' tempi già detti, da questa prima pigliandosi, agevolmente si formano. Solo è da sapere, che nella terza del numero del piú, sempre si raddoppia la N, consonante di necessità richiesta a queste terze voci e alla maggior parte dell'altre del numero del piú di tutti i verbi. Usasi ancora spesse volte ne' verbi, che hanno il D nella penultima sillaba della prima voce di questo tempo, levarsi via la vocal loro e dirsi cosí, Vedrò Udrò e l'altre, ma solamente nel verso; come che Potrò in vece di Poterò, e Potrai in vece di Poterai e le rimanenti a queste, ancora nelle prose hanno luogo, anzi non si dicono giamai altramente. Usasi eziandio in alquanti verbi levarsene la detta sillaba, raddoppiando in quella vece la R, che è lettera di necessità richiesta a questo tempo, Dorrò Corrò Porrò Verrò Sarrò e Merrò e Perrò e Sofferrò in vece di Dolerò Coglierò Ponerò Venirò Salirò e Menerò e Penerò e Sofferirò, e degli altri; e ciò è in uso, non solo del verso, ma ancora delle prose, e fassi parimente in tutte le altre voci di questo tempo. Et è alcuna volta, che non si dice giamai altramente; sí come si fa in questo verbo Voglio, che non si dice Voglierò, ma Vorrò; e il somigliante si fa di questo tempo in tutte le altre sue voci, anzi pure in tutte le altre voci di questo verbo, nelle quali entra la lettera R, da due in fuori che son queste: Volere e Volessero. È oltre a tutto questo, che gli antichi Toscani hanno fatto uscire la prima voce di questo tempo alcuna volta cosí: Ancideraggio Serviraggio, in vece di dire Anciderò e Servirò, che posero messer Onesto da Bologna e Buonagiunta da Lucca nelle loro canzoni, e messer Cino Falliraggio Avraggio Morraggio Saraggio altresí, da altre lingue tuttavia pigliandolesi, e Risapraggio e Diraggio, che pose il Boccaccio nelle sue; e ciò vi sia, messer Ercole, detto piú tosto perché il sappiate, che l'usiate. Et è ancora stato, che ella è uscita alcuna volta cosí, Torrabbo in vece di Torrò; il che tuttavia schifar si deve, sí come duro e orrido e spiacevole fine.

Capitolo XXXIX

ossono dopo queste seguitar le voci che, quando altri commanda e ordina che che sia, si dicono per colui; le quali non sono altre che due in tutti i verbi, e queste sono la seconda del numero del meno e la seconda medesima del numero del piú, con ciò sia cosa che commandare a chi presente non è, propriamente non si può, e a' presenti altre voci non si danno, per chi ordina, che queste. Ora queste due voci ordinanti e commandanti, come io dico, nel tempo che corre mentre l'uom parla, sono quelle medesime, che noi poco fa veramente seconde dicemmo essere di tutti i verbi; fuori solamente quella, che seconda è del numero del meno della prima maniera, la quale in questo modo di ragionari non nella I ma nella A termina, l'una nell'altra vocale tramutando cosí: Ama Porta Vola. E aviene ancora che in alcuni verbi di questa maniera non si muta la I nella A, come io dico, ma solamente si leva via; ne' quali nondimeno la A vi rimane, che vi sta naturalmente, Fa Dà e simili. Sapere tuttavia fuori si sta di questa regola, che ha Sappi, e Avere che fa Abbi, tolte per aventura da altra guisa di voci e poste in questa, e Sofferire altresí che ha Soffera e Soffra, che talora s'è detta nel verso. Levasi di queste voci alle volte la I, che necessariamente vi sta, e dicesi Vien Sostien Pon Muor, in vece di Vieni e Sostieni e Poni e Muori, il che si fa non solo nel verso, ma ancora nelle prose. Co' e Racco', che da' presenti nostri uomini, in vece di Cogli e Raccogli, per abbreviamento si dicono, e Te' in vece di Togli, che pare ancora piú nuovo, e dicesi nella guisa che si dice Ve' in vece di Vedi, è nondimeno uso antico. Leggesi in Dante, che disse:

Dimandal tu, che piú te li avicini,

e dolcemente, sí che parli, accolo,

in vece di dire Accoglilo, cioè Raccoglilo e Ricevilo; e nel Boccaccio, che disse nelle novelle: Te', fa compiutamente quello che il tuo e mio signore t'ha imposto; e nel suo Filocolo: Te' la presente lettera, la quale è secretissima guardiana delle mie doglie; che To' piú gravemente disse il Petrarca:

To' di me quel che tu pòi:

in vece di Togli. È, oltre a questo, che si piglia la prima voce di quelle che senza termine si dicono, e dassi a questa seconda voce del numero del meno, ogni volta che la particella, con cui si niega, le si pon davanti: Non far cosí, Non dire in quel modo, e come disse il Boccaccio, Or non far vista di maravigliarti, né perder parole in negarlo. Nel tempo poi, che a venire è, sono le dette due voci quelle medesime, delle quali dicemmo, Amerai Amerete, le quali questo modo di ragionare piglia da quello, senza mutazione alcuna farvi. Chi poi eziandio volesse le terze voci formare e giugnere a queste, sí potrebbe egli farlo, da quelli due modi di ragionare pigliandole, dell'uno de' quali si ragiona tuttavia, dell'altro si ragionerà poi.

Capitolo XL

e voci che senza termine si dicono, sono pur quelle le quali noi poco fa raccogliemmo, Amare Volere Leggere Udire, dalle quali piú tosto si reggono e formano tutte l'altre di tutto 'l verbo, che elle sieno da alcuna di loro rette e formate. Le quali tutte, non solamente senza la vocale loro ultima si mandan fuori comunemente, o ancora senza l'una delle due consonanti, ciò è delle due R, quando esse ve l'hanno, sí come hanno in Torre, che si disse Tor via in vece di Torre via, e simili; ma è alle volte che elle mutano la consonante loro ultima, richiesta necessariamente a questa voce, nella consonante della voce, in vece di nome posta, che vi stia appresso e dall'accento si regga di lei; sí come la mutarono nel Petrarca, che disse:

E chi noi crede venga egli a vedella.

E, oltre a questo, è ancora alcuna fiata avenuto, che s'è levata via la vocale E penultima, che necessariamente esser vi dee; sí come levò il medesimo Petrarca in questi versi:

Che poria questa 'l Ren, qualor piú agghiaccia,

arder con gli occhi, e rompre ogni aspro scoglio,

in vece di Rompere; e il Boccaccio, il quale Credre in vece di Credere nelle sue terze rime disse. Ponsi questa voce del verbo, quando ella da altro verbo non si regge, sempre col primo caso: Io ho vivendo tante ingiurie fatte a Domenedio, che per farnegli io una ora sulla mia morte, né piú né meno ne farà; e ancora, Una giovane ciciliana bellissima, ma disposta per picciol preggio a compiacere a qualunque uomo, senza vederla egli, passò appresso di lui. E aviene che questa voce senza termine si pone in vece di nome bene spesso nel numero del meno: il Boccaccio: Signor mio, il volere io le mie poche forze sottoporre a gravissimi pesi, m'è di questa infermità stata cagione. Come che il Petrarca la ponesse eziandio nel numero del piú nelle sue rime:

Quanto in sembianti, e ne' tuo' dir mostrasti;

e ancora,

I vostri dipartir non son sí duri.

Il che non si concederebbe per aventura agevolmente nelle prose.

È ancora da sapere, che questa medesima voce senza termine si pone alcuna volta in luogo di quelle, che altramente stanno nel verbo sí come si pose dal Boccaccio: Ma questa mattina niuna cosa trovandosi, di che poter onorar la donna, per amor della quale egli già infiniti uomini onorati avea, il fe' ravedere, in luogo di dire Di che potesse onorar la donna; e altrove, E quivi di fargli onore e festa non si potevano veder sazi, e spezialmente la donna, che sapeva a cui farlosi, in vece di dire A cui il si faceva; o ancora, Qui è questa cena, e non saria chi mangiarla, ciò è Chi la mangiasse; e altrove, E se ci fosse chi fargli, per tutto dolorosi pianti udiremmo, dove Chi fargli medesimamente disse, ciò è Chi gli facesse; o pure ancora, Coteste son cose da farle gli scherani e i rei uomini, il che tanto a dir viene, quanto Che fanno gli scherani.

Capitolo XLI

Ora queste voci tutte al tempo si danno, che corre quando altri parla. A quello che già è traccorso, non si dà voce sola e propria, ma compongonsene due, in quella guisa che già dicemmo, e pigliasi questo verbo Avere e ponsi con quello, del quale noi ragionare intendiamo, cosí: Avere amato Aver voluto Aver letto Avere udito, e Udita e Uditi medesimamente. Et è ancora, che la lingua usa di pigliare alle volte quest'altro verbo Essere in quella voce: Se io fossi voluto andar dietro a' sogni, io non ci sarei venuto, e simili. Il che si fa ogni volta che il verbo, che si pon senza termine, può sciogliersi nella voce, che partecipa di verbo e di nome, sí come si può sciogliere in quella voce Andare, che si può dire Se io fossi andato. Là dove se si dicesse Se io avessi voluto andar dietro a' sogni, non si potrebbe poscia sciogliere e dire Se io avessi andato dietro a' sogni, perciò che queste voci cosí dette non tengono. Fassi questo medesimo co' verbi Voluto e Potuto, che si dice Son voluto venire, Son potuto andare. Perciò che Son venuto e Sono andato si scioglie, là dove Ho venuto e Ho andato non si scioglie. Creduto medesimamente sta sotto questa legge anch'egli; al quale tuttavia si giugne la voce, che in vece di nome si pone, dico il Mi o il Ti o pure il Si: Io mi son creduto, e cosí gli altri. Quantunque alcune rade volte è avenuto, che s'è pur detto Essere voluto, in vece semplicemente di dire Aver voluto; sí come disse il medesimo Boccaccio: E quando ella si sarebbe voluta dormire, o forse scherzar con lui, et egli le raccontava la vita di Cristo. Al tempo, che a venire è, si danno medesimamente le composte voci, sí come tuttavia dico: Essere a venire o Essere a pentirsi e somiglianti -.

Capitolo XLII

Mentre il Magnifico queste cosí diceva, i famigliari di mio fratello, veduto che già la sera venuta, co' lumi accesi nella camera entrarono e, quelli sopra le tavole lasciati, si dipartirono. Il che vedendo il Magnifico, che già s'era del suo ragionar ritenuto, disse:
- Io, Signori, dalla catena de' nostri parlari tirato, non m'avedea che il dí lasciati ci avesse, come ha.
- Né io m'era di ciò aveduto, - disse lo Strozza, - ma tuttavia questo che importa? Le notti sono lunghissime, e potremo una parte di questa, che ci sopravene, donar, Giuliano, al vostro ragionamento, che rimane a dirsi.
- Bene avete pensato, messer Ercole - disse apresso messer Federigo. - Noi potremo infino all'ora della cena qui dimorarci, e certo sono che messer Carlo l'averà in grado. - Anzi ve ne priego io grandemente, - rispose loro tutti mio fratello - né si vuole per niente che il dire di Giuliano s'impedisca: ottimamente fate -.
E cosí detto, e chiamato uno de' suoi famigliari, e ordinato con lui quello che a fare avesse e rimandatolne, e già ciascuno tacendosi, Giuliano in questa guisa riprese a dire:

Capitolo XLIII

- Detto s'era del verbo, in quanto con lui semplicemente e senza condizione si ragiona. Ora si dica di lui in quella parte, nella quale si parla condizionalmente: Io vorrei che tu m'amassi e Tu ameresti me, se io volessi e, come disse il Boccaccio, Che ciò che tu facessi, faresti a forza, il che tanto è a dire, quanto Se tu facessi cosa niuna, tu la faresti a forza. Ne' quali modi di ragionari, piú ricca mostra che sia la nostra volgar lingua, che la latina; con ciò sia cosa che ella una sola guisa di proferimento ha in questa parte, e noi n'abbiam due. Perciò che Vorrei e Volessi non è una medesima guisa di dire, ma due; e Amassi e Ameresti, e Facessi e Faresti altresí. Nelle quali due guise una differenza v'ha, e ciò è che in quella, la quale primieramente ha stato e da cui la particella Che piglia nascimento e forma, o ancora la quale dalla condizione si genera e per cagion di lei adiviene, la R propriamente vi sta, Amerei Vorrei Leggerei Sentirei; come che alcuna volta Amere' in vece d'Amerei s'è detto, e Sare' in vece di Sarei, e Potre' in vece di Potrei, e dell'altre. E alcun'altra volta è avenuto, che i poeti ne hanno levata la E del mezzo, il che s'è d'altre voci ancor detto, sí come levò messer Cino, il quale disse:

E chi conosce morte, od ha riguardo

della beltà? ch'ancor non men' guardrei

io, che ne porto ne lo core un dardo.

in quell'altra poscia, che dalla particella Che incomincia o pure che la condizione in sé contiene, la S raddoppiata, Amassi Valessi Leggessi Sentissi, v'ha luogo. Della prima, è la seconda voce del numero del meno questa, Ameresti Vorresti e l'altre, e la terza quest'altra, che con la B raddoppiata sempre termina toscanamente parlandosi, Amerebbe Vorrebbe e Abitrebbe, che disse il Petrarca in vece di Abiterebbe, e gli altri. È il vero che ella termina eziandio cosí, Ameria Vorria, ma non toscanamente e solo nel verso, come che Saria si legga alcuna volta eziandio nelle prose. Poria poscia, che disse il Petrarca in vece di Potria, è ancora maggiormente dalla mia lingua lontano. Nel qual verso ancora cosí termina alle volte la prima voce Io Ameria Io Vorria, in vece d'Amerei e di Vorrei, e cosí quelle degli altri. Da questa terza voce del numero del meno la terza del numero del piú formandosi, serba similmente questi due fini, generale l'uno e questo è Amerebbono Vorrebbono, particolare l'altro, Ameriano Vorriano, e solo del verso. La qual voce, se pure è stata usurpata dalle prose, il che nondimeno è avenuto alcuna fiata, ella due alterazioni v'ha seco recate. L'una è lo avere la vocale A, che nella penultima sillaba necessariamente ha stato, cangiata nella E, e l'altra, lo avere l'accento, che sopra la I dell'antipenultima sempre suole giacere, gittato sopra la E, che penultimamente vi sta; et èssi cosí detto Avriéno Sariéno in vece di Avriano Sariano, e Guarderiéno e Gitteriéno e per aventura degli altri. Raddoppia medesimamente la prima voce del numero del piú la lettera M, Ameremmo Vorremmo e l'altre, del qual numero la seconda appresso cosí fornisce, Amereste Vorreste. Nelle quali voci tutte; aviene alcuna volta quello che si disse che aveniva nelle voci del tempo che è a venire, ciò è che se ne leva l'una sillaba, raddoppiandovisi in quella vece la lettera R, che necessariamente vi sta, Sosterrei e Dilibererei e Disiderrei parimente, in vece di Sostenirei e Dilibererei e Disidererei, dicendosi; e quello che disse Dante:

Chi volesse

salir di notte, fôra egli impedito

d'altrui, o non sarria, che non potesse

in vece di Saliria. Il che parimente in ciascuna persona e in ciascun numero di questi e d'altri verbi si fa, ne' quali può questo aver luogo. Vedrei poscia e Udrei medesimamente nel verso si disse, e Potrei si disse e nel verso e nelle prose, e ciascuna dell'altre loro voci medesimamente si dissero di questo tempo. E ciò basti con la prima guisa aver detto di questi parlari.

Capitolo XLIV

Della seconda si può dire, che in tutte le sue voci conviene che si ponga la S raddoppiata, solo che nella seconda voce del numero del piú. Perciò che nella prima e nella seconda voce del numero del meno, ad un modo solo si dice cosí: Amassi Volessi Leggessi Sentissi. Nella terza, in differenza di queste, solo la I si muta nella E, e dicesi Amasse Volesse e cosí gli altri. Di questa seconda voce levò il Petrarca la sillaba del mezzo, Fessi in vece di Facessi, e l'ultima, Aves in vece di Avessi e Fos in vece di Fossi dicendo:
Ch'un foco di pietà fessi sentire
al duro cor ch'a mezza state gela;
e altrove,
Cosí avestú riposti
de' be' vestigi sparsi
ancor tra fiori e l'erba;
e altrove,
Ch'or fostú vivo, com'io non son morta.
Il che si truova usato eziandio dalle prose, nella prima guisa di questi parlari: Sí potrestú avere covelle, non che nulla. E la terza voce mandò fuori il medesimo poeta con la I della seconda:
Né credo già ch'Amor in Cipro avessi,
o in altra riva sí soavi nidi.
La qual cosa nel vero è fuori d'ogni regola e licenziosamente detta, ma nondimeno tante volte usata da Dante, che non è maraviglia se questo cosí mondo e schifo poeta una volta la si ricevesse tra le sue rime. Nella prima voce del numero del piú, cosí si dice, Amassimo Volessimo e l'altre. La terza due fini ha, raddoppiando nondimeno sempre la S nella penultima sillaba: con la R l'uno, e ciò è proprio della lingua, Amassero; con la N l'altro, Amassono, il che non pare che sia cosí proprio né è per niente cosí usato. Andassen Temprassen Addolcissen Fossin Avessin, che nel Petrarca si leggono, sono voci ancora piú fuori della toscana usanza. Dovrebbe essere, per la regola che la S si raddoppia in tutte queste voci, come s'è detto, che ancora nella seconda del numero del piú, della quale rimane a dirsi, ella si raddopiasse e formassesi cosí, Amessate Volessate Leggessate Sentissate, il che è in uso in quello di Roma, che cosí vi ragionano quelle genti. Ma la mia lingua non lo porta, forse perciò che è paruta voce troppo languida il cosí dire, e per questo Amaste Voleste ne fa, e cosí l'altre.

Capitolo XLV

Parlasi condizionalmente eziandio in un'altra guisa, la quale è questa: Io voglio che tu ti pieghi, Tu cerchi che io mi doglia, Ella non teme che 'l marito la colga, Coloro stimano che noi non gli udiamo e simili. Nella qual guisa questa regola dar vi posso: che tutte le voci del numero del meno sono quelle medesime in ciascuna maniera, Io ami Tu ami Colui ami, Io mi doglia Tu ti doglia Colui si doglia, Io legga, Io oda, e cosí le seguenti. E quest'altra ancora: che tutti i verbi della prima maniera queste tre voci nelle prose cosí terminano, come s'è detto, nella I, ma nel verso e nella I e nella E elle escono e finiscono parimente. Quelle poi delle altre tre maniere ad un modo tutte escono nella A, Io voglia Tu legga Quegli oda, e il medesimo appresso fanno le rimanenti a queste. Solo il verbo Sofferire esce di questa regola che ha Sofferi. Doglia e Toglia e Scioglia, Dolga e Tolga e Sciolga si son dette parimente da' poeti, e le altre loro voci di questa guisa, Tolgano Dolgano e simili. Né è rimaso che alcuna di queste non si sia alle volte detta nelle prose, nelle quali non solo ne' verbi s'è ciò fatto, ma eziandio in alcun nome, sí come di Pugna, che è la battaglia, la quale s'è detta Punga molte volte; perché meno è da maravigliarsi che Dante la ponesse nel verso. - Cosí avea detto il Magnifico, e tacevasi quasi come a che che sia pensando, e in tal guisa per buono spazio era stato, quando mio fratello cosí disse: - Egli sicuramente pare che cosí debba essere, Giuliano, come voi detto avete, a chi questo modo di ragionare dirittamente considera. Ma e' si vede che i buoni scrittori non hanno cotesta regola seguitata. Perciò che non solo negli altri poeti, ma ancora nel Petrarca medesimo, si leggono altramente dette queste voci:

O poverella mia, come se' rozza;

credo che tel conoschi,

dove Conoschi disse e non Conosca; e ancora,

Pria che rendi

suo dritto al mar,

dove Rendi, in vece di Renda, medesimamente e' disse; e ciò fece egli, se io non sono errato, eziandio in altri luoghi. Il Boccaccio appresso molto spesso fa il somigliante: E tu non par che mi riconoschi e Guardando bene che tu veduto non sii e Acciò che tu di questa infermità non muoi e, ne' versi medesimi suoi,

Deh io ti prego, Signor, che tu vogli,

e in molte altre parti delle sue scritture, per le quali egli si pare, che cotesta regola non abbia in ciò luogo -. E cosí detto si tacque. Laonde il Magnifico appresso cosí rispose: - Egli si pare, e cosí nel vero è, messer Carlo, che in quella parte, della quale detto avete, la regola, che io vi recai, non tenga. E a questo medesimo pensava io testé, e volea dirvi, che solo nella seconda voce del numero del meno, della quale sono gli essempi tutti che voi raccolti ci avete, altramente si vede che s'è usato per gli scrittori, perciò che non solo nella A, ma ancora nella I essi la fanno parimente uscire, come avete detto. Né io in ciò saprei accusare, chi a qualunque s'è l'uno di questi due modi nello scrivere la usasse; ma bene loderei piú, chiunque sotto la detta regola piú tosto si rimanesse -.

Capitolo XLVI

Di tanto parve che sodisfatto si tenesse mio fratello. Perché il Magnifico seguitò: - È appresso la prima voce del numero del piú di tutti i verbi quella medesima, della quale da prima dicemmo, Amiamo Vogliamo e l'altre. Sarebbe altresí la seconda voce quella medesima con la seconda della prima guisa che noi dicemmo, se non fosse che vi si giugne la I nel mezzo, e dicesi Amiate ne' verbi della prima maniera, e in quegli della quarta si giugne la A similmente, Udiate. Quelle appresso dell'altre due maniere, dalla terza loro voce del numero del meno formar si possono, giugnendo loro questa sillaba TE: Voglia Vogliate, Toglia Togliate; dico in que' verbi, ne' quali la I da sé vi sta, come sta in questi. Che dove ella non vi sta, conviene che ella vi si porti, perciò che è lettera necessariamente richiesta a questa voce, Legga Leggiate, Segga Seggiate; come che Sediate e Sediamo piú siano in uso della lingua, voci nel vero piú graziose e piú soavi. La terza ultimamente di questo numero, dalla medesima terza del numero del meno trarre si può, questa sillaba NO in tutte le maniere de' verbi giugnendovi. Le quali amendue terze voci a coloro servir possono, a quali giova che, alla guisa delle voci che comandano, si diano eziandio le terze voci che dianzi vi dissi. E perciò che in questi due verbi Stia e Dia, Stea e Dea s'è detto quasi per lo continuo dagli antichi, Stiano e Diano medesimamente Steano e Deano per loro si disse; come che Dei eziandio, oltre a queste, nella seconda del numero del meno, in vece di Dia o pure Dii, si truova dal Boccaccio detta. È nondimeno da sapere, che, in tutte le voci di questa guisa, la consonante P o la B o la C, che semplicemente e senza alcuno mescolamento di consonanti sta nel verbo, vi si raddoppia; ché non Sapia, sí come Sape, la qual tuttavia non è nostra voce, o Capia, se come Cape, che nostra voce è, ma Sappia e Cappia si dice, e le altre altresí, e cosí Abbia Debbia Faccia Taccia, Abbiamo Debbiamo Facciamo Tacciamo e dell'altre. Il quale uso e regola pare che venga per rispetto della I che alle dette consonanti si pon dietro, la quale abbia di raddoppiarnele virtú e forza. E perciò si dee dire, che non solo in questa guisa, ma in quelle ancora che si son dette, anzi piú tosto in ciascuna voce di qualunque verbo, nel quale ciò aviene, si raddoppino le consonanti che io dico; sí come in Abbiamo, che men toscanamente Avemo s'è detto, e in Taccio Tacciono, Piaccio Piacciono; e ancora la G, con ciò sia cosa che Deggio Veggio e dell'altre eziandio si son dette ne' versi. Onde ne nacque, che in questa voce, che ora si dice Sapendo, disser gli antichi Sappiendo quasi per lo continuo, e Abbiendo in vece di dire Avendo molto spesso, e Dobbiendo in vece di dire Dovendo alcuna fiata.

Capitolo XLVII

Ora sí come voce condizionata del presente è questa Io ami, cosí è del passato di questa medesima qualità Io abbia amato, e del futuro Io abbia ad amare overo Io sia per amare. E sí come è altresí condizionata quest'altra pure del presente tempo Io amerei, cosí è del passato Io averei amato, e del futuro Io averei ad amare o Io sarei per amare. E ancora sí come è del medesimo presente condizionata voce Io amassi, cosí è del passato Io avessi amato, e del futuro Io avessi ad amare o pure Io fossi per amare; e queste voci tutte parimente si torcono per le persone e pe' numeri, come le loro presenti fanno, delle quali s'è già detto. È oltre acciò un'altra condizionata voce del tempo che a venire è, e insieme parimente di quello che è passato, ciò è che nel futuro il passato dimostra in questo modo, Io averò desinato; al qual modo di dire la condizione si dà, ché si dice: Io averò desinato, quando tu ti leverai. E questa voce tuttavia, se si pone alle volte senza la condizion seco avere, non vi si pon perciò mai, se non di modo che ella vi s'intende, sí come è a dire Allora io averò desinato o A quel tempo io averò fornito il mio viaggio o somigliantemente; ne' quali modi di dire quella voce Allora, o quell'altre A quel tempo, che si dicono, o simili che si dicessero, ci ritornano o ci ritornerebbono in su la condizione, di cui conviene che si sia davanti detto o si dica poi.

Capitolo XLVII

Sono oltre a tutte le dette, medesimamente voci di verbo queste, Amando Tenendo Leggendo Partendo, le quali dalla terza voce del numero del meno di ciascun verbo, Ama Tiene Legge Parte, si formano, quella sillaba e quelle lettere, che voi vedete, ciascuna parimente giugnendovi. È il vero che si lascia di loro adietro quella vocale che nella prima voce non istà, ma si piglia dopo lei, sí come si piglia in Tiene e Puote e simili, che Tengo e Posso avere non si veggono. Anzi se ella ancora nella prima voce avesse luogo, sí come ha in questi verbi Nuoto Scuoto e in altri, ella medesimamente ne la scaccia, e Notando Scotendo ne fa in quella vece. Piglia nondimeno la vocale U in questo verbo Odo, in vece dello O, e dicesi Udendo. La quale O tuttavia in altre che nelle tre prime voci del numero del meno e nella terza del numero del piú delle medesime prime voci e di quelle ancora che si dicono condizionalmente, Odo Odi Ode Odono Oda Odano, non ha luogo. È tuttavia da sapere, che ferma regola è di questa maniera di dire, che sempre il primo caso se le dà, Parlando io, Operandol tu; ché Parlando me e Operandol te da niuno si disse giamai. Né voglio io a questa volta che l'essempio da Dante mi si rechi, che disse:
Latrando lui con gli occhi in giú raccolti,
nel qual luogo Lui, in vece di Colui, non può esser detto. Perciò che egli niuna regola osservò, che bene di trascendere gli mettesse, né ha di lui buono e puro e fedel poeta la mia lingua, da trarne le leggi che noi cerchiamo. E se il Petrarca, che osservantissimo fu di tutte, non solamente le regole, ma ancora le leggiadrie della lingua, disse:
Ardendo lei, che come ghiaccio stassi,
è perciò, che egli pose Lei, in vece di Colei, in questo luogo; sí come l'avea posta Dante prima in quest'altro, il quale in ciò non uscí del diritto:
Ma perché lei, che dí e notte fila,
non gli avea tratta ancora la conocchia.
Il che si fa piú chiaro per la voce Che, che seguita nell'un luogo e nell'altro; perciò che tanto è a dire Lei che, come sarebbe a dire Colei la quale.

Capitolo XLIX

E questo tanto potrà forse bastare ad essersi detto che del verbo, in quanto con attiva forma si ragiona di lui. In quanto poi passivamente si possa con esso formar la scrittura, egli nuova faccia non ha, sí come ha la latina lingua. Nella qual cosa vie piú spedita si vede essere la nostra, che tante forme non ammette, alle quali appresso piú di regole e piú d'avertimenti faccia mestieri. Ha nondimeno questo di particolare e di proprio; che pigliandosi di ciascun verbo una sola voce, la quale è quella che io dissi che al passato si dà in questo modo Amato Tenuto Scritto Ferito, e con essa il verbo Essere giugnendosi, per tutte le sue voci discorrendo, si forma il passivo di questa lingua; volgendosi, per chi vuole, la detta voce Amato Tenuto e le altre, nella voce ora di femina e ora di maschio, e quando nel numero del meno pigliandola e quando in quello del piú, secondo che altrui o la convenenza o la necessità trae e porta della scrittura. È nondimeno da sapere che, nelle voci senza termine, suole la lingua bene spesso pigliar quelle, che attivamente si dicono, e dar loro il sentimento della passiva forma: La Reina conoscendo il fine della sua signoria esser venuto, in piè levatasi, e trattasi la corona, quella in capo mise a Panfilo, il quale solo di cosí fatto onore restava ad onorare, nel qual luogo Ad onorare si disse, in vece di dire Ad essere onorato, e poco appresso: La vostra virtú, e degli altri miei sudditi farà sí, che io, come gli altri sono stati, sarò da lodare, in vece di dire Sarò da essere lodato. Vassi Stassi Caminasi Leggesi e simili, sono appresso verbi, che si dicono senza voce alcuna seco avere, che o nome sia o in vece di nome si ponga altresí, come si dicono nel latino, e torconsi come gli altri per li tempi e per le guise loro, tuttavia nella terza voce solamente del numero del meno, dove ella può aver luogo. De' quali non fa uopo che si ragioni altramente, se non si dice, che quando essi sono d'una sillaba, come son questi Va Sta, sempre si raddoppia la S che vi si pone appresso, Vassi Stassi. E ciò aviene per cagion dell'accento, che rinforza la sillaba; il che non aviene in quegli altri.

Capitolo L

Ragionare oltre a questo de' verbi, che sotto regola non istanno, non fa lungo mestieri; con ciò sia cosa che essi son pochi, e di poco escono; sí come esce Vo, che Ire e Andare ha per voce senza termine parimente, e del quale le voci tutte del tempo, che corre mentre l'uom parla, a questo modo si dicono, Va Vada. Le altre tutte, da questa, che io dissi Andare, formandosi, cosí ne vanno, Andava Andai Anderò e piú toscanamente Andrò e Andrei. Gire e Gía e Gío e Girei e Gito e simili sono voci del verso, quantunque Dante sparse l'abbia per le sue prose. Esce ancor Sono, che Son e So' alle volte s'è detto e nel verso e nelle prose, e Se' in vece di Sei nella seconda sua voce, del quale è la voce senza termine questa Essere, che con niuna delle altre non s'aviene, se non s'avien con questa Essendo, che si dice eziandio Sendo alcuna volta nel verso. Il qual verbo ha nel passato Fui e Sono stato e Suto, che vale quanto Stato; e nella terza voce del numero del piú Furono, che Fur s'è detto troncamente, e Furo, che non cosí troncamente disse il Petrarca. Quantunque Stato è oltre acciò la voce del passato, che di verbo e di nome partecipa, e torcesi per li generi e per li numeri. Fue, che disse il medesimo Petrarca, in vece di Fu, voce pure del verso, ma non sí che ella non sia eziandio alle volte delle prose, è con quella licenza detto, con la quale molti degli altri poeti a molte altre voci giunsero la medesima E, per cagione della rima, Tue Piue Sue Giue Dae Stae Udie Uscie, e alla terza voce ancora di questo stesso verbo, Ee, che disse Dante, e Mee e ad infinite somiglianti. Dalla quale troppa licenza nondimeno si rattenne il medesimo Petrarca, il quale, oltre a questa voce Fue, altro che Die, in vece di Dí, non disse di questa maniera; e fu egli in ciò piú guardingo ne' suoi versi, che Giovan Villani non è stato nelle sue prose, con ciò sia cosa che in esse Hae e Vae e Seguie e Cosie si leggono. Quantunque Die s'è detto anticamente alcuna volta eziandio nelle prose, perciò che dicevano Nel die giudicio, in vece di dire Nel

dí del giudicio. Di questo verbo pose il Boccaccio la terza voce del numero del meno È con quello del piú ne' nomi, Già è molt'anni dicendo. Le terze voci di lui, che si danno al tempo che è a venire, in due modi si dicono, Sarà e Fia e Saranno e Fiano; e poi nel tempo che corre, condizionalmente ragionandosi, Sia e Siano e Fora, voce del verbo, di cui l'altr'ieri si disse, che vale quanto Sarebbe, e Saria quello stesso, che si disse spesse volte Sarie nelle prose; delle quali sono parimente voci Fie e Fieno, Sie e Sieno, in vece delle già dette. Ha il detto verbo quello, che di niuno altro dir si può, e ciò è, che la prima voce sua del numero del meno e la terza di quello del piú sono quelle stesse. Esce Ho anch'egli, in quanto da Avere non pare che si possa ragionevolmente formare cosí questa voce. Piú dirittamente ne viene Abbo, che disse Dante, e degli altri antichi; ma ella è voce molto dura, e perciò ora in tutto rifiutata e da' rimatori e da' prosatori parimente. Non è cosí rifiutata Aggio, che ne viene men dirittamente, sí come voce non cosí rozza e salvatica, e per questo detta dal Petrarca nelle sue canzoni, tolta nondimeno da' piú antichi, che la usarono senza risguardo; dalla quale si formò Aggia e Aggiate, che il medesimo poeta nelle medesime canzoni disse piú d'una volta. Dalla Ho, prima voce del presente tempo molto usata, formò messer Cino la prima altresí del passato Ei, quando e' disse:
Or foss'io morto, quando la mirai,
che non ei poi, se non dolore e pianto,
e certo son ch'io non avrò giamai.

Capitolo LI

Esce So, che alcuna volta si disse Saccio, sí come si disse dal Boccaccio in persona di Mico da Siena: Temo morire, e già non saccio l'ora, la qual voce tuttavia non è della patria mia; e che ha nella terza voce Sa, e alcuna volta Sape, di cui si disse, per terza voce, e Sapere per voce senza termine. Del qual verbo piú sono ad usanza Saprò e Saprei, che Saperò e Saperei non sono. E questo parimente dire si può di tutte l'altre voci di questi tempi. Esce Fo, che si disse ancora Faccio da' poeti, sí come la disse messer Cino, di cui ne viene Face, poetica voce ancora essa, della qual dicemmo, e Facessi; le quali tutte da Facere, di cui si disse, voce senza termine usata nondimeno in alcuna parte della Italia, piú tosto è da dire che si formino. Escono Riedi e Riede, da' poeti solamente dette, se Dante l'una non avesse recata nelle sue prose, e in tanto ancora escono maggiormente, in quanto elle sole, che in uso siano, cosí escono senza altra. È il vero che 'l medesimo Dante nella sua Comedia, e messer Cino nelle sue canzoni, e il Boccaccio nelle sue terze rime, Redire alcuna volta dissero; ma questa pose Dante eziandio nelle sue prose, e Pietro Crescenzo altresí, e oltre acciò Rediro, in vece di Tornarono nell'istoria di Giovan Villani, e Redí, in vece di Tornò, in piú antiche prose ancora di queste si leggono. Tengo Pongo Vengo e simili, non si può ben dire che escano, come che essi, nella voce senza termine e nella maggior parte dell'altre, la G non ricevano. Escono per aventura degli altri, de' quali, perciò che sono piú agevoli, non ha uopo che si ragioni. E sono di quelli ancora, che poche voci hanno, sí come è Cale, che altre voci gran fatto non ha, se non Calse Caglia Calesse Calere e alcuna volta Caluto e radissime volte Calea e Calerà e antichissimamente Carrebbe, in vece di Calerebbe.

Capitolo LII

Sono, oltre a questi, ancora verbi della quarta maniera, che escono in alquante loro voci, e tutti ugualmente, Ardisco Nutrisco Impallidisco e degli altri; con ciò sia cosa che con la loro voce senza termine, Ardire Nutrire Impallidire, questa voce non ha somiglianza. Escono tuttavia nelle loro tre primiere voci del numero del meno, e nell'ultima di quello del piú, Ardisco Ardischi Ardisce Ardiscono, e nelle tre del numero del meno, di quelle che all'uno de' due modi condizionalmente si dicono, che sono nondimeno tutte una sola, Ardisca, o pur due, perciò che la seconda fa eziandio cosí, Ardischi, come si disse; e nella terza parimente del piú, Ardiscano. Quantunque i poeti hanno eziandio regolatamente alle volte usato alcune di queste medesime voci; perciò che Fiere dissero in vece di Ferisce, e Pato e Pate in vece di Patisco e Patisce, e Pero e Pere e Pera e Nutre e Langue e per aventura dell'altre.

Capitolo LIII

Deesi, perciò che detto s'è del verbo e per adietro detto s'era del nome, dire appresso di quelle voci che dell'uno e dell'altro col loro sentimento partecipano, e nondimeno separata forma hanno da ciascun di questi, come che ella piú vicina sia del nome che del verbo. Ma egli poco a dire ci ha, con ciò sia cosa che due sole guise di queste voci ha la lingua e non piú. Perciò che bene si dice Amante Tenente Leggente Ubidiente e Amato Tenuto Letto Ubidito, ma altramente non si può dire; perciò che questa voce Futuro, che la lingua usa, s'è cosí tolta dal latino, senza da sé aver forma. Formasi l'una di queste voci da quella voce del verbo, che si dice Amando Tenendo, di cui dicemmo; l'altra è quella stessa voce del passato di ciascun verbo, la quale col verbo Avere o col verbo Essere si manda fuori, di cui medesimamente dicemmo. Di queste due voci, come che l'una paia voce, che sempre al tempo dare si debba, che corre mentre l'uom parla, Amante Tenente, e l'altra, che è Amato Tenuto, medesimamente sempre al tempo che è passato, nondimeno egli non è cosí. Perciò che elle sono amendue voci, che a quel tempo si danno, del quale è il verbo che regge il sentimento: La donna rimase dolente oltra misura, il che tanto è a dire quanto La donna si dolse, perciò che Rimase è voce del passato. E La donna rimarrà dolente se tu ti partirai, dove rimarrà dolente vale come se dicesse Si dorrà, perciò che Rimarrà, del tempo che è a venire, è voce. E ancora, La donna amata dal marito non può di ciò dolersi, nel qual luogo Amata tanto è, quanto a dire La quale il marito ama, e cosí fia del presente, perciò che è del presente voce Può dolersi. O pure La donna amata dal marito non poteva di ciò dolersi, nel qual dire Amata è in vece di dire La quale il marito amava, perciò che Poteva è voce del pendente altresí. E cosí per gli altri tempi discorrendo, si vede che aviene di questa qualità di voci, le quali possono darsi parimente a tutti i tempi.

Capitolo LIV

È oltre acciò da sapere quello che tuttavia mi sovien ragionando della detta voce del passato, Restituito Messo e somiglianti, la quale alle volte si dà alla femina, quantunque si mandi fuori nella guisa che si dà al maschio, e, posta nel numero del meno, dassi a quello del piú similmente. Il che si fece non solamente da' poeti, che dissero:
Passato è quella, di ch'io piansi e scrissi,
e altrove,
Che pochi ho visto in questo viver breve,
e somigliantemente assai spesso; ma da' prosatori ancora, e dal Boccaccio in moltissimi luoghi e, tra gli altri, in questo: I gentili uomini, miratola e commendatola molto, e al cavaliere affermando che cara la doveva avere, la cominciarono a riguardare, e in quest'altro: E cosí detto, ad un'ora messosi le mani ne' capelli, e rabbuffatigli e stracciatigli tutti, e appresso nel petto stracciandosi i vestimenti, cominciò a gridar forte. Nel qual modo di ragionare si vede ancor questo, che si dice Miratola e commendatola, in vece di dire Avendola mirata e commendata, e cosí Messosi le mani ne' capelli in vece di dire Avendosi le mani ne' capelli messe. La qual guisa e maniera di dire, sí come vaga e brieve e graziosa molto, fu da' buoni scrittori della mia lingua usata non meno che altra, e dal medesimo Boccaccio sopra tutti. Il quale ancora piú oltre passò di questa guisa di dire, perciò che egli disse eziandio cosí, nella novella di Ghino di Tacco, assai leggiadramente, Concedutogliele il Papa, in vece di dire Avendogliele il Papa

conceduto. Né oltre a questo fie per aventura soverchio il dirvi, messer Ercole, che quando la detta voce del passato si pone assolutamente con alcun nome, al nome sempre l'ultimo caso si dia, sí come si dà latinamente favellando, Caduto lui Desto lui; come diede Giovan Villani, che disse: Incontanente, lui morto, si partirono gli Aretini, e altrove, Avuto lui Milano e Chermona, piú grandi signori della Magna e di Francia il vennero a servire; e come diede il medesimo Boccaccio, che disse: Voi dovete sapere, che general passione è di ciascun che vive, il vedere varie cose nel sonno; le quali, quantunque a colui che dorme, dormendo tutte paian verissime, e desto lui, alcune vere, alcune verisimili. Fassi parimente ciò eziandio nella voce del presente di questa maniera: E non potendo comprendere costei in questa cosa aver operata malizia né esser colpevole, volle lei presente vedere il morto corpo -.

Capitolo LV

Avea tutte queste cose dette il Magnifico; e messer Federigo, udendo che egli si tacea, disse: - Voi m'avete col dir dianzi di quella parte del verbo, che si dice Amando Leggendo, una usanza della provenzale favella a memoria tornata di questa maniera, e ciò è, che essi danno e prepongono a questo modo di dire la particella In, e fannone In andando In leggendo, della quale usanza si vede che si ricordò Dante in questo verso:
Però pur va, e in andando ascolta;
e il Petrarca in quest'altro:
E se l'ardor fallace
durò molt'anni in aspettando un giorno.
Il che si truova alcuna volta eziandio negli antichi prosatori, sí come in Pietro Crescenzo, il qual disse, parlando di letame: Ma il vecchio l'ha tutto perduto in amministrando e dando il suo umore in nutrimento, e in Giovan Villani, che disse: E fatto il detto sermone, venne innanzi il Vescovo, che fu di Vinegia; e gridò tre volte al popolo, se voleano per Papa il detto frate Pietro: e con tutto che 'l popolo assai se ne turbasse, credendosi avere Papa romano, per tema risposono in gridando che sí, e in Dante medesimo, che nel suo Convito disse: Quanta paura è quella di colui, che appresso sé sente ricchezza, in camminando, in soggiornando. Quantunque non contenti gli antichi di dare a questa parte del verbo la particella In, essi ancora le diedero la Con; sí come diede il medesimo Giovan Villani, il qual disse: Con levando ogni dí grandissime prede, in vece di dire Levando. Ma voi tuttavia non vi ritenete per questo -.

Capitolo LVI

Laonde il Magnifico, cosí a ragionare rientrando, disse: - Resterebbe, oltra le dette cose, a dirsi della particella del parlare, che a' verbi si dà in piú maniere di voci, Qui Lí Poi Dinanzi e simili, o delle altre particelle ancora, che si dicono ragionando come che sia. Ma elle sono agevoli a conoscere, e messer Ercole da sé apparare le si potrà senza altro.
- Non dite cosí, - rispose incontanente messer Ercole, - ché ad uno del tutto nuovo, come sono io in questa lingua, d'ogni minuta cosa fa mestiero che alcuno avertimento gli sia dato, e quasi lume che il camino gli dimostri, per lo quale egli a caminare ha, non v'essendo stato giamai.
- Cosí è - disse appresso messer Federigo, nel Magnifico risguardando che si tacea - e messer Ercole dice il vero. Di che voi farete cortesemente, a fornir quello che cosí bene avete, Giuliano, tanto oltre portato col vostro ragionamento; massimamente picciola parte a dire restando, se alle già dette si risguarderà -.
Per la qual cosa il Magnifico, disposto a sodisfargli, seguitò e disse: - Sono voci da tutte le già dette separate, che quale a' verbi e quale a' nomi si danno, e quale all'uno e all'altro, e quale ancora a' membri

medesimi del parlare come che sia si dà, piú tosto che ad una semplice parte di lui e ad una voce. Delle quali io cosí, come elle mi si pareranno dinanzi, alcuna cosa vi ragionerò, poscia che cosí volete. Sono adunque, di queste voci che io dico, Qui e Qua, che ora stanza e ora movimento dimostrano, e dannosi al luogo, nel quale è colui che parla; et è Costí, che sempre stanza, e Costà, che quando stanza dimostra e quando movimento, e a quel luogo si danno, nel quale è colui con cui si parla; e In costà detta pure in segno di movimento; et è Là, che si dà al luogo, nel quale né quegli che parla è né quegli che ascolta, e talora stanza segna e talora movimento, che poscia Lí, sí come Qui, non si disse se non da' poeti. La qual particella nondimeno s'è alle volte posta da' medesimi poeti in vece di Costà:
Pur là su non alberga ira né sdegno.
Dissesi eziandio Colà, cioè in quel luogo e a quel luogo. Et è Quivi, che vale quel medesimo, e Ivi, dal latino e in sentimento e in voce tolta, la B nella V mutandovisi. È tuttavia, che alle volte Ivi si dà al tempo, e dicesi Ivi a pochi giorni; sí come anco Qui, che s'è detto Infino a qui, e come ancora Colà, che s'è detto Colà un poco dopo l'avemaria e Colà di dicembre e somiglianti. Ma queste due, Qui e Ivi, eziandio si ristrinsero, ché l'una Ci e l'altra Vi si disse, Venirci Andarvi e Tu ci verrai Io v'andrò. È ancor da sapere che, quando queste particelle Qua e Là insieme si pongono, non si dice Qui, ma dicesi Qua, per non fare l'una dall'altra dissomigliante: Chi qua con una, e chi là con un'altra cominciarono a fuggire. Se non quando la Qui dopo l'altra si dicesse: Senza che tu diventerai molto migliore e piú costumato e piú da bene là, che qui non faresti, e ancora: Pensa, che tali sono là i prelati, quali tu gli hai qui potuti vedere. Fassi il somigliante nella Di qua, quando con la Di là è posta: Acciò che io di là vantar mi possa, che io di qua amato sia dalla piú bella donna, che mai formata fosse dalla natura. Ché, senza essa parlandosi, Di qui e non Di qua si dice: Di qui alle porte di Parigi, Villa assai vicina di qui; e dassi alle volte al tempo: Donna, io ho avuto dallui che egli non ci può essere di qui domane, e simili. Fassi ancora nella Costà, quando con la Qua si pone: Né possa costà una sola, piú che qua molte. È il vero che, qual volta si dice Di qua per dire Di questo mondo, non si dice giamai Di qui, ancora che ella non s'accompagni con la Di là, o, accompagnandovisi, a lei si posponga; ma dicesi Di qua: Per quelli di qua, e Se di là, come di qua s'ama; e similmente quando è sola nel mezzo del parlare: A guisa, che quelle sono, che le donne qua chiamano rose. Dicesi eziandio In qua sempre, sí come sempre Infino a qui, e dicesi Qua giú, Qua sú, Qua entro, e Di quaentro, e parimente Costà sú, Costà giú, e Di costà, sí come Di colà, e Colà sú e Colà giú.

Capitolo LVII

Sono Ove e Dove, che alcuna volta s'è detto U' da' poeti, e vagliono quello stesso; se non che Dove alle volte vale quanto val Quando, posta in vece di condizione e di patto: Madonna Francesca dice che è presta di volere ogni tuo piacer fare, dove tu a lei facci un gran servigio, il che è tuttavia molto usato dalla lingua. Sono medesimamente Onde, di cui l'altr'ieri messer Federigo ci ragionò, e Donde, che poetica voce è piú che delle prose, e vagliono quanto si sa, e alcuna volta quanto Per la qual cosa, sí come vale anco Di che, voce assai usata dalle prose; come che il Petrarca eziandio la ponesse nelle sue rime:
Di ch'io son fatto a molta gente exempio,
e Di ch'io veggio 'l mio ben, e parte duolmi.
Da onde e Da ove, che Dante disse, sono piú tosto licenziosamente dette, che ben dette. È D'altronde, che è D'altra parte; et è Laonde, che alcuna volta s'è detto in vece di dire Onde, sí come si disse dal Boccaccio: La donna lo 'ncominciò a pregare per l'amor di Dio che piacer gli dovesse d'aprirle, perciò che ella non veniva laonde s'avisava, e alcun'altra volta in vece di dire Per la qual cosa: Il quale lui in tutti i suoi beni e in ogni suo onore rimesso avea, laonde egli era in grande e buono stato. Sí come Là dove, in vece di Dove, medesimamente s'è detto: Perché la Giannetta, ciò sentendo, uscí d'una camera e quivi venne, là dove era il Conte. Il che medesimamente nel Petrarca piú d'una volta si legge, e Dante

medesimamente disse:
Ma là dove fortuna la balestra,
quivi germoglia, come gran di spelta
Le quali due particelle tuttavia sono state alle volte da' poeti ristrette ad essere solamente di due sillabe, che Là 've in vece di Là ove, e Là 'nde in vece di Laonde dissero; come che questa non si disse giamai, se non insieme con la prima persona, cosí: Là 'nd'io. Sono Indi e Quindi, che quel medesimo portano, ciò è Di là e ancora Dapoi, e Quinci, Di qua e Da questo, e Linci, Di là, che a questa guisa medesima formò Dante. Dissersi eziandio Di quinci e Di quindi, che anco Di quivi alcuna volta si disse. Come che Indi alcuna volta appo il Petrarca vale, quanto Per di là:
Però che dí e notte indi m'invita,
e io contra sua voglia altronde 'l meno;
sí come vale questa medesima Altronde, non quanto Da altra parte sí come suole per lo piú valere, ma quanto Per altra parte. E questa medesima Indi, che vale quanto Per di là, disse Dante Per indi nel suo Inferno, e Per quindi il Boccaccio nelle sue novelle. Sono Quincisú e Quindigiú e Quincentro, che tanto alcuna volta vale quanto Per qua entro; sí come la fe' valere, non solo Dante nelle terze rime sue piú volte, ma ancora il Boccaccio nelle sue novelle quando e' disse: Io son certo, che ella è ancora quincentro, e risguarda i luoghi de' suoi diletti. Dalla detta maniera di voci formò per aventura Dante la voce Costinci, ciò è Di costà, quando e' disse:
Ditel costinci, se non l'arco tiro.
La qual voce si potrebbe nondimeno senza biasimo alcuno usar nelle prose.

Capitolo LVIII

È Intorno, la quale alcuna volta si partí, e fecesene In quel torno, in vece di dire Intorno a quello, et è Dintorno e Dattorno il medesimo. Differente sentimento poi alquanto da queste ha la Attorno, che vale quanto Per le contrade e luoghi circonstanti; se non che Dattorno è alcune volte che vale questo stesso, e pongonsi oltre acciò una per altra. Dissesi eziandio alcuna volta Per attorno. Sono In e Ne quel medesimo; ma l'una si dice, quando la voce a cui ella si dà non ha l'articolo, In terra In cielo; l'altra quando ella ve l'ha, Nell'acqua Nel fuoco, o pure quando ella ve 'l dee avere, Ne' miei bisogni, in vece di dire Ne i miei bisogni. Il che non solamente si serva, come altra volta detto s'è, quasi continuo nelle prose, ma deesi fare parimente nel verso; sí come si vede sempre fatto e osservato dal Petrarca, nel quale, se si legge:
Ma ben ti prego, che 'n la terza spera
Guitton saluti, e messer Cino, e Dante,
e ancora
Sai, che 'n mille trecento quarantotto
i dí sesto d'aprile in l'ora prima,
è incorrettamente scritto, perciò che deesi cosí leggere:
Ma ben ti prego, ne la terza spera,
Guitton saluti,
e ancora, Il dí sesto d'aprile a l'ora prima.

Capitolo LIX

Sono Poi e Poscia e Dapoi, che quel medesimo vagliono e dànnosi al tempo; e Dopo, che al luogo si dà, e ancora all'ordine, e alcuna volta eziandio al tempo; contraria di cui è Dinanzi. E come che, a quelle tre, paia che sempre la particella Che stia dietro in questo modo di ragionare: Poi che cosí vi piace,

Poscia che io la vidi, Dapoi che sotto 'l cielo; non è tuttavia, che alcuna volta non si parli ancora senza essa:

Ma poi vostro destino a voi pur vieta

l'esser altrove;

e Che poi a grado non ti fu, che io tacitamente e di nascoso con Guiscardo vivessi. Et è oltre acciò avenuto, che in questa voce Dapoi si sono tramutate le sillabe et èssi detto Poi da; sí come le tramutò il Boccaccio, che disse: E da che diavol siam noi poi da che noi siam vecchie. Et è alcuna volta stato, che s'è lasciato a dietro la voce Poi et èssi detto Da che, in vece di dire Dapoi che, non solo nel verso:

Con lei foss'io da che si parte il sole,

ma ancora nelle prose: Da che, non avendomi ancora quella contessa veduto, ella s'è innamorata di me. È oltre acciò da sapere, che gli antichi poeti posero la detta particella Poi e la seconda voce del verbo Posso, in una medesima rima con tutte queste voci Cui Lui Costui Colui Altrui Fui; sí come si legge nelle canzoni di Guido Cavalcanti e di Dino Frescobaldi e di Dante, lasciando da parte le terze rime sue, che sono, vie piú che non si convien, piene di libertà e d'ardire. Quantunque Brunetto Latini, che fu a Dante maestro, piú licenziosamente ancora che quelli non fecero, o pure piú rozzamente, Luna e Persona, Cagione e Comune, Motto e Tutto, Uso e Grazioso, Sapere e Venire, e dell'altre di questa maniera ponesse eziandio per rime nel suo Tesoretto; il quale nel vero tale non fu, che il suo discepolo, furandogliele, se ne fosse potuto arricchire.

Capitolo LX

Ma lasciando ciò da parte, è Appresso, che vale quanto Dapoi, oltra l'altro sentimento suo, che è alle volte Vicino e Accanto; e si disse ancor Presso. Contraria di cui è Da lunge e Da lungi, che sono del verso, e Di lungi e Dalla lungi, che sono delle prose. È ultimamente Poco dapoi, che si disse piú toscanamente Pocostante. È la Dinanzi, che io dissi, e Innanzi e Davanti e Avanti altresí; tra le quali, come che paia che molta differenza vi debba potere essere, sí come è che Dinanzi e Davanti si pongano con la voce, che da loro si regge: Dinanzi al Soldano Davanti la casa A me si para dinanzi Allo Stradico andò davanti, e Innanzi e Avanti senza essa: Avendo un grembiule di bucato innanzi sempre e Co' torchi avanti; e sí come è ancora che la Dinanzi al luogo si dia: Se noi dinanzi non gliele leviamo, e le altre si diano al tempo: Innanzi tratto Il dí davanti Avanti che otto giorni passino; egli nondimeno non è regolatamente cosí. Perciò che elle si pigliano una per altra molto spesso; se non che la Davanti rade volte si dice, senza la voce che da lei si regge, e la Innanzi e la Avanti vagliono ancora quanto Sopra e Oltre o simil cosa: Caro innanzi ad ogni altro e Da niuna altra cosa essere piú avanti, e oltre acciò si pongono in vece di Piú tosto, il che non aviene delle altre. Come che ancora in questo sentimento si dica alcuna volta Anzi: Che mi pare anzi che no, che voi ci stiate a pigione. La quale Anzi si dice parimente in luogo di Prima: Anzi che venir fatto le potesse, e tale volta in luogo di Avanti: Anzi la morte; senza quest'altro, che è il piú usato sentimento suo: Che caldo fa egli? anzi non fa egli caldo veruno. E avenne ancora che Avanti s'è presa, in luogo di dire In animo, overo in luogo di dire Trovato Pensato o somigliante cosa: Aguzzato lo 'ngegno, gli venne prestamente avanti quello che dir dovesse. Ante e Avante e Davante, che alcuna volta si dissero, sono solamente del verso. Oltra le quali particelle tutte è la Dianzi, la qual vale a segnar tempo che di poco passato sia, e la Per innanzi, che si dà al tempo che è a venire, contraria di cui è Per adietro, che al passato si dà; e dissersi ancora Per lo innanzi e Per lo adietro. Et è Da quinci innanzi e Da indi innanzi, la qual si disse alcuna volta Da indi in avanti, ma tuttavia di rado. È Testé, che tanto vale quanto Ora, che si disse ancora Testeso alcuna volta molto anticamente, e da Dante che piú d'una volta la pose nelle sue terze rime, e dal Boccaccio, che non solamente la pose ne' suoi sonetti, ma ancora nelle sue prose: Io non so, testeso mi diceva Nello, che io gli pareva tutto cambiato, e altrove: Tu non sentivi quello che io, quando tu mi tiravi testeso i capelli, e ancora: Egli dee venir qui testeso uno, che ha pegno il mio farsetto. Sono Tosto, e alcuna volta

Tostamente, e Ratto quel medesimo; se non in quanto alle volte Tosto vale quanto val Subito, e dicesi Tosto che in vece di Subito che; il che di Ratto non si fa, quantunque il Petrarca dicesse:
Ratto, come imbrunir veggio la sera,
sospir del petto, e degli occhi escon onde.
Et è Prestamente quello stesso, che si disse alcuna volta eziandio Rattamente e Spacciatamente e In fretta. Et è Immantenente e Incontanente altresí; ma quella è piú del verso, e questa è delle prose, che in loro si disse ancora Tantosto. Presto, che alcuni moderni pigliano in questo sentimento, vale quanto Pronto e Apparecchiato, et è nome e non mai altro, dal quale si forma Apprestare e Appresto, che è Apparecchiare e Apparecchiamento. È, oltre a queste, Repente solamente del verso. Sono Da mane e Da sera e Di merigge, che pare dal latino detta, la D in due G mutandovisi, sí come si muta in Oggi, per l'uso cosí fatto della lingua; il quale uso in molte altre voci ha luogo. Dicesi ancora Di meriggio e Di meriggiana, che disse il Boccaccio: Se alcun volesse o dormire o giacersi di meriggiana.

Capitolo LXI

Sono Unqua e Mai quello stesso; le quali non niegano, se non si dà loro la particella acconcia a ciò fare. Anzi è alle volte che due particelle in vece d'una se ne le danno, piú per un cotal modo di dire, che per altro; sí come diede il Boccaccio: Né giamai non m'avenne, che io perciò altro che bene albergassi. Et è Oggimai e Oramai, voci solamente delle prose, e Omai delle prose e del verso altresí; le quali si danno parimente a tutti i tempi. È Unque, che si dice eziandio Unqua nel verso; et è Unquanco, che di queste due voci Unqua e Anco è composto, e vale quanto Ancor mai, e altro che al passato e alle rime non si dà, e con la particella, che niega, si pon sempre. Sono Ancora e la detta Anco; l'una delle quali si dà al tempo, l'altra, che alcuna volta s'è detta Anche, vale quanto Eziandio. Nondimeno elle si pigliano spesse volte una per altra; se non in quanto la Anco e Anche si danno al tempo solamente nel verso. È il vero che l'una di loro si pon le piú volte quando alcuna consonante la segue, Ancor tu Ancor lei, e l'altra quando la segue alcuna vocale, Anch'io Anch'ella. Unquemai dire non si dovrebbe, che è un dire quel medesimo due volte; come che e Dante e messer Cino le ponessero nelle loro canzoni. Quandunque, che vuole propriamente dire Quando mai, oltra che si legge nelle terze rime di Dante, esso ancora e messer Cino medesimo la posero nelle loro canzoni, e il Boccaccio nelle sue prose. Ondunque, oltre a queste, medesimamente si legge alcuna fiata, e Dovunque molto spesso. È oltre acciò Quantunque, la qual voce alle volte s'è presa in luogo di questo nome Quanto, non solo ne' poeti, ma ancora nelle prose, e cosí nell'un genere come nell'altro; et èssi detto Quantunque volte e Quantunque gradi vuol, che giú sia messa. Prendesi ancora in vece di Quanto si voglia; sí come si prende in questo verso del Petrarca:
Tra quantunque leggiadre donne e belle,
ciò è Tra donne quanto si voglia belle e leggiadre, e in quest'altro:
Dopo quantunque offese a mercé vene:
Dopo quante offese si voglia viene a mercé. Prendesi eziandio in vece di Tutto quello che: il Boccaccio: Al qual pareva pienamente aver veduto, quantunque disiderava della pazienza della sua donna, e altrove: Pur seco propose di voler tentare quantunque in ciò far se ne potesse; quasi dicesse quanto mai disiderato avea e quanto mai far se ne potesse. E cosí fia di sentimento piú somigliante alla formazion sua, e piú in ogni modo alle volte opererà, che se Quanto semplicemente si dicesse. L'altro sentimento suo, che vale quanto Benché, assai è a ciascuno per sé chiaro, et è solamente delle prose. È ancora Comunque, che in vece di Come assai sovente s'è detta; è Comunquemente quello stesso, ma detta tuttavia di rado.

Capitolo LXII

Leggesi Sovente, che è Spesso: di cui Guido Guinicelli ne fece nome, e Soventi ore disse in questi versi:
Che soventi ore mi fa varïare
di ghiaccio in foco, e d'ardente geloso;
e Guido Cavalcanti in quest'altri:
Che soventi ore mi dà pena tale
che poca parte lo cor vita sente.
Sí come di Spesso fecero Spess'ore comunemente quasi tutti quegli antichi; alla cui somiglianza disse A tutt'ore il Petrarca. Dicesi alcuna volta eziandio Soventemente; sí come si disse da Pietro Crescenzo: E questo faccia soventemente che puote, in vece di dire quanto spesso puote; sí come egli ancora, in vece di dir Secondo, disse Secondamente molte volte. È Al tempo, che vale quanto Al bisogno, et è del verso. Et è In tempo delle prose, che si dice piú toscanamente A bada, cioè A lunghezza e a perdimento di tempo: dalla qual voce s'è detto Badare, che è Aspettare, e alcuna volta Avere attenzione e Por mente. Et è Per tempo, che vuol dire A buona ora. È Da capo, che vale comunalmente quanto Un'altra volta; truovasi nondimeno detta ancora in luogo di dire Da principio. Et è A capo, che vale quanto A fine. È Da sezzo, che è Da ultimo, a cui si dà alcuna volta l'articolo e fassene Al da sezzo; da queste si forma il nome Sezzaio. Et è Alla fine, che medesimamente si disse dagli antichi Alla perfine e alcuna volta Alla finita.

Capitolo LXIII

È Del tanto, che vuol dire quanto Per altrettanto, cioè Per altrettanta cosa, quanta è quella di che si parla, che si disse ancora in forma di nome, Altrotale, e Altrotali nel numero del piú. Et è Cotanto, che vale quanto val Tanto, se non che ella dimostra maggiormente quello di che si parla; onde dir si può, che ella piú tosto vaglia quanto vale Cosí grandemente: Madonna Francesca ti manda dicendo, che ora è venuto il tempo, che tu puoi avere il suo amore, il quale tu hai cotanto desiderato. Et è Duecotanto e Trecotanto, che sono Due volte tanto e Tre volte tanto; e fassene alle volte nomi, e diconsi nel numero del piú, e sono voci delle prose: Io avea tre cotanti genti di lui, cioè Tre volte piú gente di lui. Ultimamente è Alquanto; della qual voce Guido Guinicelli ne fece nome, e disse:
E voce alquanta, che parla dolore;
e il Boccaccio ancora, che disse: Ma io intendo di farvi avere alquanta compassione, e Alquanta avendo della loro lingua apparata. È Guari, molto usata dagli antichi, che vale quanto val Molto; la quale voce, come che si ponga quasi per lo continuo con la particella che niega, Non ha guari Non istette guari, non è tuttavia, che alcuna fiata ella non si truovi ancora posta senza essa, ma è ciò sí di rado, che appena dire si può che faccia numero. Sono Piú e Meno, particelle assai chiare e conte a ciascuno; le quali nondimeno alcuna volta, in luogo di questi nomi Maggiore e Minore si pigliano, sí come si presero dal Boccaccio, quando e' disse: Della piú bellezza e della meno delle raccontate novelle disputando. Dall'una delle quali ne viene Almeno, e ancora Nondimeno Nientedimeno Nulladimeno, che son tutte tre quello stesso, delle quali tuttavia la primiera è la piú usata, e la ultima la meno. Vale quel medesimo ancora la Nonpertanto; vedesi nel Boccaccio: Nonpertanto quantunque molto di ciò si maravigliasse, in altro non volle prender cagione di doverla mettere in parole. È Per poco, che s'è posta alcuna volta, in vece di Quasi, dal medesimo Boccaccio: La quale ogni cosa cosí particolarmente de' fatti d'Andreuccio le disse, come avrebbe per poco detto egli stesso, e altrove, Laonde egli cominciò sí dolcemente, sonando, a cantare questo suono, che quanti nella real sala n'erano, parevano uomini aombrati: sí tutti stavano taciti e sospesi ad ascoltare; e il re per poco piú che gli altri. È Tale, in vece di Talmente detta alle volte da' poeti; e Quale, in vece di Qualmente, ma detta tuttavia piú di rado:
Qual sogliono i campion far nudi e unti,

avisando lor presa e lor vantaggio.

Capitolo LIV

È Perciò che delle prose, e alcuna volta Imperciò che; et è Però che del verso, e alle volte ancora Perché di quel medesimo sentimento:
Non perch'io non m'aveggia,
quanto mia laude è ingiuriosa a voi;
la qual voce tuttavia è ancora delle prose: Colui, che andò, trovò il famigliare stato da messer Amerigo mandato, che avendole il coltello e 'l veleno posto innanzi, perché ella cosí tosto non eleggeva, le diceva villania. Et è oltre acciò Che, la quale da' poeti molto spesso in luogo di Perciò che, da' prosatori non cosí spesso, anzi rade volte si truova detta; sí come dal Boccaccio, che disse: Che per certo in questa casa non istarai tu mai piú. E questa medesima Che è ancora, che si pose dal Petrarca, in vece di Acciò che:
Un conforto m'è dato, ch'io non pera:
acciò che io non pera. E dal medesimo Boccaccio: Se egli è cosí tuo come tu di', ché non ti fai tu insegnare quello incantesimo, che tu possa fare cavalla di me, e fare i fatti tuoi con l'asino e con la cavalla? ciò è acciò che tu possa. Dove si vede che la detta Che, eziandio in vece di Perché, s'usa di dire comunemente: Ché non ti fai tu insegnare quello incantesimo? Sí come allo 'ncontro si dice la Perché in luogo di Che alcuna fiata: Che vi fa egli, perché ella sopra quel veron si dorma? E poco da poi: E oltre acciò maravigliatevi voi, perché egli le sia in piacere l'udir cantar l'usignuolo? Et è alle volte che la medesima Che si legge in vece di Sí che o In modo che: il medesimo Boccaccio: E seco nella sua cella la menò che niuna persona se n'accorse. E ancora in vece di Nel quale assai nuovamente il pose una volta il Petrarca:
Questa vita terrena è quasi un prato,
che 'l serpente tra fiori e l'erba giace.
È Il perché delle prose, usato tuttavia rade volte, in vece di dire Per la qual cosa: il Boccaccio: Il perché comprender si può, alla sua potenza essere ogni cosa suggetta; e ancora, in vece di dire Perché ciò sia o pure La cagione di ciò: il medesimo Boccaccio: Universalmente le femine sono piú mobili, e il perché si potrebbe per molte ragioni naturali dimostrare. Sono Benché e Comeché quello stesso; ma questa sarebbe per aventura solamente delle prose, se Dante nel verso recata non l'avesse. Et è la detta Perché, che si prende alle volte in quel medesimo sentimento et è del verso, e alle volte, anzi pure molto piú spesso, si piglia in vece di Per la qual cosa o Per le quali cose nelle prose; sí come si piglia ancora Di che, della qual dicemmo, e alcuna volta Sí che: Io intesi che vostro marito non c'era, sí che io mi sono venuto a stare alquanto con essovoi. Et è Nonché, la quale, oltra il comune sentimento suo, vale quello stesso anch'ella, ma rade volte cosí si prende. Prendesi nel Boccaccio: Non che la Dio mercé ancora non mi bisogna, in vece di dire Benché. È Purché, che vale quanto Solamente che; et è Tuttoché, che pur vale il medesimo di quell'altre, detta dalle prose, e nondimeno ricevuta da Dante piú d'una volta nel verso. La quale si disse ancora cosí, Tutto, senza giugnervi la particella Che: Giovan Villani: I campati di morte della battaglia, tutto fossono pochi, si ridussono ov'è oggi la città di Pistoia, e altrove, E tutto fosse per questa cagione uomo di sangue, sí fece buona fine. Dove si vede che alle volte la particella Sí vale quanto Nondimeno: Sí fece buona fine, ciò è Nondimeno fece buona fine. Né solo Giovan Villani usò il dire Tutto, in vece di Tuttoché, ma degli altri antichi prosatori ancora, sí come fu Guido Giudice, di cui dicemmo. Dissesi oltre acciò in quello sentimento medesimo Avegnadioché dagli antichi, e Avegnaché ancora, e ultimamente Avegna dal Petrarca:
Amor, avegna mi sia tardi accorto,
vòl che tra duo contrari mi distempre.
È oltre acciò, che alcuna volta Tuttoché altro sentimento ha e molto da questo lontano, sí come ha nel

Boccaccio, che nella novella di Madonna Francesca disse: E, cosí dicendo, fu tutto che tornato in casa; e poco dapoi, Da' quali tutto che rattenuto fu; il che tanto porta, quanto è a dire: Poco meno che tornato in casa e Poco meno che rattenuto fu. Altro sentimento ancora, e diverso alquanto dal detto di sopra, hanno le voci Perché e Purché, in quanto elle tanto vagliono, quanto Eziandio che: il medesimo Boccaccio: Che perché egli pur volesse, egli no 'l potrebbe, né saprebbe ridire; e Dante:

E però, Donne mie, pur ch'io volessi,

non vi sapre' io dir ben quel ch'i' sono.

Somigliantemente diverso sentimento da' già detti ha talora la particella Che. Con ciò sia cosa che ella si pone alle volte invece di Piú che, quasi lasciandovisi la Piú nella penna e nondimeno intendendolavi: Giovan Villani: Però che allora la città di Firenze non avea che due ponti; e il Boccaccio: Il quale in tutto lo spazio della sua vita non ebbe che una sola figliuola.

Capitolo LXV

È, oltre a queste, Mentre, che vale quanto Infino e quanto Infin che, e ciò è secondo che a lei o si dà e giugne la particella Che, o si lascia; il che si fa parimente. Et è Parte, che vale quello stesso, detta nondimeno rade volte in questo sentimento: il Boccaccio: Parte che lo scolare questo diceva, la misera donna piagneva continuo; e altrove: Parte che il lume teneva a Bruno, che la battaglia de' topi e delle gatte dipigneva. Ponsi nondimeno comunalmente Parte dai poeti, in vece di dire In parte. È In quella, che vuol dire In quel mezzo, o pure In quel punto: messer Cino:

Sta nel piacer della mia donna Amore,

come nel sol lo raggio, e 'n ciel la stella,

che nel mover degli occhi porge al core,

sí ch'ogni spirto si smarrisce in quella;

e Dante:

Qual è quel toro, che si slaccia in quella

c'ha ricevuto già 'l colpo mortale;

e il Boccaccio, il quale non pure ne' sonetti cosí disse:

E com'io veggio lei piú presso farsi,

levomi per pigliarla, e per tenella,

e 'l vento fugge, et ella spare in quella;

ma ancora nelle novelle: O marito mio, disse la donna, e' gli venne dianzi di subito uno sfinimento ch'io mi credetti ch'e' fosse morto, e non sapea né che mi far né che mi dire, se non che frate Rinaldo nostro compare ci venne in quella. Il che imitando disse piú vagamente il Petrarca:

In questa passa 'l tempo;

e ancora,

Et in questa trapasso sospirando.

E questo sentimento ispresse egli e disse eziandio con quest'altra voce In tanto.

Capitolo LXVI

È Contro e Contra, che si disse parimenti Incontro e Incontra; ma quest'ultima è solo dei poeti, de' quali è A l'incontra altresí. Et è Rimpetto e A rimpetto e Di rimpetto solamente delle prose; e vagliono, non quello che vale A l'incontra, ma quello che vale Di rincontro e Per iscontro, e Affronte, contraria di cui è Di dietro. Et è Per mezzo, alle volte poco da queste lontana e alle volte molto; con ciò sia cosa che non riscontro, ma entramento dimostra:

Per mezzo i boschi inospiti e selvaggi.

La qual si disse Per lo mezzo, qualora ella non ha dopo sé voce che da lei si regga: E misesi con le sue genti a passare l'oste de' nimici per lo mezzo. Ma questa voce Per mezzo si disse toscanamente ancora cosí Per mei, troncamente e tramutevolmente pigliandosi, come udite. Quantunque Mei si disse eziandio in vece di Meglio per abbreviamento dagli antichi; sí come la disse Buonagiunta:
Perché la gente mei me lo credesse;
e messer Cino:
Dunque sarebbe mei ch'i' fossi morto.
La qual poi si disse Me', non solo dagli altri poeti, ma dal Petrarca ancora:
Me' v'era che da noi fosse 'l diffetto.
Sono A lato e A petto, che quello stesso vagliono, ciò è A comperazione; l'una delle quali solamente è delle prose. Come che A lato alle volte porti e vaglia quello che ella dimostra; sí come fa Accanto che vale alle volte quanto queste, e alle volte quanto ella dimostra. Lontana da cui piú di sentimento che di scrittura è Da canto, ciò è Da parte. Et è Verso che usò il Boccaccio, e vale, oltra il proprio sentimento suo, quanto A comperazione: E se li re cristiani son cosí fatti re verso di sé, chente costui è cavaliere; verso di sé, disse, ciò è a comperazion di sé. Nel qual luogo si vede, che la voce Chente vale, non solamente quello che val Quanto, sí come la fe' valere il medesimo Boccaccio in moltissimi luoghi, ma ancora quello che val Quale; il che si vede eziandio in altre parti delle sue prose. Anzi la presero i piú antichi quasi sempre a questo sentimento. È Adietro, la quale stanza piú tosto dimostra che movimento e Indietro e Allo 'ndietro e Al di dietro, che movimento dimostrano; e dissersi altramente A ritroso, dal latino togliendosi, dalla quale s'è formato il nome et èssi detto Ritroso calle e Ritrosa via, come sarebbe quella de' fiumi, se essi secondo la favola ritornassero alle lor fonti; da cui si tolse a dire Ritrosa donna, e Ritrosía il vizio.

Capitolo LXVII

Leggesi Al tutto, che i piú antichi dissero Al postutto, forse volendo dire Al possibile tutto. Leggesi Niente, che Neente anticamente si disse, e Né mica o pure Non mica, e Nulla quello stesso; come che Non mica si sia eziandio separatamente detta, Elli non hanno mica buona speranza; e Miga altresí, e Niente alle volte si ponga in vece d'Alcuna cosa: Né alcuna altra rendita era, che di niente gli rispondesse, dove di niente disse il Boccaccio, in vece di dire d'alcuna cosa. Leggesi Punto in vece di Niente, e Cavelle, voce ora del tutto romagnuola, che Covelle si dice. Quantunque Punto alcuna volta eziandio, invece di Momento, si prenda; che si disse ancora Motto, sí come si vede in Brunetto Latini:
E non sai tanto fare,
che non perdi in un motto
lo già acquistato tutto.
Leggesi eziandio Fiore, la qual particella posero i molto antichi e nelle prose e nel verso in vece di Punto. Leggesi Meglio e Il meglio; ma l'una si pon quando la segue la particella Che, alla quale la comperazione si fa: Sí facciam noi meglio che tutti gli altri uomini. Il meglio poi si dice, quando ella non la segue: E vuolvi il meglio del mondo. Dissesi questa eziandio cosí: Il migliore. È oltre acciò che Meglio vale quanto val Piú, o ancora Piú tosto; il quale uso messer Federigo ci disse che s'era preso da' Provenzali. Leggesi Molto e Assai, che quello stesso vagliono; ciascuna delle quali si piglia in vece di nome molto spesso. Leggesi Altresí, la qual vale comunemente quanto Ancora; ma vale alcuna volta eziandio quanto Cosí: E potrebbe sí andare la cosa, che io ucciderei altresí tosto lui, come egli me. Leggesi La Dio mercé La vostra mercé nelle prose, e Vostra mercé e Sua mercé nel verso. Quantunque Gianni Alfani, rimator molto antico, a quel modo la ponesse in questi versi d'una delle sue canzoni:
Ch'amor la sua mercé mi dice, ch'io
nolle tema mostrare
quella ferita, dond'io vò dolente;

e il Boccaccio in quest'altri d'una altresí delle sue ballate:
E quel che 'n questo m'è sommo piacere,
è ch'io gli piaccio quanto egli a me piace,
amor, la tua mercede.

Capitolo LXVIII

Leggesi Malgrado vostro Malgrado di lui Mal suo grado e A grado Di grado. Leggesi Ver, in vece di
Verso, ne' poeti, Ver me Ver lui; che si disse ancora Inverso da' prosatori. Quantunque nel Boccaccio si
legga eziandio cosí: Il dí seguente, mutatosi il vento, le cocche, ver ponente vegnendo, fer vela. E Sot e
Sor, in vece di Sotto e di Sopra; ma queste tuttavia congiunte con altre voci, sí come sono Sotterra
Sommettere Sopposto, e Soppidiano e Soppanno, che disse il Boccaccio, Soscritto Sostenuto Sospinto
e Sormontare Soggiornare, quasi giorno sopra giorno menare, nelle prose; e Sorprendere Sorvenire,
Sovrempiere Sorviziato Sorbondato, che dissero gli antichi rimatori, e Sorgozzone, che disse il
Boccaccio nelle novelle, il che è percossa di mano che sopra il gozzo si dia; et è Gozzo la gola, onde ne
viene il verbo Sgozzare, che è Tagliare il gozzo, e Ingozzare, e altre. Come che Lapo Gianni ponesse
Sor da sé sola in questo verso:
Che m'ha sor tutti amanti meritato;
e lo 'mperador Federigo in quest'altri:
Sor l'altre donne avete piú valore:
valor sor l'altre avete;
e degli altri scrittori antichi ancora la posero nelle lor prose. Leggesi Fuor e Fore e Fora e Fuori, le
quali tutte sono del verso, ma la prima e l'ultima sono ancora delle prose; leggesi, dico, questa
particella che pare che sempre abbia dopo sé il segno o del secondo caso, Fuor d'affanni, Fuor di
tempo, alle volte ancora senza esso, sí come si legge in quel verso del Petrarca:
Fuor tutti i nostri lidi,
che lo poté per aventura pigliar da Guido Orlandi il qual disse:
e amor for misura è gran follore;
e da Francesco Ismera che disse:
Pensando che 'l partir fu for mia colpa;
o ancora da messer Cino, il quale cosí disse:
Uomo son for misura,
tant'è l'anima mia smarrita omai.
Et è alle volte, che in vece del detto segno se le dà la particella Che, come diede il Boccaccio: Il quale
in ogni cosa era santissimo, fuori che nell'opera delle femine; e alle volte non se le dà, sí come non
gliele diede il medesimo Boccaccio: Egli entrò co' suo' compagni in una casa, e quella trovò di roba
piena esser dagli abitanti abandonata, fuor solamente da questa fanciulla. La qual particella si disse
eziandio In fuori, e dissesi in questa maniera: La quale io amo, da Dio in fuori, sopra ogni altra cosa.
Ponsi anch'ella con questa voce Senno, e formasene Forsennato, voce antica e non piú del verso che
delle prose, di cui ancora ci ricordò l'altr'ieri messer Federigo dicendoci che era tolta da' Provenzali, e
con quest'altra Via, e formasene Forviare, voce solamente delle prose, antica nondimeno anch'ella e
oltre acciò poco usata.

Capitolo LXIX

Leggesi Come, non solo per voce, che comperazione fa, in risposta di quest'altra Cosí; ma ancora in
vece di Che: Che per certo, se possibile fosse ad averla, procaccerebbe come l'avesse; dove come

l'avesse si disse, in vece di dire che l'avesse. Leggesi ancora, in vece di Poiché o di Quando: Il qual come alquanto fu fatto oscuro, là se ne andò, e, Come costoro ebbero udito questo, non bisognò piú avanti. È oltre acciò alcuna volta, che ella si legge in vece di In qualunque modo: E disse a costui, dove voleva essere condotto, e come il menasse, era contento, ciò è in qualunque modo il menasse, era contento; e ancora in vece di Mentre: E come io il volea domandare chi fosse, e che avesse, et ecco M. Lambertuccio; né meno si legge in vece di Quanto: Oimè lasso, in come picciol tempo ho io perduto cinquecento fiorin d'oro e una sorella!. Nel qual sentimento, ella s'è detta eziandio troncamente da molti degli antichi in questa guisa Com, e dal Petrarca altresí, che disse:
O nostra vita ch'è sí bella in vista,
com perde agevolmente in un mattino
quel che 'n molt'anni a gran pena s'acquista;
e altrove:
Ma com piú me n'allungo, e piú m'appresso.

Capitolo LXX

Leggesi la voce Oimè, che ora si disse, non solo in persona di colui che parla, sí come in quel luogo del Boccaccio, Oimè lasso; ma ancora in quella di cui si parla, Oisè; sí come si legge nel medesimo Boccaccio: Oisè, dolente sè, che 'l porco gli era stato imbolato. Dissesi oltre acciò la Oi anticamente, in vece della Ahi, che poi s'è detta e ora si dice: Oi mondo errante, e uomini sconoscenti di poca cortesia. Leggesi la particella O, non solo per voce che si dice chiamando che che sia; o per quella che, di due o piú cose ragionandosi, in dubbio o in elezion le pone degli ascoltanti, come qui, che io in dubbio o in elezion dissi, la quale O, Overo eziandio si disse; o pure per quell'altra che è di doglianza principio: O quanto è oggi cotal vita mal conosciuta; o ancora per quella che è segno d'alcun disio, e suolsi con la particella Se il piú delle volte mandar fuori:
O se questa temenza
non temprasse l'arsura che m'incende,
beato venir men.
Mandasi tuttavia alcuna volta eziandio senza essa:
E o pur non molesto
le sia 'l mio ingegno, e 'l mio lodar non sprezze.
Ma leggesi oltre acciò per un cotal modo di parlare, che alle volte contiene in sé maraviglia piú tosto che altro; alle volte non la contiene; ora con richiesta posto, sí come la pose il Boccaccio, O mangiano i morti?, e ora senza essa. Et èssi detta ancora cosí, Ora e Or: Ora le parole furono assai, e il ramarichío della donna grande, e poco davanti, Or non son io, malvagio uomo, cosí bella come sia la moglie di Ricciardo?. Nella qual guisa ella si dice sempre nel verso:
O fido sguardo, or che volei tu dirme?.
Ma tornando alla O, che in vece d'Overo si dice, è da sapere che le danno i poeti spesse volte la D, quando la segue alcuna vocale, per empiere la sillaba; sí come diede Lapo Gianni, che disse:
Né spero dilettanza,
né gioia aver compita,
se 'l tempo non m'aita
od amor non mi reca altra speranza;
e come diede il Petrarca, dicendo:
Pomm'in cielo, od in terra, od in abisso.
Quantunque non solo alla O diedero i poeti la D, ma oltre acciò ancora alla particella Se; sí come fece Dante, che disse nelle sue canzoni:
Di che domandi amor, sed egli è vero;

e alla Né, sí come diede il Petrarca, il qual disse:
Ned ella a me per tutto 'l suo disdegno
torrà giamai;
e, oltre a questo, alla voce Che, sí come si vede in Gianni degli Alfani, il qual disse:
E se vedrà 'l dolore,
che 'l distrugge, i' mi vanto
ched e' ne sospirrà di pietà alquanto,
e nel Boccaccio, che in nome del dianzi detto Mico, disse:
Che vadi a lui, e donigli membranza
del giorno, ched io il vidi a scudo e lanza.
Come che ciò si legga non solo ne' versi, ma ancora nelle prose: E perciò poi ched e' vi pure piace, io il farò, e altrove, Fu da' medici consigliato, ched egli andasse a' bagni di Siena, e guarrebbe senza fallo. Sono ancor di quelli che dicono che eziandio alla particella E, che congiugne le voci, si dà alle volte la D, in vece della T, che latinamente parlandosi sta seco; sí come affermano che diede il Petrarca, quando e' disse:
S'avesse dato a l'opera gentile
con la figura voce ed intelletto;
con ciò sia cosa che piú alquanto empie la sillaba e falla piú graziosa la D, che la T.

Capitolo LXXI

Dicesi Non la voce che niega; contraria di cui è Sí, che afferma; come che ella eziandio, in vece di Cosí, si ponga per chi vuole. La qual Cosí si disse ancora Cosifattamente nelle prose. Né solo in vece di Cosí, ma ancora in vece di Che, la pose il Boccaccio piú volte, per un cotal modo di parlare, che altro non è che vago e gentile: Il fante di Rinaldo, veggendolo assalire, sí come cattivo, niuna cosa al suo aiuto adoperò; ma, volto il cavallo sopra il quale era, non si ritenne di correre, sí fu a Castel Guiglielmo, in luogo di dire: non si ritenne di correre, che fu a Castel Guiglielmo; e ancora, Egli è la fantasima, della quale io ho avuta a queste notti la maggior paura che mai si avesse tale; ché, come io sentita l'ho, io ho messo il capo sotto, né mai ho avuto ardir di trarlo fuori, sí è stato dí chiaro. Nella qual maniera, Dante medesimamente piú volte nelle sue rime la pose, e altri antichi scrittori ancora nelle loro prose. E oltre acciò che la detta particella si pone ad un altro sentimento, condizionalmente parlandosi, in questa maniera: Se ti piace, sí ti piaccia; se non, sí te ne sta, dove si pare che ella adoperi quasi per un giugner forza al ragionamento; e ancora non condizionalmente, sí come la pose Giovan Villani: Ma per seguire suoi diletti massimamente in caccia, sí non disponea le sue virtú al reggimento del reame; e il Boccaccio che disse: Che se mio marito ti sentisse, pogniamo che altro male non ne seguisse, sí ne seguirebbe, che mai in pace né in riposo con lui viver potrei. Dicesi eziandio alcuna volta Sí, in atto di sdegno e di disprezzo, e di tutto il contrario di quello che noi diciamo: Sí, tu mi credi con tue carezze infinte lusingare.

Capitolo LXXII

Ma, tornando alla particella Non, aviene ancora che ella si dice bene spesso soverchiamente; e pure è toscanamente cosí detta: il medesimo Boccaccio: La qual sapea, che da altrui, che dallei, rimaso non era che moglie di Nastagio stata non fosse, dovendosi per lo diritto piú tosto dire: che moglie di Nastagio stata fosse; e altrove: Io temo forte che Lidia con consiglio e volere di lui questo non faccia, in vece di dire: questo faccia. La qual particella eziandio si dice No, quando con lei si fornisce e chiude il sentimento, Io no Questi no, ché, altramente dicendosi, si direbbe Non io Non questi; o quando ella si pon dopo 'l verbo:

Ma romper no l'imagine aspra e cruda;

o ancora quando si pon due volte: Non farnetico no, Madonna, e Non son mio no, e A' quali dir di no non si puote, e simili; o quando ella si pon col Sí:

Ch'or sí or no s'intendon le parole.

Dicesi ancora No ogni volta, che dopo lei si pon l'articolo Il, e nelle prose e nel verso. Nel qual verso è alcun'altra volta, che ella cosí si dice quando la segue alcuna vocale, per lo medesimo divertimento della N ultima, che vi si fa:

Né chi lo scorga

v'è se no amor, che mai no 'l lascia un passo.

È oltre a questo, che la Non si pone in una maniera che vi s'intendono piú parole a fornire il sentimento; sí come si vede appo 'l Boccaccio: Non ne dovessi io di certo morire, che io non me ne metta a far ciò, che promesso l'ho, e come altri parla, ragionando tuttavia, massimamente tra sé stesso; Perciò che tanto è a dire in quel modo, come se si dicesse: Non rimarrà, se io ne dovessi di certo morire, che io non mi metta a far ciò, che promesso l'ho. Né poi, che ancor niega, e quasi sempre si pone in compagnia di sé stessa o d'altra voce che pur nieghi, è alle volte che, posta da' prosatori in un luogo, ha forza di negare ancora in altro luogo dinanzi, dove ella non è posta; cosí: E comandolle che piú parole né romor facesse, e ancora, Acciò che egli senza erede, né essi senza signore rimanessero. Et è alcune altre volte, che da' poeti si pone in vece di questa particella Overo, che si dice parimente O, come s'è detto:

Onde quant'io di lei parlai né scrissi;

e ancora,

Se gli occhi suoi ti fur dolci né cari.

È tuttavia, che questa particella s'è posta da' medesimi poeti, senza niun sentimento avere in sé, ma solo per aggiunta e quasi finimento ad altra voce, forse affine di dar modo piú agevole alla rima; sí come si vede in Dante, non solo nel suo poema, nel quale egli licenziosissimo fu, ma ancora nelle canzoni, che hanno cosí:

La nemica figura, che rimane

vittoriosa e fera,

e signoreggia la virtú che vole,

vaga di sé medesma andar mi fane

colà dov'ella è vera;

e come si vede in quelle di messer Cino, che cosí hanno:

E dice, lassa, che sarà di mene?

Il che si vede medesimamente nelle ottave rime del Boccaccio, posto e detto dallui piú volte.

Capitolo LXXIII

Leggesi la particella Se non, che si pone condizionalmente: Se ti piace, io ne son contento: se non ti piace, e' m'incresce. Et è spesse volte, che si dice Se non in vece di dire Eccetto; nel qual modo alcuna volta ella s'è mandata fuori con una sillaba di piú; et èssi detto Se non se e Se non si:

Se non se alquanti c'hanno in odio il sole.

Come che la Se non si si pose sempre col verbo Essere: Se non si furono i tali. Tuttavia è particella che, cosí pienamente detta, rade volte si vede usata e nell'un modo e nell'altro. Dicesi eziandio alcuna volta Se non, in luogo di dire Solamente: Io non sentiva alcun suono di qualunque instrumento, quantunque io sapessi lui se non d'uno essere ammaestrato, che con gli orecchi levati io non cercassi di sapere chi fosse il sonatore.

Ma tornando alla Se condizionale, dico che ella, posta col verbo Fosse, si lasciò alcuna volta e tacquesi dagli antichi, in un cotal modo di parlare, nel quale ella nondimeno vi s'intende; sí come si tacque

alcuna volta eziandio da' latini poeti. Il qual modo appo noi, non solamente ne' poeti si legge, sí come furono Buonagiunta da Lucca, che parlando alla sua donna del cuore di lui, che con lei stava, disse:
E tanto gli agradisce il vostro regno,
che mai da voi partir non potrebb'ello,
non fosse da la morte a voi furato,
ciò è se non fosse; e Lapo Gianni, che disse:
Amor, poiché tu se' del tutto ignudo,
non fossi alato, morresti di freddo,
ciò è se non fossi; o come fu Francesco Ismera, che disse:
Non fosse colpa, non saria perdono;
o come fu ancora il Petrarca, il qual disse:
Solamente quel nodo,
ch'amor circonda a la mia lingua, quando
l'umana vista il troppo lume avanza,
fosse disciolto, i' prenderei baldanza;
ma, oltre acciò, si legge eziandio nell'istoria di Giovan Villani, il qual disse: E poco vi fosse piú durato all'assedio, era stancato, in vece di dire: E se poco piú durato vi fosse. È alcun'altra volta ancora, che ella da' poeti si pone in vece di Cosí, a cui si rende la particella Che, in vece di Come, in questa maniera:
S'io esca vivo de' dubbiosi scogli,
e arrive il mio exilio ad un bel fine,
ch'i' sarei vago di voltar la vela,
ciò è, Cosí esca io vivo delli scogli, come io sarei vago di voltar la vela.

Capitolo LXXIV

Sono Intra e Infra quello stesso, che per abreviamento Tra e Fra si dissero. Delle quali le due vagliono molto spesso quanto val Dentro: Infra li termini d'una picciola cella, Andarono infra mare e Fra sé stesso cominciò a dire, Si mise tanto fra la selva; e la Intra alcuna volta altresí: Entrato in tra le ruine. Quantunque la Fra sia stata presa talora eziandio in un altro sentimento, che si disse dal medesimo Boccaccio: Fra qui ad otto dí, in vece di dire: Di qui ad otto dí; quasi dicesse: Fra otto dí. Ma la particella Tra, la quale s'è alle volte posta latinamente, Interrompere Interdetto nel verso e Intervenuto Interponendosi nelle prose, è tale volta che vale quanto vale In: Giovan Villani: I quali mandarono in Lombardia mille cavalieri tra due volte; e il Boccaccio: Sí come colui, che da lei tra una volta e altra aveva avuto quello che valeva ben trenta fiorin d'oro. Tuttavia ella si pone, in quel primo sentimento, eziandio molte volte con piú d'una voce: Tra te e me, Gran pezza stette tra pietoso e pauroso. Ponsi nondimeno con piú d'una voce ancora, di modo che ella un altro sentimento ha: Sí che tra per l'una cosa e per l'altra io non volli star piú; e altrove: E già tra per lo gridare e per lo piagnere e per la paura e per lo lungo digiuno era sí vinto, che piú avanti non potea. La qual particella pare che vaglia quanto suol valere la Sí, due volte o piú detta, sí come sarebbe a dire: Sí per questo e sí per quello. Dissesi oltre acciò da' molto antichi alcuna volta eziandio in vece della O, condizionalmente posta: E que' mi domandaro per la verità di cavalleria, ch'io dicessi qual fosse migliore cavaliere tra 'l buon re Meliadus, o 'l Cavaliere senza paura; e altrove: Li Romani tennero consiglio qual era meglio tra che gli uomini avessero due mogli, o le donne duo mariti. Il che si vede eziandio in Dante, che disse:
La mia sorella, che tra bella e buona
non so qual fosse piú.
Et è ancora che Tra si dice alcun'altra volta, in luogo di dir Tutto; sí come si disse dal Boccaccio: E in brieve, tra ciò che v'era, non valeva altro che dugento fiorini; ciò è tutto ciò che v'era. Questa medesima

particella tuttavia, quando col verbo si congiugne, ella ora dalla Intra, che la intera è, si toglie, Traporre Tramettere, che parimente Intramettere si disse; ora dalla Trans latina, a cui sempre si leva la N, Trasporre Trasportare Trasformare Trasandare, perciò che Translato, che disse il Petrarca, è latinamente, non toscanamente detto, e alcuna volta eziandio la S, Traboccare Trapelare Travagliare, quando propriamente si dice, Trafiggere.

Capitolo LXXV

Dassi al verbo alcuna volta eziandio la Fra, che dalla Infra si toglie, e fassene Frastornare, e ciò è Adietro alcuna cosa tornare, con ciò sia cosa che ella non al verbo Tornare si giugne, anzi al verbo Stornare, che quello stesso varrebbe se s'usasse a dire; sí come s'usa Sgannare Sdebitare Scignere, e molti nomi ancora, Smemorato Scostumato Spietato e infiniti altri, ne' quali la lettera S molto adopera in quanto al sentimento. Come che altri verbi e altre voci sono, nelle quali la S nulla può, ma giugnevisi e lasciavisi secondo che altrui giova di fare: Traviare Trasviare, l'una delle quali piú è del verso e l'altra piú delle prose, Guardo Sguardo; nella qual voce veder si può quanto diligente consideratore, eziandio delle minute cose, stato sia il Petrarca, perciò che ogni volta che dinanzi ad essa nel verso aveniva, che esser vi dovesse alcuna vocale, egli s'aggiugneva la S e diceva Sguardo, per empiere di quel piú la sillaba:
Se 'l dolce sguardo di costei m'ancide;
ogni altra volta che vera alcuna consonante, egli allo 'ncontro gliele toglieva, affine di levarne l'asprezza e far piú dolce la medesima sillaba, e Guardo diceva continuo:
Fa ch'io riveggia il bel guardo, ch'un sole
fu sopra 'l ghiaccio, ond'io solea gir carco.
E ciò medesimamente fece di Pinto e Spinto, per quelle rade volte che gli avenne di porle nelle sue canzoni, e d'altre. Sono poi altre voci, alle quali la S, che io dico raggiunta, né quel molto né questo nulla si vede che può in loro. Puovvi nondimeno alquanto; sí come sono Spuntare Stendere Scorrere Sportato e Sporto, che disse il Boccaccio e Sprovato, che in sentimento di Ben provato Giovan Villani disse. E haccene eziandio alcuna, in cui la S ad un altro modo adopera. Con ciò sia cosa che molto diverso sentimento hanno Pende e Spende, Morto e Smorto, la qual voce da Smorire si forma, che è Impallidire, anticamente detto; e nel verso, Paventare è aver paura e Spaventare è farla; la qual poi nelle prose vale quanto l'uno e l'altro e formasi dal nome Spavento, là dove Paventare non par che abbia di che formarsi, ché Pavento per Paura, sí come Spavento, non si può dire. Dassi a' verbi e ad altre voci, oltre a queste, non solamente la Dis, che quello stesso opera che la S, quando ella molto adopera, e fassene Disama Disface Dispregio Disonore e infinite altre; ma ancora la Mis, che diminuimento e manchezza dimostra, e formasene Misfare, che è Peccare e commettere alcun male, con ciò sia cosa che quando si fa men che bene, si pecca, e Misagio, che è Disagio, da Giovan Villani dette; e Mispatto altresí e Misleale e Miscredenza dette dal Boccaccio; e alcuna di queste da altri ancora piú antichi, e per aventura dell'altre.

Capitolo LXXVI

Dicesi Quando che sia Come che sia Che che sia, e vagliono, l'una quanto vale A qualche tempo, e l'altra quanto vale A qualche modo e dissesi alcuna volta ancora cosí: In che che modo si sia; la terza tanto è a dire, quanto Ciò che si voglia, che si disse eziandio Che vuole dal Boccaccio nelle sue ballate:
E che vuol se n'avenga.
Vale ancora molto spesso quanto Alcuna cosa. Leggesi, oltre a queste, una cotal maniera di voci: Carpone, quello dimostrante, che è l'andare co' piedi e con le mani, sí come sogliono fare i bambini che ancora non si reggono, formata dallo andar la terra carpendo, cioè prendendo, dal Petrarca detta; e

Boccone e Rovescione, che sono l'una il cadere innanzi, detta dallo andare a bocca china, o pure lo stare con la bocca in giú, l'altra il cadere o stare rovescio e supino; e Tentone, che è l'andare con le mani innanzi a guisa di cieco, o come aviene quando altri è nel buio, detta dal tentare che si fa, per non percuotere in che che sia; e Brancolone, che è l'andare con le mani chinate, abbracciando e pigliando; e Frugone, frugando e stimolando; e Cavalcione, che è lo star sopra uomo o sopra altro, alla guisa che si fa sopra cavallo; e Ginocchione, che quello che ella vale assai per sé fa palese. È oltre a queste Supin, che disse Dante nel suo Inferno, in vece di dire Supinamente:
Supin giaceva in terra alcuna gente.

Capitolo LXXVII

Dicesi Forse, che cosí si pose sempre dagli antichi. Forsi, che poi s'è detta alcuna volta da quelli del nostro secolo, non dissero essi giamai. E dicesi Per aventura quello stesso. Gnaffe, che disse il Boccaccio nelle sue novelle, è parola del popolo, né vale per altro, che per un cominciamento di risposta e per voce che dà principio e via alle altre. Sono alcune altre voci, le quali, perciò che sono similmente voci in tutto del popolo, rade volte si son dette dagli scrittori; sí come è Mai, che disse il Boccaccio: Mai frate il diavol ti ci reca; che tanto vale quanto Per Dio, forse dal greco presa e per abbreviamento cosí detta, e ponsi piú spesso col Sí e col No che con altro, piú per uno uso cosí fatto, che per voler dire Per Dio sí o Per Dio no, come che la voce il vaglia. Altro vale la Mai, che disse Dante piú volte, sempre ponendoia con la Che:
Io vedea lei; ma non vedea in essa
mai che le bolle, che 'l bollor levava,
e altrove:
La spada di qua su non taglia in fretta,
né tardo, mai ch'al parer di colui,
che desiando o temendo l'aspetta;
perciò che queste due particelle Mai che, le quali dal medesimo poeta si dissero alcuna volta Ma' che, vagliono come vale Salvo che o Se non o simil cosa. E sí come è Fa, dallui similmente una volta posta in queste medesime prose: Fa, truova la borsa, voce d'invito e da sollecitare altrui a fare alcuna cosa, che ora si dice Su piú comunemente. Quantunque ella alcuna volta vale altro, con ciò sia cosa che Fatti con Dio tanto a dire è quanto Rimanti con Dio. È oltre acciò Baco, voce che si dice a bambini per far loro paura, pure dal Boccaccio nella novella di messer Torello detta: Veggiam, chi t'ha fatto baco e ancora nel suo Corbaccio: Quivi, secondo che tu puoi aver veduto, con suo mantel nero in capo, e secondo che ella vuole che si creda per onestà molto davanti agli occhi tirato, va facendo baco baco a chi la scontra.

Capitolo LXXVIII

Sono oltre acciò alcune voci, che si dicono compiutamente due volte, sí come si dice A pena a pena e A punto a punto, che poco altro vale che quel medesimo, le quali si son dette poeticamente e provenzalmente, perciò che io a messer Federigo do intera fede, ancora cosí, A randa a randa, non solo da Dante, ma da altri Toscani ancora; e come A mano a mano, che vale quanto Appresso e quanto Incontanente e simili, quasi ella cosí congiunta quello di che si parla come se egli con mano si toccasse, o al tempo o al luogo che si dia questa voce, et è non meno del verso che delle prose; e come Via via, che vale quello stesso, dico detta due volte; perciò che detta solamente una volta cosí, Via, ella vale quanto val Molto, particella assai famigliare e del verso e delle prose; ma queste d'una lettera la mutarono, Vie dicendolane. Vale ancora spesso, quanto Fuori; o ponsi in segno di allontanamento, e in

questo sentimento Via si dice continuo; e alcuna volta quanto Avanti o quanto Da o simile cosa, sí come la fe' valere il Boccaccio che disse: Infin vie l'altr'ieri, ciò è Infino avanti o Infin dall'altr'ieri; e alcun'altra si pone in luogo di concessione, e tanto a dir viene quanto Su: il medesimo Boccaccio: Via faccialevisi un letto tale, quale egli vi cape; e, Or via diangli di quello che va cercando; il che si dice medesimamente, Or Oltra Oltre. Ponsi ancora, oltre a tutto ciò, Via in vece di Fiate; il che è ora in usanza del popolo, tra quelli che al numerare e al moltiplicare danno opera nel far delle ragioni. Quantunque Guitton d'Arezzo in una sua canzone la ponesse, Spesse via in luogo di Spesse fiate dicendo. E come Ad ora ad ora, che vale quanto Alle volte, et è del verso, e dicesi alcuna volta A otta a otta nelle prose, nelle quali non mancò che ella ancora cosí, Otta per vicenda, non si sia detta. E come è ancora Tratto tratto, che vale anche ella quanto A mano a mano, o vero quanto Ogni tratto e Ogni punto, che disse il Boccaccio: E parevagli Tratto tratto che Scannadio si dovesse levar ritto, e quivi scannar lui. E altre voci sono, che due volte si dicono per maggiore ispression del loro sentimento, e l'una volta si dicono mezze o tronche, e l'altra intere; sí come Ben bene, che è delle prose, e Pian piano, che pose il Petrarca nelle sue canzoni, e Tututto, in vece di Tutto tutto, che pose il Boccaccio nelle sue ballate, in questi versi:
E de' miei occhi tututto s'accese,
e ancora,
E com'io so, cosí l'anima mia
tututta gli apro, e ciò che 'l cuor desia;
e in altri suoi versi medesimamente, e sopra tutto nella Teseide. Né solo la pose ne' versi, ma ancora nelle prose: I vicini cominciarono tututti a riprender Tofano, e a dare la colpa allui. Né cominciò tuttavia dal Boccaccio a dirsi Tu in vece di Tutto, perciò che cosí si dicea da' piú antichi; sí come si vede in Giovan Villani, che disse: La notte vegnente la Tussanti, in vece di dire la Tutti Santi, ciò è la solennità di tutti i Santi; voce usata a dirsi nella Francia, e per aventura presa dallei. Et è questa voce stata da loro detta, sí come ora da' nostri uomini si dice Popoco; avegna che la voce Tututto sia piú tosto nome che altra particella del parlare, sí come son l'altre, delle quali io ora vi ragiono; anzi pure delle quali v'ho ragionato, perciò che a me non soviene ora piú in ciò che dirvi -.

Capitolo LXXIX

Con le quali parole avendo Giuliano dato fine al suo ragionamento, egli da seder si levò; appresso al quale gli altri due parimente si levarono, partir volendo. Ma mio fratello, che pensato avea di tenerli seco a cena, e aveala già fatta apparecchiare, partire non gli lasciò, pregandogli a rimanervi. Onde essi, senza molte disdette, di fare ciò che esso volea si contentarono. E messe le tavole, e data l'acqua alle mani, tutti insieme lietamente cenarono. E poscia al fuoco per alquanto spazio dimorati, sopra le ragionate cose per lo piú favellando, e spezialmente messer Ercole, il quale agli altri promettea di volere al tutto far pruova se fatto gli venisse di saper scrivere volgarmente, essendo già buona parte della lunga notte passata, gli tre, mio fratello lasciandone, si tornarono alle loro case.